KB101751

우연처럼, 필연처럼, 운명처럼
찾아와 주신 분들께

서사희 :)

사랑하는 나의 억압자

서사희 장편소설

1

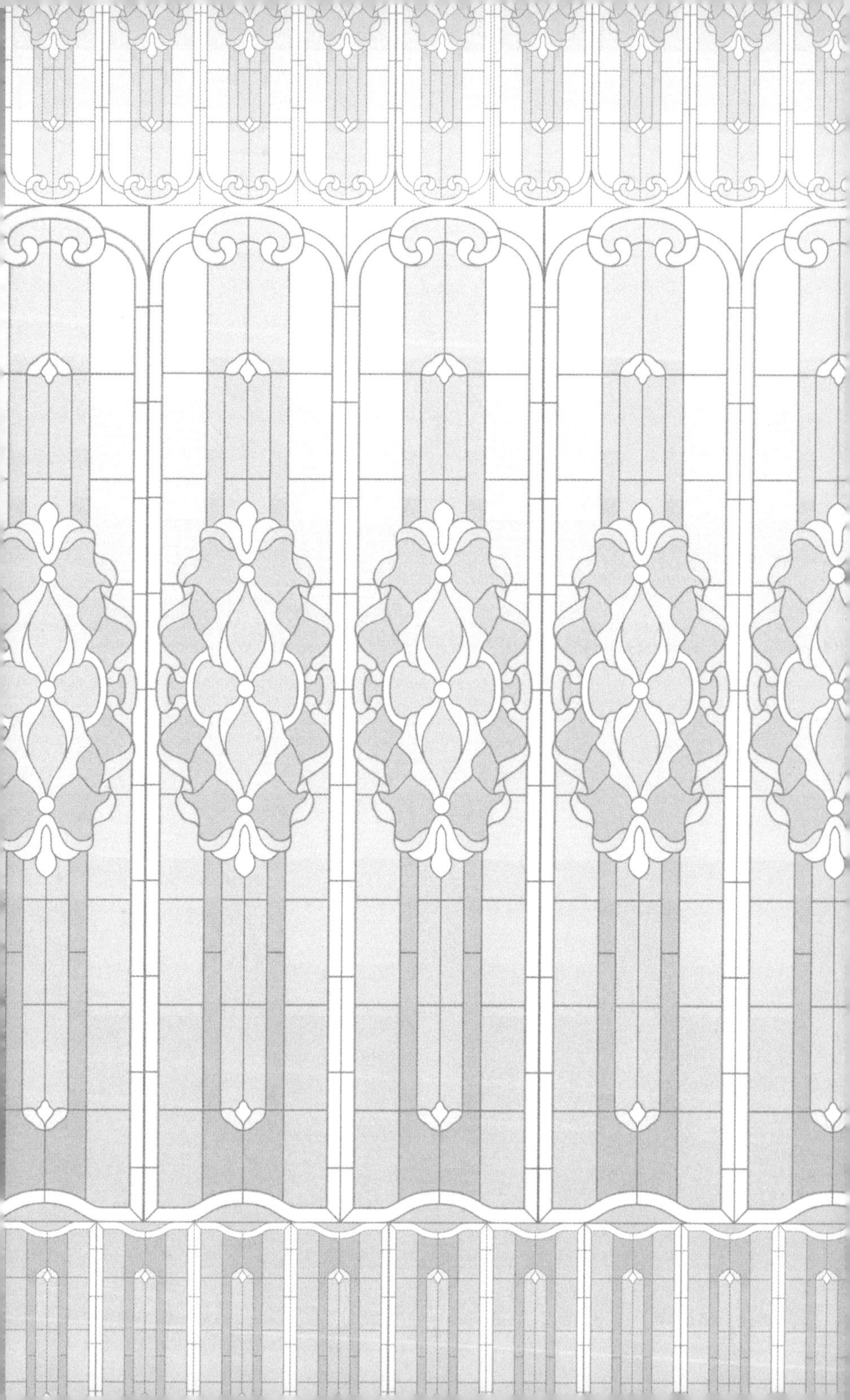

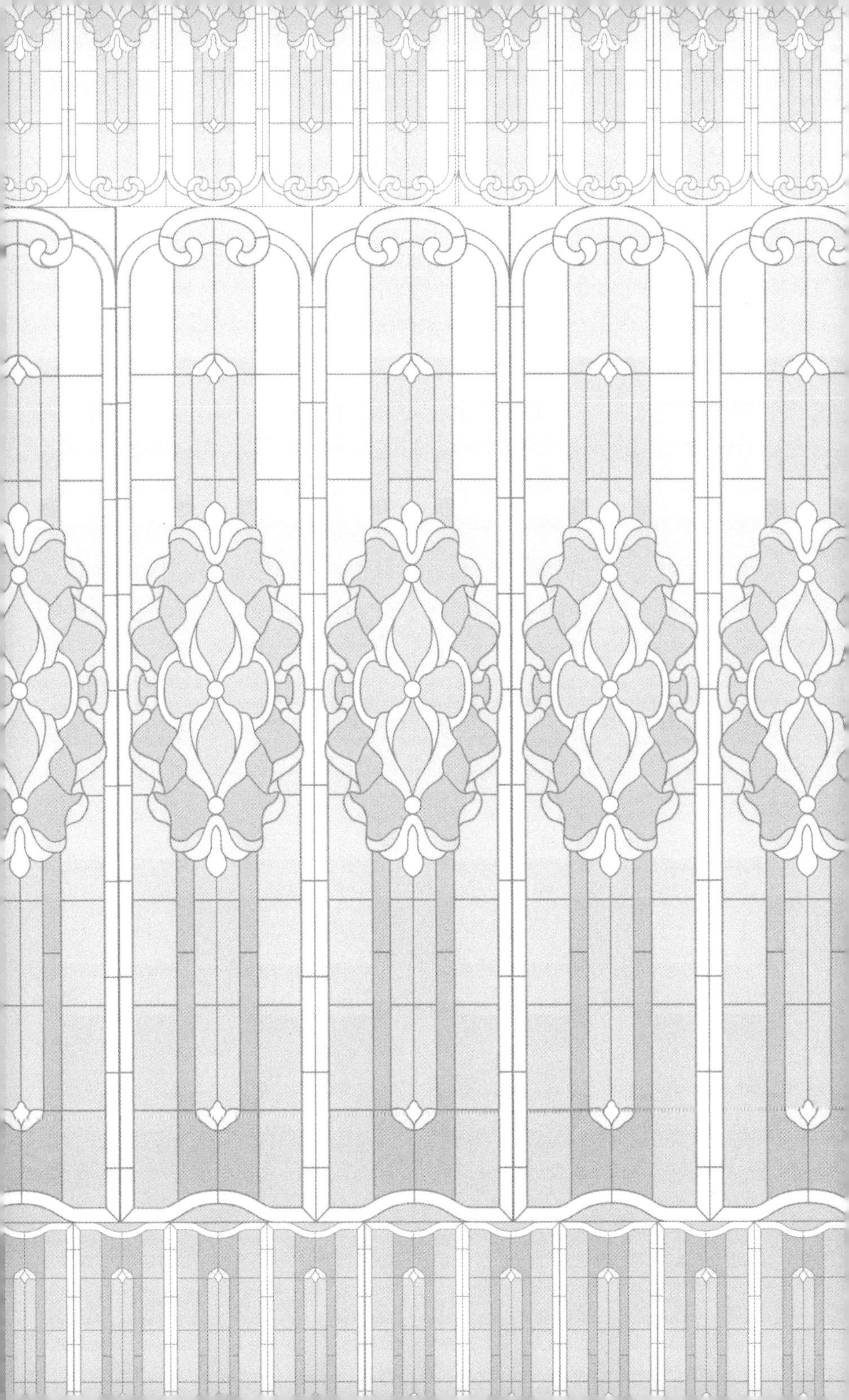

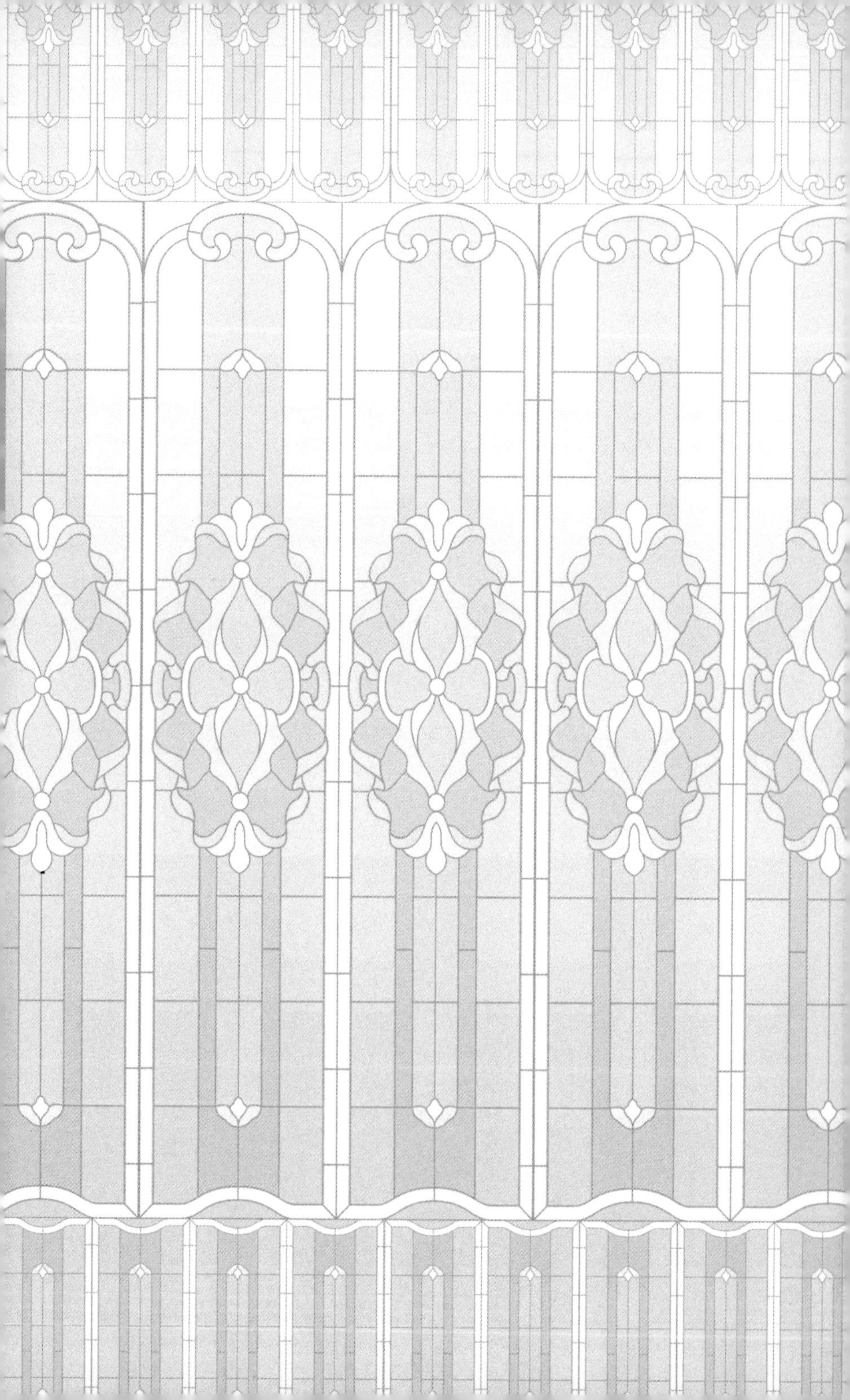

Contents

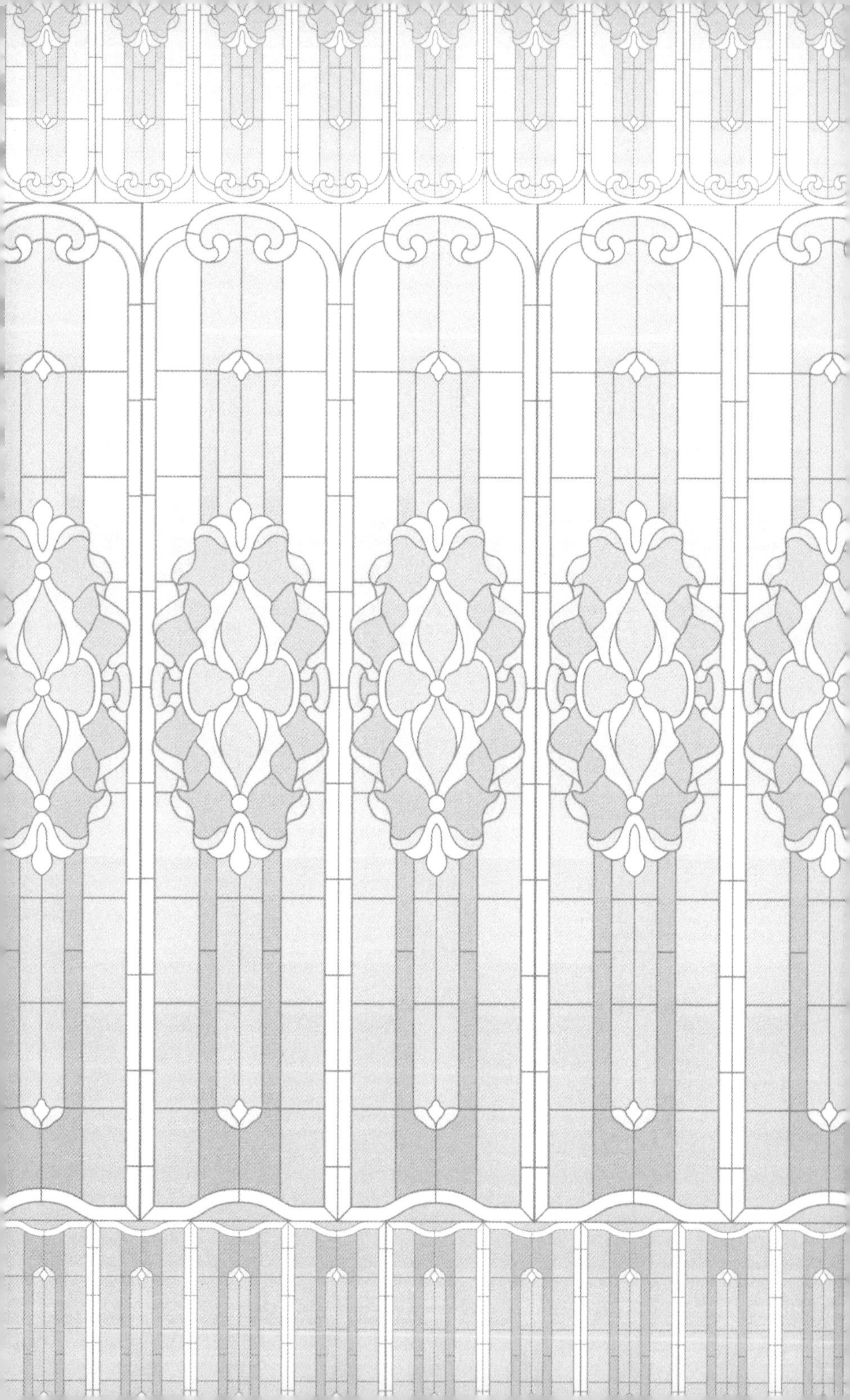

1장

왕정의 잔재

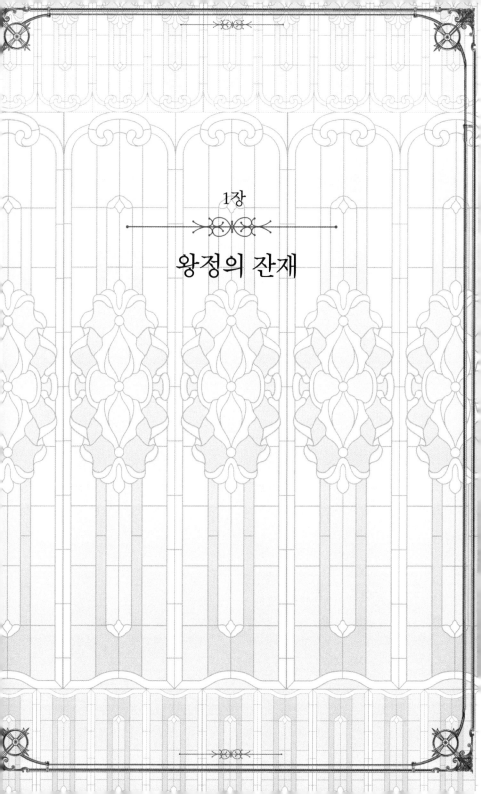

돌이켜 보건대 우리의 만남에 운명 같은 건 없었다.

아네트는 꽤 낭만적인 운명론자였다. 지금은 그런 관념 따위 버린 지 오래지만, 지금보다 더 어릴 때는 그랬다. 그녀의 철학 선생은 운명이라는 것은 존재하지 않는다고 했다. 다만 지나간 우연을 필연으로 받아들이는 순간, 사람이 그것을 운명으로 해석하게 될 뿐이라고. 선생의 말이 맞는다면 그러니까 우리 사이에는 우연조차 없었다는 뜻이 된다.

아네트는 편지 겉봉에 쓰인 제 처녀적 성을 메마른 눈으로 응시했다. '로젠베르크 양 친전'. 그녀의 가문이 몰락하게 된 전말을 담고 있는 편지는 간결하기 그지없었다.

이 종이 하나를 얻기 위해 들인 수고를 생각하면 애석한 일이었다. 통신 기기는 감시당할 우려가 있어 일일이 친필로 주고받아야 했으니까.

아네트는 편지를 들고 방을 나섰다. 걸음이 향한 곳은 하이너의 집무실이었다. 결혼 생활을 햇수로 4년째 이어 가고 있는 그녀의 남편. 파다니아의 젊은 총사령관.

집무실 앞에 도착한 아네트는 망설임 없이 문을 두드렸다. 그리고 들어오라는 말이 채 돌아오기도 전에 벌컥 문을 열었다. 평소 아네트가 그의 눈치를 보며 심기를 거스르지 않기 위해 조심스레 행동하던 것을 생각하면 이례적인 일이었다. 하이너는 이 무례한 자가 누구인지 확인하려는 듯 고개를 들었다. 아네트를 확인하고선 조금 놀란 듯 눈썹이 올라갔지만, 그 이상의 감정 변화는 없었다. 그의 책상 앞까지 걸어간 아네트가 편지를 들어 보였다.

"읽어 볼래요?"

그녀는 평소와 다름없이 선량하고 유순한 말투로 그렇게 물었다. 그러나 하이너는 편지에 시선조차 주지 않았다.

"부인, 지금은 바쁘니 대화는 나중에 하는 것이 좋겠군요."

사무적으로 말한 그가 다시 서류로 눈을 돌렸다. 펜이 종이 위에서 움직이며 사각거리는 소리가 났다. 아네트는 편지를 들었던 손을 천천히 내렸다.

"하이너. 당신 과거를 캐느라 고생을 좀 했어요, 내가."

뚝. 하이너의 펜이 멎었다.

"아버지는 돌아가셨지만 그렇다고 그 측근까지 다 죽은 건 아니니까요. 그분들과 나는 아주 잘 아는 사이죠. 그래서 불가능하지는 않았어요."

"……부인."

나직한 부름은 경고를 담고 있었다. 해명을 요구하는 뜻이기도 했다. 그러나 아네트에게는 우습기만 한 일이었다. 해명해야 하는 사람은 그녀가 아니었으니까.

"늘 궁금했거든요. 당신, 나한테 왜 그러는지."

"……."

"나한테 왜 그러지. 연인일 적에는 그토록 날 사랑해 주던 사람이, 왜 이렇게 변했지. 마음이 식을 수도 있다지만 그래도 이건 너무하지 않나."

"……."

"그런데 이제는 알았어요."

아네트는 차분하게 미소 지었다. 그 모습을 올려다보는 하이너의 얼굴에는 여전히 표정이 없었지만, 어딘지 조금 창백하게 질려 있었다.

"처음부터, 내게 일부러 접근했군요?"

"……그렇습니다."

"내가 알았다는 사실에 놀라지 않네요."

"언젠가는 알게 될 일이라고 생각했으니까요."

운명이라고 여겼던 만남은 모두 그의 주관 아래에 있었다. 처음부터 끝까지 그 계획에 놀아난 것이었다.

"그래요……."

하하. 아네트는 짧게 웃었다.

"원수의 딸을 사랑하는 척하느라 힘들었겠다."

그들은 2년간의 연애 끝에 결혼했다. 아네트의 부친 디트리히 후작은 피에테 왕의 조카로, 아네트는 왕가 혈통이었다. 디트리히 후작은 파다니아 군의 다섯 대장 중 하나였고, 하이너 발데마르는 후작 수하의 군단장이었다. 상관의 딸과 결혼한 하이너는 빠르게 승승장구했다. 모든 것이 완벽했다. 모든 것이 완벽해 보였다.

영원할 줄 알았던 행복은 빠르게 끝을 보였다. 신혼 생활이 채 끝나기도 전, 혁명군에 의해 왕정이 무너지고 자유 정부가 들어섰다. 마냥 근사하고 다정한 남편이던 하이너의 태도가 돌변한 것도 그 무렵이었다.

"당신이 혁명군에 협력해서 새로운 정부를 세우는 데 일조했고, 그 조건으로 군의 총사령관에 올랐다는 말을 들었을 때 정말 많이 놀랐어요. 사실상 내 아버지를 배신한 거니까."

"……."

"그래도 당신을 믿었어요. 시대의 흐름이 그렇다면, 스스로를 지키기 위해…… 그리고 대의를 위해 해야만 하는 선택이었을 거라고 생각했어요. 그게 비록 내 아버지를 죽이는 일일지라도."

예전의 아네트는 정치 같은 건 하나도 몰랐다. 자유 정부니, 혁명군이니, 왕실이니 하는 것들은 그녀의 권역 바깥의 일이었다. 그러나 왕정의 몰락과 함께 로젠베르크 가에는 비난의 화살이 쏟아졌다. 부친은 혁명군에게 살해되었고, 모친은 자살했다. 그때부터 이 모든 것은 철저하게 아네트의 일이 되었다.

"처음부터 혁명군이었던 당신이 내게 일부러 접근했다는 가정은…… 하지 않은 게 아니라, 할 수 없었죠. 그게 사실이라면 내게 남은 건 정말 아무것도 없으니까. 내가 할 수 있는 일은 당신을 믿는 것뿐이었으니까."

그 이후로 숨죽이고 살았다. 외출조차 하지 못했다. 밖에 나가는 순간 시민들의 온갖 비난이 퍼부어질 것 같았다. 왕실의 피. 혁명군과 시민을 탄압한 군부 대장 디트리히 후작의 딸. 피 위에서 호의호식한 가증스러운 여자.

살아도 사는 게 아니었다. 의지할 데라곤 남편뿐이었지만 하이너는 변심한 지 오래였다. 그는 바쁘고 무심했으며 때때로 그녀를 경멸하는 것처럼 보였다.

"변한 당신의 마음을 어떻게든 돌리려고 노력했었죠. 멍청하게도. 사실 당신은 변한 게 아니었는데 말이에요."

"……."

"그냥 처음부터 나를 사랑한 적이 없었던 건데."

하이너는 석상처럼 굳은 채 그녀를 응시할 뿐이었다. 도무지 속을 알 수 없는 얼굴이었다. 그는 언제나 그랬다. 아네트는 한때 사랑하는 연인으로서 하이너를 아주 잘 알고 있다고 생각했지만, 사실 그건 다 거짓이고 허상이었다.

"혹시 내가 잘못 알고 있는 건가요?"

"……아니요."

"그렇다면 뭐라도 지껄여요, 하이너. 당신한테 직접 사실을 들어야겠으니까."

하이너는 그녀의 입에서 험한 말이 나왔다는 사실에 조금 놀란 것 같았다. 잠시 침묵이 이어졌다. 이윽고 그가 입을 열었다.

"저는 당신 부친이 관리 감독했던 군사 교육 기관의 스파이로 양성되었습니다."

군사 교육 기관. 아네트도 이에 대해 들어본 적이 있었다. 2년 전, 왕실의 주도 아래 섬에서 비밀리에 훈련생들을 양성해 왔다는 사실이 드러나 한창 시끄럽던 때였다. 훈련생의 인권 보호를 위해 해당 리스트는 비공개 처리되었다.

그러나 하이너가 그곳의 훈련생 출신이었다는 것은 처음 안 사실이었다.

"훈련, 약물, 폭행, 감금…… 양성에 필요한 모든 방법이 동원되었습니다. 당신의 부친은 그곳을 수석으로 졸업한 저를 흡족히 여겨 직접 들였지요."

그의 입에서 오래된 이야기들이 흘러나왔다.

하이너는 군의 스파이로 활동하며 공을 세웠다. 그 과정에서 몇 번의 고문을 당했고 죽을 위기가 있었지만, 그런 건 마땅히 감수해야 하는 일이었다. 아네트의 부친—디트리히 로젠베르크는 자신의 신변에 위협이 되거나 발각 위험에 처한 스파이들을 제 선에서 먼저 제거했다. 그들은 하이너의 동기이자 동료이기도 했다. 어쨌거나 작전은 대부분 성공했다. 디트리히가 대장의 자리까지 오른 데는 하이너의 공이 컸다. 하이너는 스파이 생활을 끝내고, 본격적으로 정권의 양지에서 일하기 시작했다.

"……그러나 저는 디트리히와 왕실을 증오하였기에, 혁명군을 도와 현 정부를 세웠습니다. 당신에게 접근한 것 역시 계획의 일부였습니다. 끝입니다."

하이너의 말은 설명이라기보다 보고 같았다. 아네트의 손아귀에서 편지가 약간 구겨졌다. 그녀는 미소가 사라진 얼굴로 입술을 달싹였다.

"그 증오의 대상에."

"……."

"나도 포함되어 있나요?"

허공에서 시선이 얽혔다. 아네트는 그가 거짓으로라도 아니라고 대답해 주기를 바랐다. 어차피 처음부터 끝까지 모든 게 다 거짓인데, 거짓 하나가 더 추가된다고 해서 달라질 건 없을 테니까.

"6년 전."

그에게서 물기 없는 모래처럼 버석한 목소리가 흘러나왔다.

"마지막으로 스파이로서 투입되었던 뷘헨 작전에서 동료 셋이 죽고, 나머지 둘은 디트리히에게 제거당했습니다. 그렇게 혼자 살아남아서…… 로젠베르크 저택에 초대받아 입성했는데."

아네트도 그날을 기억하고 있었다. 만발한 장미밭 한가운데서 제게 미소 짓던 그에게 호감을 느끼던 순간이 선명했다.

"저택의 장미 정원에서 보석과 화려한 드레스를 걸치고 웃고 있는 당신을 보았습니다. 당신은 대단한 시혜라도 베푸는 양 '나라를 위해 목숨을 바친 분들'을 애도했죠. 뭔가 잘못됐다고 생각했습니다. 당신이 증오의 대상에 포함되어 있느냐고요?"

하이너의 회색 눈에 이채가 스쳐 지나갔다.

"예."

대답은 깔끔하게 떨어졌다.

"당신을 증오합니다."

아. 아네트는 소리 없이 입술을 열었다가 닫았다. 머릿속에서 안개가 걷혀 나갔다. 분명 자신은 그가 아니라고 대답해 주기를 바랐는데, 사실을 듣고 나니 차라리 후련한 기분이었다.

"그렇군요."

아네트는 고개를 떨구며 중얼거렸다.

"그랬군요……."

단순한 차원의 이야기였다. 하이너 발데마르는 아네트 로젠베르크를 증오한다. 복수를 위해 증오의 대상에게 접근한 것일 뿐이다. 그런 줄도 모르고 저는 그를 사랑했고.

"그럼 이야기가 쉽겠네요."

아네트는 한 걸음 물러났다.

짓뭉개진 자존심과 배반당한 마음이 통증을 호소했으나 애써 무시했다. 제 목소리가 부디 떨려 나오지 않기를 바라며, 그녀는 명료하게 말했다.

"이혼해요, 하이너."

"불허합니다."

"당신은 결혼 생활의 신뢰를 깨뜨렸어요. 이혼 사유로 적합하죠."

"불허한다고 말했습니다."

"내게 아직도 쓸모가 남았나요? 내 아버지와 어머니는 돌아가셨고, 왕정은 몰락했고, 난 가진 게 아무것도 없어요. 내가 가진 건 하이너 발데마르의 아내로서 가진 것일 뿐이에요. 당신 복수는 끝났다고……!"

하이너가 천천히 자리에서 일어났다. 그의 커다란 몸이 끝도 없이 높아졌다. 아네트는 고개를 들어 그를 올려다보았다. 창가로 비치는 빛을 등지고 선 그의 형상은 그림자에 잠겨 있었다. 저도 모르게 오싹함을 느낀 아네트가 한 걸음 더 물러나려 했다.

"부인."

걸음을 옮기기도 전, 뻗어 나온 그의 손이 아네트의 턱을 움켜쥐었다.

"어디로 가서 행복하시려고?"

"……내가 행복할 수 있는 곳은 아무 데도 없어요."

"그럼 이야기가 쉽겠네요."

아네트의 말을 반복하며 하이너가 입꼬리를 늘여 웃었다. 차가운 미소를 따라 양 뺨에 깊은 보조개가 팼다.

"어차피 그런 거라면 평생 내 곁에서 불행해."

그의 등 뒤로 붉은 낙조가 섬뜩하게 빛났다. 그 지옥의 초입 같은 핏빛 안에서, 아네트는 문득 깨달았다.

하이너의 복수는 끝나지 않았다.

「왕정 파다니아의 잔재, 이대로 두고 볼 것인가?」

무미건조한 눈으로 제목을 훑은 아네트가 신문을 치웠다. 왕정 시대에 수혜를 입은 이들의 처분을 논하는 건 하루가 멀다 하고 끌려 나오는 주제였다. 귀족들의 재산은 대부분 몰수되었다. 하이너 발데마르의 공이었다. 그는 온갖 경제적, 군사적 비리와 기밀을 폭로하여 그들을 바닥까지 긁어냈다. 그러나 시민들은 여전히 죗값과 청산을 논했다. 귀족과 군부 인사들 몇이 외국으로 도망치듯 망명했기 때문이다. 총사령관의 아내인 아네트의 앞으로 비난과 협박의 편지가 수없이 날아오기도 했다. 공화당의 왕정 청산법 발의 이후로 이는 더욱 심해졌다.

테이블 위에 쌓인 편지들을 멍하니 바라보던 아네트가 입을 틀어막았다. 속이 미친 듯이 울렁거렸다. 금방이라도 신물이 올라올 것 같았다. 찬물을 들이켠 아네트는 벌떡 일어나 방을 나섰다. 공기가 너무 답답하고 무거워서 견딜 수가 없었다. 인적이 없는 뒤뜰이라도 걷고 싶었다.

아네트는 빠른 속도로 저택을 가로질렀다. 닿아 오는 사용인들의 시선이 바늘처럼 느껴졌다. 사용인들이 그녀를 험담하는 것은 예사로운 일이었다.

1층 복도를 지날 무렵, 반갑지 않은 얼굴과 미주쳤다.

"발데마르 부인."

"……유겐 소령."

하이너의 충실한 부하인 유겐 마르코프였다. 아네트를 경멸하는 수많은 이들 중 하나이기도 했다.

"오랜만에 뵙는군요. 평온하십니까?"

유겐이 매끈하게 웃으며 물었다. 흔한 안부 인사고, 보통의 경우라면 '평온하다'는 대답으로 응수하겠지만…… 저 말의 저의는 달랐다.

네가 평온해서는 안 된다는 뜻이었다.

"평소와 같아요."

아네트는 쥐어짜 낸 허영으로 그렇게 대꾸했다. '그럼 이만' 하고 작게 중얼거린 그녀가 뒤돌았다. 유겐과 더 말을 섞고 싶지 않았다.

"권터 의원 측에서 혼담을 넣었습니다."

뒤이어 들려온 목소리가 걸음을 붙잡았다. 뜬금없는 말이었다. 아네트는 고개만 살짝 돌려 미미하게 웃어 보였다.

"……축하, 드려요."

"저 말고, 총사령관님께."

입매가 웃던 그대로 굳었다.

"상대는 민병대였던 아넬리 엥겔스 양입니다. 총사령관 각하와 작전을 함께한 동료이기도 하죠."

태연스러운 어조였다. 유겐은 늘 저 아무렇지 않은 듯한 목소리로 그녀를 조롱하곤 했다. 아네트는 한 손으로 옷소매를 지그시 쥐었다.

공화파 권터 엥겔스. 불법 노동조합에 무기를 풀어 혁명을 승리로 이끈 주역이자, 임시 정부의 수립에 참여한 대단한 인물이었다. 그의 아내와 아들은 시위 중 총격으로 사망했고, 딸인 아넬리 엥겔스는 민병대에서 활약했다. 자연히 그는 현재까지도 대중의 큰 지지를 받고 있었다. 여러모로 아네트와는 정반대의 위치였다.

"……그런데요?"

"그런데요, 라니."

유겐이 픽 비웃음을 흘렸다.

"여전히 꽃밭에 사십니까?"

꽃밭의 장미. 사람들이 조롱의 의미로 그녀를 부르는 멸칭이었다. 그 말을 듣는 순간 머릿속이 무섭도록 침착해졌다. 아네트는 표정이 사라진 얼굴로 유겐을 바라보았다. 유겐이 빈정거렸다.

"부인은 더 이상 권력자의 딸이 아닙니다. 없애야 하는 과거의 잔재에 불과하죠. 신문을 몇 줄이라도 읽는다면 알 텐데요."

"……."

"부인이 아직 이렇게 고개 들고 다닐 수 있는 건, 순전히 총사령관 각하의 자비입니다. 당신은 그분의 오점이에요. 사람들이 이 결혼 생활을 보고 뭐라고 하는지나……."

"남편에게 어제 이혼을 요구했어요."

아네트가 지친 얼굴로 그의 말중동을 끊었다. 유겐은 한 박자 늦게 되물었다.

"……예?"

"이혼을 요구했다고요. 하이너는 받아들이지 않았지만. 아무래도 내가 불행한 꼴을 가까이에서 보고 싶은 것 같더군요."

어제까지만 해도 하이너의 심중을 도무지 파악하기 어려웠는데, 입 밖으로 꺼내고 나자 조금 이해가 될 것 같기도 했다.

"하이너는 나를 증오하니까요. 내가 그 사실을 너무 늦게 깨달았어요. 소령도 나를 증오하고, 사람들도 나를 증오하는데, 그 사람이라고 왜 아니었을까."

아네트의 담담한 목소리가 복도에 울렸다. 유겐은 이런 상황은 전혀 예상하지 못했는지, 아닌 척 당혹한 얼굴이었다. 그럴 법도 했다. 아네트에게 마지막 구명줄은 하이너 발데마르였으니까. 이대로 이혼해 봤자 세상 어디에도 아네트를 받아 줄 곳은 없었다. 하이너라면 모를까, 그녀가 이혼을 원하는 것은 상식적으로 말이 안 됐다.

"그래서 이혼을 요구했어요. 소령이 남편을 설득해 주면 고맙겠군요. 당신 뜻과 내 뜻은 일치하는 것 같으니."

"……."

"이건 신문에 퍼트리든가 말든가 마음대로 해요."

아네트는 깨끗한 웃음을 지었다.

다음 날, 귄터 의원이 하이너 발데마르에게 혼담을 넣었다는 기사가 대문짝만하게 났다. 공화파 의원과 총사령관의 조합. 반기는 시선과 우려하는 시선의 대립이 있었지만 어쨌거나 대단한 이슈였다. 2년 전 둘은 혁명 주도 세력 사이의 내분을 공정하고 깔끔하게 처리했던 전적이 있었기에, 긍정적으로 보는 반응이 조금 더 우세했다.

그러지 않아도 없다시피 하던 아네트의 입지가 더욱 좁아진 것은 두말할 것도 없었다. 하이너와 연결되기 위해 그나마 그녀에게 줄을 대 보려던 떨거지들도 모두 돌아섰다. 하이너와 아네트의 이혼은 오르내리는 말들 속에서 기정사실화되었다. 그리고 그것은 대중에게 꽤 기꺼운 일이었다.

사람들은 그녀의 몰락을 원했다. 그러나 총사령관의 아내라는 위치상 불행에는 한계가 있었다. 아네트로서는 이곳도 지옥이었지만, 밖에서 보기에는 그저 눈을 감고 귀를 막은 채 평온하게 삶을 영위하는 것처럼 보일 뿐이었다. 표면만 보자면 어느 정도 맞는 말이기도 했다. 그러니 욕을 먹는 것도 당연하다고— 아네트는 자조적으로 생각했다.

그녀는 침대에 누워 높다란 천장의 몰딩을 바라보았다. 이 거대한 방 안에 혼자 누워 있을 때면, 마치 관 속 시체가 된 기분이 들었다. 아네트는 몸을 뒤척여 옆으로 돌아누웠다. 바닥에 아까 보다가 만 신문 몇 부가 굴러다녔다. 석간 하나에는 과거 그녀가 소유했던 드레스와 보석의 값을 일일이 나열하고 비난한 기사가 실려 있었다.

"신문을 몇 줄이라도 읽는다면 알 텐데요."

'아, 신문.'

신문이라면 아네트도 읽었다. 끝까지 읽지 못해서 문제였지.

눈을 감았지만 엄습하는 두통에 잠이 오지 않았다. 처음에는 스트레스성으로 시작된 편두통은 시간이 지날수록 만성화되었다. 두통약이나 수면제를 먹어야만 잠을 청할 수 있는 날이 잦아졌다.

똑똑.

불현듯 노크 소리가 났다. 아네트는 벽을 보고 죽은 듯 누워 있었다. 이윽고 침실 문이 소리 없이 열렸다. 새어 든 빛줄기가 벽에 비치는 것을 바라보며 아네트는 숨을 죽였다. 황량한 방 안에 뚜벅뚜벅 발길음 소리가 울려 퍼졌다.

"부인."

하이너가 침대에 걸터앉으며 조용한 목소리로 그녀를 불렀다.

"아네트."

아네트는 대답하지 않았다. 대답하기 싫어서라기보다는, 그냥 기운이 없었다. 머리도 아프고. 등 뒤에서 하이너가 낮게 한숨을 내쉬었다.

"안 자는 거 압니다. 그냥 들어요."

"……."

"알고 있는지 모르겠는데, 의회 인사 쪽에서 혼담이 들어왔습니다. 원래 받아들일 생각이 없어서 조용히 거절하려 했으나 기사가 나 버렸고…… 어찌 됐건 번복은 없습니다."

"……."

"행여나 기대했다면 접으라는 소립니다."

말을 고르는지 잠깐의 간격이 있었다.

"당신이 이곳을, 나가는 걸."

그는 꼭 '이혼'이라는 단어를 입에 담지 않으려는 사람처럼 굴었다. 그 단어를 말하면 하늘이 무너지기라도 한단 말인가.

"……사람들이 그래요."

하이너가 그녀의 목소리에 귀를 기울이는 것이 느껴졌다. 아네트는 모로 누운 채 가만가만 말했다.

"내가 완전히 몰락해야 했는데, 총사령관의 아내인 덕에 이렇게 잘 살고 있다고. 총사령관은 어째서 그 여자와 이혼하지 않는 거냐고. 아무리 혁명군을 도왔다지만…… 한때 후작의 수하이자 군단장이었던 인간이니, 역시 그 습성을 버리지 못한 게 아니겠냐고."

"그런 말들은 어차피."

"내가 당신 오점이라고. 사람들이 그래요."

아네트는 비척비척 상체를 일으켜 앉았다. 금색 머리카락이 어깨선을 타고 등 뒤로 후두두 떨어졌다. 아네트는 몸을 돌려 하이너를 바라보았다.

가까이에서 마주친 그의 회안은 어둠에 잠겨 시꺼멓게 보였다. 기쁨을 모르는 눈이었다. 그 언젠가 아네트는 연인의 기쁨을 사랑했었다. 마주 웃던 얼굴과 다정한 목소리를 사랑했었다. 그러나 그건 모두 진짜가 아니었다.

하이너 발데마르는 정말로 훌륭한 스파이였다.

"손해를 보면서까지 이럴 정도로, 내게 원한이 남았나요?"

"아네트— 당신이 이곳을 떠나 어디에서 잘살지는 모르는 일입니다."

"내가 모르는 곳에 재산이라도 숨겨 두었을까 봐요?"

아네트는 소리 내어 웃었다. 하이너가 저런 말을 한다는 게 어이가 없었다. 그는 세상 모든 걸 다 알고, 다 제 손아귀에서 관철하는 남자가 아닌가.

"난 가진 것도, 기댈 곳도 없어요. 알다시피."

"내 과거를 캐기 위해 당신 부친의 측근이었던 자들과 접촉했던 건 잊었습니까."

"그분들은 감옥에 있는데 어떻게 나를 돕겠어요. 그리고 내가 당신 과거를 캐기 시작한 건 꽤 된 일이에요. 그사이 다 처형되거나 섬에 있는 수용소로 이송되었죠. 원한다면 이름을 불러 줄 수도 있어요."

"당신 부친은 인맥이 대단했습니다. 또 어디에 연이 닿아 있을지는 모르는 일이지요. 도망친 일부는 해외로 망명해서 잘살고 있다는 걸 모르지는 않을 테고."

"해외로 떠나지 않겠다고 약속할게요. 이 집에 있는 건 아무것도 가져가지 않겠다고도. 이혼 하나면 돼요."

"……당신이 이렇게나 원하니, 더욱 들어주고 싶지 않은데."

하이너는 최소한의 연기와 가식도 집어던진 채, 완전히 싸늘해진 얼굴로 말했다.

"부인의 말대로 당신이 내 아내인 덕에 그나마 잘살고 있는 거라면, 갈라서는 걸 원할 이유가 없지 않습니까. 이렇게까지 하는 건 뭔가 믿는 구석이 있다는 뜻으로 보입니다."

"그럴 리가요. 나는 단지 당신과 더는 함께 살고 싶지 않을 뿐이에요."

"왜, 내게 배신당한 걸 알고 내가 증오스러워져서?"

"내가 당신을 증오할 일은 없어요, 하이너."

그 말에 하이너의 눈가가 짧게 경련했다. 그는 무언가를 말하고 싶은 듯 입술을 작게 움직였다. 아네트는 그를 기다리지 않고 먼저 말을 이었다.

"나는 그 누구도 증오하지 않아요. 세상 모두가 나를 증오한대도 나는 그럴 수 없죠. 나는 그럴 자격이 없으니까."

하이너는 그녀의 입에서 그런 말이 나왔다는 걸 믿을 수 없다는 표정이었다. 아네트는 조금 묘한 기분이 되었다. 그는 자신이 이 관저 안에 박혀서, 그녀의 처분을 이야기하는 이들에게 이를 갈고 있으리라고 생각한 걸까. 조금의 죄책감도 없이.

"모든 신문이 독재의 잔재를 모조리 궤멸해야 한다고 말하더군요. 나의 어떤 부분을 궤멸해야 하는 건지는 잘 모르겠지만, 원한다면 그렇게 해도 상관없어요."

아네트는 여전히 정치에 밝지 못했다. 하지만 대의가 무엇인지는 알았다. 인권이 무엇이고 민주주의가 무엇인지도 알았다. 사람들이 어째서 새 체제의 수립을 원했는지도 알았다. 과거에는 몰랐고 알고 싶지도 않았으나 이제는 알았다. 죄책감, 부채감, 수치심, 그러한 것들도 있었다. 물론 그게 진정으로 이해에 기반하는 마음이라고는 할 수 없었다. 그저 세상 모두가 그녀를 잘못됐다고 말하니, 수긍하게 된 것일 뿐이었다. 왕정이 몰락한 지 3년이 되어 갔다. 3년은 사람의 정신을 궁지에 몰아넣기 충분한 시간이었다.

"그렇게 해도, 상관없다고? 부인이 지금 무슨 말을 하는 건지 압니까?"

"뭐든 상관없어요, 이혼만 해 준다면."

몰락하더라도, 하이너 발데마르의 아내인 채로 몰락하고 싶지는 않았다. 사랑했던 남자에게 이런 꼴을 보여 주고 싶지 않았다. 이건 아네트에게 마지막으로 남은 자존심이었다. 그녀가 유일하게 보상받고 싶은 것이 있다면 하이너를 사랑했던 시간이었다.

"이혼, 이혼, 이혼."

하이너의 말이 뚝뚝 끊어졌다.

"부인은 참 쉽게 살아서 그런지, 이혼도 쉬운가 보군요."

"……어려울 게 있나요? 당신만 동의한다면."

"동의하지 않습니다."

커다란 손아귀가 양어깨를 붙들었다. 슬립 너머 느껴지는 체온은 지나치게 뜨거웠다. 그가 사납게 말했다.

"내가 동의하지 않는다고."

"난 이제 당신에게 아무런 이득도 되지 않아요. 말했듯, 오점일 뿐이죠……. 이거 놔요."

그러나 하이너는 그녀의 어깨를 더욱 힘주어 잡았다. 금방이라도 얼굴이 맞닿을 것처럼 가까운 거리였다. 살벌한 기세에 숨이 막혔다. 음산하게 가라앉은 목소리가 귓가를 파고들었다.

"당신은 기꺼이 내 오점이 될 겁니다."

"하이너."

"당신은 앞으로도 내 아내일 거고, 이곳을 벗어나지 못할 거고, 영원히 자유나 행복 따위는 꿈도 꾸지 못할 거야. 내가 보는 곳에서, 당신은 모든 불행을 감수하며 죗값을 치를 거라고."

하이너는 한 글자 한 글자 짓씹듯 내뱉었다. 지척에서 시선이 맞부딪쳤다. 서로의 숨결이 닿을 만큼 가까운 거리였다. 어깨가 저릿한 감각에 아네트가 약간 인상을 찡그리자, 하이너는 그제야 그녀를 놓아주었다. 위태로운 적막이 흘렀다.

가열되었던 분위기가 서서히 가라앉았다. 얼마간 아네트를 관찰하듯 살피던 그는 한결 침착해진 태도로 입을 뗐다.

"며칠 후 벨렌 호텔 개관 연회가 있습니다. 동반 참석해야 하니 준비하십시오, 부인."

"……."

"내 아내로서."

그가 강조하듯 덧붙였다. 한차례 일렁거린 하이너의 눈이 다시 잠잠해졌다. 잘 조각된 대리석처럼 흠 없이 수려하고 정교한 얼굴에는 알 수 없는 오기가 서려 있었다.

"싫어요."

아네트는 처음으로 반항했다.

"가야 할 겁니다."

"가고 싶지 않아요."

"왜, 파티를 좋아하는 것 아니었습니까?"

하이너가 비꼬았다. 결혼 전 여러 파티와 사교 모임을 전전하던 그녀를 두고 하는 말이었다.

"싫다면, 강제로 끌고 가기라도 할 건가요?"

"잘 생각하십시오, 부인. 이런 식으로 내 뜻을 계속 거스른다면, 나는 당신을 정신병원에 평생 가둬 둘 수도 있습니다."

"……뭐?"

"미치지 않았다고 아무리 부정해 봤자 그 누구도 당신 말을 믿어 주지 않겠지. 믿게 하지도 않을 거고. 도망가도 소용없습니다. 나는 반드시 당신을 찾아낼 테니까. 평생을 정신병원에 처박힌 채 보내고 싶지 않다면— 내가 원하는 대로 하는 게 좋을 겁니다."

깨진 유리 조각 같은 목소리가 한 음절 한 음절 귓속으로 박혀 들었다. 아네트는 창백하게 질린 채 하이너를 응시했다. 수평이 맞지 않는 의자처럼 머릿속이 삐걱거렸다. 이불을 쥔 손이 가늘게 떨렸다.

이 사람이 정말 하이너 발데마르가 맞나.

한때 다시없이 사랑했던 연인이 맞나.

사늘하게 눈을 내리뜬 하이너의 모습은 평소와 조금도 다르지 않았지만, 아네트에게는 그저 낯설었다. 너무나 낯설어서 두려웠다. 왜 진작 몰랐을까. 아버지가 돌아가신 순간, 기다렸다는 듯 냉담하게 변했을 때부터 알아챘어야 했는데. 그는 처음부터 목적을 위해 접근했다는 걸. 처음부터, 이런 사람이었다는 걸.

아니…… 사실은 알았다. 사실 알고 있었다. 인정하지 못했을 뿐이었다. 그때의 자신은 정신적으로 몰려 있었고, 무언가 붙잡을 것이 필요했다. 그게 하이너였다.

당시 아네트는 스스로를 세뇌하고 또 세뇌했었다. 그러지 않으면 도저히 버틸 수가 없었다.

지금은 내가 이런 처지여서 그래. 고귀하고 명예로운 귀족 아가씨인 줄 알고 결혼했는데, 이렇게 몰락해 버렸으니까. 그러니까 잠시 사랑이 식을 수도 있어.

하지만 그는 반드시 돌아올 거야. 우리가 사랑했던 순간들로. 우리가 사랑했던 계절들로. 우리가 사랑했던…….

"대답하십시오, 부인."

아.

왜 진작 깨닫지 못했을까. 쓸모에서 기인하는 사랑은 사랑이 아니었는데.

아네트는 무어라 말할 것처럼 입을 열었다가, 다시 다물었다. 목소리가 잘 나오지 않았다. 떨리는 숨을 힘겹게 삼킨 그녀가 보일 듯 말 듯 고개를 끄덕였다.

수긍하였음에도 하이너는 전혀 만족한 얼굴이 아니었다. 도리어 불쾌해 보였다. 제가 심어 놓은 공포와 그에 파생된 나약함이 마음에 차지 않는 것처럼. 잿가루 같은 회색빛 시선이 그녀의 얼굴 위로 천천히 미끄러졌다. 그 눈은 한없이 차가워 보였으나 기묘한 열기를 품고 있었다.

아네트는 왠지 그의 눈을 바라보기 힘들어져서 고개를 떨구었다. 이윽고 하이너가 침대에서 일어났다. 그는 뒤도 돌아보지 않고 성큼성큼 방을 나섰다. 쾅. 문이 닫혔다.

아네트는 멍하니 앉아 혼란스러운 정신을 추슬렀다. 마치 폭풍이 한차례 휘몰아친 것 같았다. 방금 일어난 일이 까마득한 옛날 일처럼 느껴졌다.

짧은 한숨을 내쉰 아네트가 침대 옆 서랍을 열었다. 안에는 수면제 약봉지가 여러 개 들어 있었다. 의사 아놀드가 처방해 준 것이었다. 그녀는 수면제 봉지를 뜯어 세 알 중 한 알은 먹고, 나머지 두 알은 약통에 담았다. 한 손 크기만 한 약통이 벌써 반 넘게 차 있었다.

아네트는 꽤 오래전부터 식량을 숨겨 두는 다람쥐처럼 수면제를 모으고 있었다. 약통이 무거워질 때마다 괜히 마음이 든든해지는 기분이 들었다. 그녀는 눈을 감고 누워 약효가 돌기를 기다렸다. 오늘 밤은 부디 악몽을 꾸지 않기를 바라며.

"—그래서 유학은 가지 않았어요. 저는 겁이 많은 편이거든요. 외국어도 못하고요. 하이너는 외국에 많이 다녀오셨다면서요?"

"예. 작전 때문에 꽤 이곳저곳 있었습니다."

"거기 말을 다 할 줄 아시는 거예요?"

"그렇기는 합니다만, 공통어를 쓰는 곳이 많았습니다."

"혹시 몇 개 언어를 할 줄 아시는……?"

"공통어까지 네 개입니다. 어릴 때부터 기관에서 교육을 받았으니까요."

"와, 정말 대단해요. 저는 공부에는 영 소질이 없거든요."

"피아노를 잘 치신다고 압니다."

"저도 뭐, 어릴 때부터 쳤는걸요. 아주 오랫동안 피아니스트가 꿈이었는데…… 요즘은 잘 모르겠어요."

"어째서입니까?"

"재능에 좀 회의감을 느끼고 있거든요. 이 길이 나에게 정말 맞는 건가 고민 중이에요. 아, 너무 진지하게 듣지는 않으셔도 돼요. 어차피 제 신분에 피아노는 직업보단 취미로 두는 게 더 고상하다고 여겨지니까요."

"……아네트의 연주는 훌륭합니다. 분명 뛰어난 피아니스트가 될 거예요."

"아하하, 뭐예요. 제 연주를 들어보신 적도 없으면서."

"잘 치게 생기셨습니다."

하이너가 으쓱거렸다. 아네트는 장난스레 그의 팔뚝을 치며 웃었다. 그가 마주 웃었다. 장미가 바람에 흐드러졌다.

솨아아—. 안개가 낀 것처럼 정경이 흐릿해졌다가 다시 선명해졌다. 계절이 수차례 변화했다. 그들은 계속 함께였다. 풍경이 지나가고, 지나가고, 지나갔다. 여름날의 별이 빼곡한 밤하늘이 펼쳐졌다. 그들은 호숫가에 띄운 배 위에 있었다.

"아네트. 저와 결혼해 주십시오."

하이너는 한쪽 무릎을 꿇은 채 아네트의 약지에 반지를 끼워주었다.

"평생 행복하게 해 드리겠습니다."

그의 눈이 휘어졌다. 아네트는 한 손으로 입을 막았다가, 벅찬 가슴을 주체하지 못하고 그를 끌어안았다. 하이너가 하하 웃으며 그녀의 등 뒤로 팔을 둘렀다.

별들이 물결 위로 쏟아졌다. 온통 반짝거리는 세상 속에 띄워진 배 한 척과 두 남녀의 모습은 한 폭의 그림처럼 아름다웠다.

아주 먼 데서 만들어진 기류가 흘러들어 정경을 무너뜨렸다. 시야가 차근차근 부서져 내렸다. 온통 폐허가 되어 가는 가운데 그의 목소리만이 메아리처럼 울렸다.

"평생 행복하게 해 드리겠습니다."

"평생 행복하게……."

"평생……."

"평생 내 곁에서 불행해."

아네트는 눈을 떴다.

곧장 날카로운 두통이 뇌리를 찔러 왔다. 그녀는 관자놀이를 누른 채 몸을 바짝 웅크렸다. 머리가 깨질 것 같았다. 아네트는 습관적으로 두통약을 찾으려다가, 약이 다 떨어졌다는 사실을 뒤늦게 깨달았다. 한숨을 삼키며 자리에서 일어났다.

푸르스름한 새벽빛이 공기 중에 감돌았다. 그녀는 침대 깊숙이 몸을 묻은 채 해가 뜨기를 기다렸다. 아네트는 두통 때문에 일찍 깨는 편이었지만, 늘 이렇게 가만히 시간을 죽이곤 했다. 세상 사람들이 깨어나 분주히 움직일 때까지.

그녀는 이 시간을 제법 좋아했다. 자신을 포함한 그 누구도 살아 있는 것 같지 않아서 좋았다.

고요하고, 평온하다. 영원히 해가 뜨지 않기를 바라게 될 만큼.

아네트는 고개를 돌려 침대 옆자리를 바라보았다. 어제 하이너가 앉았던 곳이었다.

그녀는 언제나 홀로 잠에서 깼다. 파다니아는 귀족 평민 할 것 없이 부부가 함께 침실을 썼지만, 그들에게는 해당 사항이 없는 이야기였다. 과거 아네트는 이따금 하이너의 침실을 찾아갔었다. 그렇게라도 부부 관계를 유지하고 싶었다. 또한 아네트는 오랫동안 아이를 가지길 염원해 왔다. 의사들은 그녀가 임신하기 어려운 체질이라고 했지만 그래도 포기하지 않았다. 아이를 가지면, 이 관계가 나아질 수 있으리라고 생각했다. 그리고 하이너는 침실을 찾아오는 그녀를 거부하지 않았다.

왜였을까. 왜 거부하지 않았을까. 헛된 희망을 계속 안고 살게 하려고 한 걸까.

그러나 하이너는 잠자리에서도 다정하지 않았다. 그들은 옷도 다 벗지 않았고, 불을 끈 채로 어둠 속에서 관계했다. 아네트는 단 한 번도 그의 벗은 몸을 본 적이 없었다. 삭막하기 짝이 없는 관계가 끝나고 나면— 그는 언제나 빛이 들기도 전에 침실을 떠났다. 그의 침실임에도 불구하고. 함께 아침을 맞는 일이 죄악이라도 되는 것처럼.

아네트는 눈을 감고 고개를 젖혔다. 지끈거리는 머리를 잘라서 분리해 버리고 싶은 충동이 들었다.

날이 밝자마자 아네트는 의사를 불렀다. 아놀드는 건성으로 그녀를 진찰하더니, 가방에서 주섬주섬 약을 꺼냈다. 이전과 똑같은 약이었다.

아네트가 인상을 살짝 찌푸렸다.

"이 약은 잘 듣지 않는다니까요."

"부인, 이것도 충분히 좋은 약입니다. 무슨 완벽한 약을 원하시는 것 같군요. 그리고 편두통은 흔한 질병이에요. 과민하실 것 없습니다."

"흔히들 이런 두통을 안고 산다고요?"

"그렇습니다."

아네트는 입을 꾹 다물었다. 믿기 어려웠지만, 의사가 그렇다는데 더 할 말이 없었다. 따지고 들어 봤자 딱히 소용도 없을 테고.

"……일단 알았어요. 그리고, 두통뿐만 아니라…… 요즘 몸이 전체적으로 좋지 않은 것 같아요. 속도 너무 메스껍고. 혹시 위염이 아닐까 싶은데."

"스트레스성일 겁니다. 운동 부족이거나요. 자극적인 음식은 피하고, 너무 누워만 계시지 말고 좀 걸으세요."

아놀드의 말투는 늘 방에만 처박혀 있는 아네트의 게으름을 비웃는 것처럼 들렸다. 아니나 다를까 조언을 가장한 비아냥이 이어졌다.

"부인께서 워낙 귀하게 크셔서, 작은 불편함에도 예민하게 구시는 겁니다. 저는 부인의 전속 주치의처럼 해 드릴 수 없어요."

"……그런가요."

아네트는 기어들어 가는 소리로 대답했다. 몇 걸음 떨어진 곳에선 사용인들의 비웃음이 느껴지는 듯했다.

"알았어요. 봐 주어서 고마워요, 닥터 아놀드."

아네트는 애써 상냥하게 미소 지어 보였다. 그러나 입매 끝이 자꾸만 떨려 와서 조금 어정쩡한 표정이 되고 말았다.

"어떤 것으로 하시겠어요, 부인?"

사용인이 드레스 몇 벌을 보여 주었다. 모두 남색이나 회색의 칙칙한 옷이었다. 아네트는 그나마 밝은 남색 드레스를 골랐다. 그래도 파티인데 너무 어두워서는 안 될 것 같았다.

왕정의 몰락 이후 아네트는 검소하게 살았다. 하이너가 그러라고 한 것은 아니지만, 그녀 스스로 그렇게 했다. 조금이라도 화려한 옷을 입으면 당장 가십에 실릴 게 뻔했으므로. 파티를 위해 치장하는 내내 삭막한 공기가 흘렀다. 이런저런 칭찬과 가십거리를 들으며 즐겁게 수다를 떨던 것은 까마득한 옛일이었다.

사용인들은 대체로 집안의 권력 구도에 따라 움직인다. 가끔 인간적인 마음으로 행동하는 자도 있지만, 아네트에게는 해당 사항이 없는 이야기였다. 그들은 모두 평범한 시민으로 왕정 시대 권력자들과 전혀 관계가 없다. 오히려 왕실과 군에 의해 가진 것을 잃었거나, 혁명군에 발을 걸쳤던 경우가 많았다. 아네트에게 호의를 보이거나 동정할 이유가 전연 없다는 뜻이었다.

"머리는 올려 드릴까요?"

"……그렇게 해 주세요."

"장식은 어떻게 하시겠어요?"

"앞머리가 눈을 가리니, 핀만 하나 꽂아 주면 좋겠군요."

그러나 아네트에 대한 그들의 악감정은 정도 이상 표출되지 않았다. 뒷담이나, 비웃음이나, 무책임 정도로 그쳤다. 이들은 기본적으로 악한 사람들이 아니었다. 그게 아네트를 더욱 괴롭게 했다.

"다 되었습니다. 각하께선 바깥에서 기다리고 계십니다."

딱딱하게 말한 사용인이 꾸벅 고개를 숙인 후 물러났다. 아네트는 핸드백에 손수건과 두통약을 습관처럼 챙겨 넣고 관저를 나섰다. 걸음이 바닥에 들러붙는 듯했다.

대문 입구에 차가 정차해 있었다. 뒷좌석 창문 너머로 하이너가 보였다. 기사가 문을 열어 주었고, 아네트는 그의 옆에 조심스레 몸을 앉혔다.

아네트가 드레스 자락을 정리하는 내내, 하이너는 한 손으로 턱을 괸 채 무심히 창밖을 바라보고 있었다. 그 옆모습이 잘 관리된 사냥개처럼 미끈하고 강인해 보였다. 참 알기 어려운 남자라고 생각했었다.

아네트는 파티가 끔찍했다. 그러나 파티에는 파트너가 동행해야 했고, 하이너는 반드시 그녀를 데리고 갔다. 총사령관 부인으로서 최소한의 도리를 하라며.

"하이너, 꼭 내가 가야 하나요? 다른 파트너를 구하면 되잖아요……."

"아내가 있는데 내가 왜 그래야 합니까?"

아무도 그녀를 반기지 않는 자리인데, 어째서 그는 구태여 동행하려는 걸까. 참 알기 어려운 남자라고— 그렇게 생각했었다. 이제 와서 보니 답은 참 쉬웠다. 관저 밖으로 거의 나가지 않는 아네트에게 불행의 장을 열어 주고 싶었던 것이리라. 그녀의 행동반경 중 파티만큼 악의가 선명하고 노골적인 곳도 드무니까.

차가 부드럽게 출발했다. 둘 사이에는 그 어떤 대화도 없었다. 아네트는 그의 반대편으로 고개를 돌렸다.

창밖으로 무연한 가을 하늘이 펼쳐져 있었다. 가로수가 계속해서 스쳐 지나갔다. 누구도 아네트를 보고 있지 않았지만, 그녀는 표정을 공들여 가다듬었다.

"각하! 이거 정말 오랜만입니다."

"초대에 감사드립니다, 미스터 슈미트."

하이너와 아르노가 웃으며 손을 맞잡았다. 아르노 슈미트는 상업자본가이자 혁명에 큰 지원을 한 사람이었다. 론체스터에서 손꼽히는 부자이기도 했다.

"당연히 초대해야지요. 우리 호텔의 큰 투자자이신데."

"멘하펜에도 지점을 세우실 예정이라고 들었습니다."

"우선 추이를 지켜보고 시기를 결정하려고요. 그 왜, 요즘 말이 떠돌지 않습니까. 프란체와 라틀랜드의 친프파들이 손을 잡았다는…… 방위조약 때문에 선불리 나설 수는 없겠지요?"

"현재 웨이트리스를 소협상국에 가담시키는 것을 최우선으로 삼고 있습니다. 성공 여부에 따라 확률이 갈릴 것으로 보입니다만, 최선을 다해 보겠습니다."

아르노가 그렇습니까, 하며 안도 어린 미소를 지었다.

호텔 사업, 금광 사업, 타국의 내전, 공화파와 왕당파, 수도의 가십거리……. 다양한 이야기가 오갔다. 사람들이 점차 하이너의 곁으로 모여들어 인파를 이루었다. 아네트는 내내 입을 열지 않았다. 그녀에게 인사해 오거나, 말을 건네는 이가 없기 때문이었다. 예전에는 하이너의 눈치를 봐서 인사라도 해 왔지만, 이제는 그조차 없었다. 어차피 하이너는 그녀에 대한 대우를 전혀 신경 쓰지 않기도 했다.

"참, 각하. 귄터 의원 측에서 혼담을 넣었다던데요!"

“그 건은 송구하지만 거절했습니다.”

“아, 그…… 그러셨군요. 의원님께서 퍽 아쉬워하셨겠는데요.”

“어째서 거절하셨나요? 잘 어울린다는 말들이 얼마나 많았는데!”

아네트의 맞잡은 손에 힘이 들어갔다. 그들은 그녀가 이 자리에 없는 사람인 것처럼 굴고 있었다. 새삼스러운 일도 아니지만, 아내의 앞에서 남편의 혼담을 논하는 건 명백히 그녀를 무시하는 처사였다.

“거절은 당연합니다.”

하이너는 예의 바르지만 온기가 없는 미소로 응수했다.

“애초에 왜 제게 혼담을 넣으신 건지 잘 모르겠군요. 저는 이미 아내가 있는데.”

그 말에 사람들의 시선이 잠시 아네트에게 모였다가 다시 흩어졌다. 하이너가 덧붙였다.

“……아넬리 엥겔스 양은 훌륭한 여성이니, 저보다 더 괜찮은 남자와 결혼하게 될 겁니다.”

“어머나, 론체스터에 각하보다 괜찮은 신랑감이 어디 있다고.”

동조와 웃음소리가 이어졌다. 아네트는 이 소외감과 어색함을 견디기 힘들어 칵테일 잔을 하나 집어 들었다. 도수가 좀 높은 칵테일이었는지, 한 모금 넘기자마자 열기가 목 안쪽을 긁어내렸다. 나쁘지 않았다. 이 감각에 정신을 집중하는 게 차라리 나았다.

“란슈타인에서 금광이 발견되었다고…….”

“채굴권은 어떻게…….”

모든 대화가 그저 먼 곳의 소음처럼 느껴졌다. 아네트는 멍하니 칵테일만 홀짝였다. 어서 돌아가고 싶은 마음이 간절했다.

세 번째 잔을 거의 비워 갈 즈음, 누군가 그녀의 손에서 잔을 빼앗아 갔다. 아네트는 당황하며 위를 올려다보았다. 하이너였다. 그는 아무것도 하지 않았다는 양 태연히 대화를 이어 가고 있었다. 뭐냐고 말하고 싶었지만 끼어들기도 어려워 보였다.

결국 다른 칵테일 잔에 손을 뻗으려는 순간, 커다란 손이 그녀의 어깨를 가볍게 잡아 저지했다. 다시 그를 돌아보자 하이너가 희미하게 인상을 썼다.

'대체 뭐야.'

다시 잔을 가져올까 싶었지만, 괜한 실랑이를 벌여 주목받고 싶지 않았다. 결국 아네트는 포기하고 다시 지난한 시간을 견디는 수밖에 없었다.

불현듯 단상 위에서 아아, 하는 소리가 났다. 단상에 올라선 사회자가 마이크를 들고 있었다. 사람들의 시선이 하나둘 앞쪽으로 몰렸다. 아네트는 잠시 사회자에게 눈길을 주었다가, 이내 흥미 없이 창밖을 바라보았다. 바깥에는 어느덧 완연한 어둠이 내려앉아 있었다.

사회자의 농담에 사람들이 와르르 웃음을 터뜨렸다. 음식은 맛있는지, 연회를 잘 즐기고 있는지 따위를 물은 사회자가 본론을 꺼냈다.

"저희 벨렌 호텔에서, 오늘 여기 오신 손님들을 위해 특별한 분을 모셨습니다. 대표님께서 힘을 좀 쓰셨죠."

이어 사람들의 탄성이 들려왔다. 그때까지도 아네트는 창밖만 응시하고 있었다.

"아름다운 가을밤에 어울리는 연주를 위해— 파다니아가 낳은 놀라운 천재, 건반 위의 지배자인 펠릭스 카프카입니다!"

아네트의 몸이 움찔했다. 반쯤 내리깔려 있던 눈이 서서히 커지며 동공이 흔들리기 시작했다. 그녀는 휙 고개를 돌려, 박수를 받으며 단상에 오르는 남자를 바라보았다.

펠릭스 카프카. 세계에서 가장 저명한 프리카를로 국제 콩쿠르를 비롯해 온갖 콩쿠르에서 1위를 휩쓴 천재 피아니스트. 한때 아네트의 우상이기도 했던 이였다.

군중을 향해 정중하게 인사한 펠릭스가 피아노 앞에 앉았다. 그는 길게 숨을 들이쉬었다가 내뱉었다. 그리고 스스로의 완벽한 세계에 침잠하듯 눈을 감았다. 그 얼굴은 이 세상의 것 같지 않게 몹시 경건하고 거룩했다. 마치 이 거대한 홀에 펠릭스와 피아노만 존재하는 것 같았다. 눈을 뜬 펠릭스는 머리를 한 번 쓸어 넘긴 후, 왼손을 들었다. 허공을 잠시 부유하던 손가락이 건반 위로 느리게 착지했다. 건반이 눌리며 첫 음이 날 때까지 아네트는 숨도 쉬지 못했다.

녹턴 2번. 단정한 선율이 공기를 휘감았다. 한때 아네트도 수없이 연주했던 곡이었다. 3년에 가까운 공백이 있었음에도 그녀는 이론들을 생생하게 기억해 낼 수 있었다. E 플랫. 세도막 형식. 왼손의 분산화음. 멜로디가 반복될수록 추가되는 비화성음과 반음계적인 선율……. 음의 호흡이 죽기 전에 펠릭스는 다음 음을 연결해 생명을 부여했다. 건반과 건반 사이, 그리고 건반과 건반 사이. 그의 손을 따라 끊임없이 생명력이 부여되었다.

펠릭스는 마치 이데아를 이곳에 재현하는 전달자 같았다. 이 순간 발을 딛고 선 세계가 무의미해지고, 들숨과 날숨이 모두 그의 연주에 저당 잡힌 듯한 감각. 한밤중 창가에서 연인에게 사랑을 속삭이는 선율은 눈물이 날 것처럼 아름다웠다.

피아노 소나타, 라 캄파넬라…… 그리고 앙코르가 끝날 때까지 그녀는 두 손을 힘주어 맞잡고 있었다. 내내 자신을 바라보는 시선도 느끼지 못했다.

일어나 인사하는 펠릭스에게 박수갈채가 쏟아졌다. 단상을 내려온 그의 주변으로 사람들이 모여들었다. 아네트는 제자리에 못 박힌 듯 서서, 그 모습을 간절한 눈으로 바라보았다. 감격과 슬픔으로 가슴 안쪽이 빠듯하게 차올랐다.

당신은 내 우상이었어요.

당신의 연주를 듣고 꿈을 키웠어요.

당신 같은 피아니스트가 되고 싶었어요.

한때 전했었고, 이제는 전하지 못하는 말들이 입 안을 맴돌았다. 아네트와 펠릭스는 과거 몇 번 만난 적이 있었다. 아버지의 인맥 덕분이었다. 그녀는 펠릭스에게 사인을 받았고, 대화를 나누었으며, 응원과 격려도 들었다.

그러나 이젠 아무것도 그때와 같지 않았다. 펠릭스는 평민 출신으로 성공한 천재 피아니스트였다. 내색하지 않았을 뿐 그때도 그녀를 경멸하고 있었을 것이다. 지금은 더할 거고.

아네트의 속눈썹이 파르르 떨렸다. 하이너는 가라앉은 눈빛으로 그 투명한 얼굴을 내려다보았다. 그가 무어라 말하기 위해 입을 달싹이는 순간.

"발데마르 부인도 피아노를 치지 않았나요?"

나긋한 물음이 아네트를 향했다. 반쯤 정신을 놓고 있던 아네트가 몸을 크게 움찔했다. 그녀는 당황을 감추지 못한 채 주위를 둘러보았다. 이미 한차례 말이 오갔는지, 펠릭스를 포함한 사람들이 모두 아네트를 바라보고 있었다. 아네트는 어색하게 웃으며 고개를 저었다.

"그렇기는 하지만, 저는……."

"국제 콩쿠르에서 3위도 했었잖아요."

"아, 저도 기억이 나는군요. 수도 신문에도 크게 났었죠."

“리사이틀도 열었지 않습니까?”

“그건 고 디트리히 후작이 개인적으로 돈을 들여서 홀을 대관한…….”

두런두런 말이 오갈수록 아네트의 얼굴에서 핏기가 가셨다.

부친이 그녀의 연주회에 돈을 들인 것은 맞지만, 리사이틀 자체는 재단을 통해 콩쿠르 수상자에게 주어졌던 자격이었다.

처음 아네트에게 물음을 건넸던 여자가 생긋 미소 지으며 제안했다.

“괜찮다면, 발데마르 부인. 우리에게 한 곡 들려주지 않겠어요?”

“아, 아뇨. 그럴 실력이 못 됩니다.”

“너무 겸손할 것 없어요. 무척 어릴 때부터 실력 좋은 피아니스트들에게 가르침을 받았다고 들었는데요.”

“오랫동안 치지 않아서, 지금은 실력이…….”

“괜찮아요. 자, 어서.”

여자가 아네트의 어깨를 감싸며 앞으로 이끌었다. 아네트는 도움을 구하듯 하이너를 돌아보았지만, 그는 속을 알 수 없는 얼굴로 덤덤히 서 있을 뿐이었다. 순간적으로 헛웃음이 나올 것 같았다.

‘저 사람한테 뭘 기대한 거지.’

이러한 상황을 바라면 바랐지, 말릴 남자가 아닌데. 대체 그에게 뭘 바란 걸까.

떠밀리듯 피아노 앞에 앉은 아네트가 잠시 좌중을 바라보았다. 펠릭스는 그녀에게 시선을 둔 채, 옆 사람의 말에 고개를 끄덕이고 있었다.

아네트는 피아노로 눈을 돌렸다. 오랜만에 가까이서 보는 건반은 한없이 낯설었다. 그녀가 지금 어떤 곡을 치든, 정상급 피아니스트인 펠릭스 카프카의 앞에서는 초라할 게 뻔했다. 3년이나 쉬었으니 더욱 그럴 것이다.

이런 상황에서 연주를 시킨 이유는 뻔했다. 운 좋게 돈 많은 귀족 집안에서 태어나, 최고급의 교육을 받고 리사이틀까지 열었으면서…… 고작 이런 실력이라는 것. 그 사실을 이 자리에서 드러내고 모욕하고 싶어서.

아네트는 창백해진 얼굴로 고개를 수그렸다. 간간이 유리잔이 부딪치는 소리를 제외하면 홀 안은 끔찍할 정도로 고요했다. 정적이 길어질수록 머릿속이 시시각각 무너졌다. 꽤 오랫동안 그녀가 꼼짝도 하지 않자, 몇몇이 수군거리기 시작했다. 그 수군거림은 마치 채찍 소리처럼 들렸다.

아네트는 눈을 꾹 감았다가 뜨고선 힘겹게 손을 들었다. 그러나 그 손은 건반 위에 닿지 못했다.

손끝이 덜덜 떨려 왔다. 긴장이나 수치심 때문이 아니었다. 형편없는 곡을 들려주고 얻게 될 비웃음이 두려워서가 아니었다. 곡을 잊어버려서도 아니었다.

"아네트!"

단지…….

"도망가야 한다!"

단지 피아노를…….

"일어나!"

피아노를, 칠 수가 없었다. 단 한 음도.

"어서 도망—!"

찬물을 뒤집어쓴 것처럼 한기가 돌았다. 아네트는 저도 모르게 한 손으로 입을 틀어막았다. 급격히 두통이 몰려오며 속이 미친 듯 울렁거렸다.

아네트는 자리에서 벌떡 일어났다. 의자가 요란한 소리를 내며 밀려났다. 사람들의 당혹한 면면들 따위는 다 무시한 채 그녀는 빠르게 홀을 벗어났다.

문을 닫을 새도 없이 화장실로 들어섰다. 곧장 구석에 있는 좌변기를 붙잡고 속을 게워 냈다.

"웨엑—."

식도가 타는 것처럼 뜨거웠다. 아네트는 연신 헛구역질을 했다. 두 세 번 게워 내고 나자 더 나오는 것도 없었지만, 여전히 속은 불쾌할 정도로 울렁거렸다.

"로젠베르크 양의 이야기는 들었습니다. 재능이 아주 뛰어나시다고. 언젠가 후배로 다시 뵈면 좋겠군요."

이런 식으로 다시 마주하게 될지 누가 알았을까. 아네트의 꽉 다문 입술이 경련하듯 떨렸다. 재능? 애초에 있었는지조차 의문이지만, 있었다 한들 이제 다 무슨 소용인가. 피아노 앞에 앉는 것조차 버거운데.

한참 거칠게 숨을 몰아쉬던 아네트는 비척비척 일어섰다. 물을 내리고 세면대 쪽으로 돌아서자마자, 그녀의 움직임이 뚝 멎었다.

하이너가 화장실 문가에 유령처럼 서 있었다. 왜인지 그는 놀란 듯한 얼굴이었다. 지난 3년 동안 단 한 번도 본 적이 없는.

아네트는 고개를 돌려 버렸다. 머리가 아파서 깊게 생각하고 싶지 않았다. 그녀는 세면대에서 손을 씻고 입 안을 헹군 후 문 쪽으로 걸음을 옮겼다. 그때까지도 하이너는 그 자리에 못 박혀 있었다. 그의 앞에 당도한 아네트가 지친 듯 눈을 감았다. 피곤했다.

"……집에 가고 싶어요."

그녀가 체감하기에, 모든 것은 하루아침에 일어났다.

무장한 혁명군이 로젠베르크 저택까지 쳐들어왔을 때 아네트는 본가의 연습실에서 피아노를 치고 있었다. 콩쿠르가 코앞이었다. 다른 것에 신경을 쓸 새는 없었다. 방 안에 가득 찬 피아노 소리 때문에, 그녀는 바깥의 소음을 듣지 못했다. 긴박한 얼굴의 부친이 벌컥 문을 열고 들어올 때까지도.

"아네트, 아네트! 도망가야 한다!"

"아버지? 갑자기 왜……."

"설명할 시간 없으니 일단 일어나! 저택 뒤쪽으로—!"

탕!

총성과 함께 디트리히의 동공이 작아졌다. 피가 벽면과 바닥에 흩뿌려졌다. 아네트는 비명을 지르며 입을 가렸다. 비틀거리던 몸이 이내 쿵 소리를 내며 문밖 복도에 쓰러졌다. 아네트의 시야에서는 아버지의 널브러진 다리밖에 보이지 않았다.

혁명군들의 발걸음 소리가 저택을 울렸다. 복도 안쪽까지 진입한 그들은 디트리히의 시체 앞에 서서 무어라 이야기를 나누었다.

"즉살하면 안 된다고……!"

"……오발을……."

"우선 올 때까지……."

그들 중 하나와 아네트의 눈이 마주쳤다. 혁명군은 곧장 그녀에게 총구를 겨누었다가, 별 위협이 안 된다고 판단했는지 다시 거두었다.

"후작의 딸이군."

그들의 입가에 비웃음이 떠올랐다.

"한가롭게 피아노나 치고 있었던 모양이지? 고귀하기도 하셔라."

3년 전의 일이었다.

아네트는 관저 1층의 가장 안쪽에 있는 방으로 들어섰다. 벽 곳곳에 달린 백열등 몇 개를 켜자 안의 모습이 드러났다. 방 한가운데에는 커다란 무언가가 하얀 천에 덮인 채 놓여 있었다. 그녀는 천 끄트머리를 잡고 잠시 망설이다가, 천천히 걷어 냈다.

반질반질한 검은 표면이 드러났다. 그녀가 처녀적부터 쓰던 피아노였다. 결혼하며 로젠베르크 저택에서 발데마르 저택으로, 하이너가 총사령관이 된 이후에는 관저로 옮겨 왔다.

아네트는 의자에 앉아 피아노 뚜껑을 열었다. 건반은 색 하나 바래지 않고 깨끗했다. 다만 조율을 하지 않은 지 오래라 깨끗한 음을 기대하기는 어려워 보였다.

그녀는 건반을 가만히 바라보았다. 어디를 누르면 어떤 음이 나는지 여전히 확신할 수 있었다.

'이젠 다 쓸모없지만.'

부친의 죽음 이후, 당연히 콩쿠르에는 나갈 수 없었다. 아네트가 이룬 모든 경력은 무너졌다. 권력을 이용해서, 인맥을 움직여서, 돈을 들여서— 이룬 것들이라는 꼬리표가 따라붙었다. 피아노를 치지 못하게 된 건 그때부터였다. 연주는커녕 건반을 누를 수조차 없었다. 처음에는 다시 쳐 보려고 수도 없이 노력했지만, 모두 실패로 돌아갔다. 그 뒤로는 아예 피아노를 외면했다. 잊고 살았다. 그러려고 노력했다.

'시간이 좀 흐르면 괜찮아질 거라고 여겼는데…….'

조도가 높지 않은 백열등에 비친 건반은 표면이 창백했다. 만지면 손끝이 얼어 버려 산산이 부서질 것만 같았다.

새벽이 깊어 갔다. 그 앞에 한참을 앉아 있던 아네트는 문득 깨달았다.

자신에게 남은 건 정말로 아무것도 없었다.

"주무장은 5발들이 탄창인 30구경 볼트액션(bolt—action) 소총으로 채택되었습니다. 확실히 폐쇄도가 높아서 작동 불능에 빠질 확률이 적어 보입니다."

“이 정도면 반자동총기를 사용하지 않아도 되겠군. 그리고 여기, 총열이 총몸과 최대한 떨어지도록 할 수는 없나?”

“말해 보겠습니다.”

고개를 끄덕인 하이너는 총기 모델을 다시 천에 감쌌다. 저격수용 주무장의 경우, 그가 직접 모델을 검토하고 승인하는 편이었다.

“퇴근 시간이 지났군. 오늘은 여기까지 하지. 수고했어.”

“예!”

거수경례한 프리츠 준장과 유겐 소령이 총사령관실을 나섰다. 하이너는 전투기 구매에 관한 서류를 검토하고 도장을 찍은 후, 프란체의 외교 현황 보고서를 살폈다.

‘무기 구매 내역…….’

프란체의 군수물자 표를 확인한 하이너의 미간이 좁아졌다.

라틀랜드는 오래전 프란체로부터 독립했지만, 여전히 그 땅에 프란체인들이 많이 살았다. 그들은 다시 프란체와의 합병을 원하는 친프파였다. 전쟁 동기는 충분했다. 심지어 라틀랜드는 군부의 잦은 쿠데타로 인해 내정이 혼란한 상태였다. 이 내전이 강대국들의 외교적 문제로 번진다면 큰 전쟁이 발발하게 될 수도 있었다.

하이너는 나이에 걸맞지 않은 노련한 감각으로 방위조약을 원만히 유지하고 있었지만, 이는 확실한 답이 되어 주지 못했다.

‘아직 뚜렷한 양상은 드러나지 않았다. 하지만 그렇다고 좌시할 수도 없다.’

대부분의 국가가 민족주의적 경향을 띠고 있는 시기였다. 이런 때 일어나는 전쟁은 분명 지원입대의 열풍을 불러일으킬 것이다. 무수한 희생이 따르겠지.

하이너는 전쟁이 어떤 후유증을 남기는지 잘 알고 있었다. 그가 그랬고, 그의 동료들이 그랬다. 어떤 충격을 겪은 사람은 반드시, 어떤 형태로든…….

"……집에 가고 싶어요."

사고가 돌연히 한곳에서 멈추었다.

하이너는 다소 짜증스러운 얼굴로, 이마를 짚고 있던 손을 뗐다. 여기서 왜 그 여자 생각이 나는 거지.

그는 눈가를 한 번 문지른 후 다시 서류를 들여다보았다. 하지만 활자는 이해의 영역을 벗어나 조각난 철자로 분해될 뿐이었다. 애써 잡념을 몰아내려고 해 봐도 뜻대로 되지 않았다. 그 여자에 관해서는 늘 이런 식이었다. 하이너는 골치 아프다는 듯 서류에서 눈을 뗐다.

머릿속에서 일련의 장면들이 반복적으로 재생되었다. 도움을 구하듯 그를 보던 눈빛, 피아노 앞에서 가늘게 떨리는 몸, 연회장을 뛰쳐나가는 목 졸린 낯, 주저앉아 헛구역질을 하는 뒷모습……. 그때 아네트가 보인 행동은, 마치 트라우마의 발현처럼 보였다.

"하."

하이너는 저도 모르게 실소했다. 트라우마? 트라우마라고? 지난 3년간 눈물 한번 보이지 않은 여자가 트라우마는 무슨 트라우마.

'어릴 때는 같잖은 이유로 잘만 울더니.'

그 여자가 피아노 실력이 늘지 않는다며 눈물을 뚝뚝 흘릴 때, 하이너는 훈련소에서 욕설과 구타 아래 혹독한 훈련을 받고 있었다. 그 여자가 화려하고 안온한 저택 안에서 고상하게 파티나 열고 있을 때, 그는 작전이라는 미명 아래 사람을 죽였고 고문을 당했다. 그런 여자가 트라우마라고.

하이너의 손에 들린 서류가 약간 구겨졌다. 그는 이를 악문 채 서류를 아무렇게나 내던졌다. 종이가 팔랑팔랑 소리를 내며 떨어졌다.

"이혼해요, 하이너."

피아노 하나에는 그토록 동요하면서, 담담한 얼굴로 이혼을 지껄이는 여자였다. 그따위는 아무런 의미도 되지 않는다는 듯.

"내게 아직도 쓸모가 남았나요?"

쓸모? 쓸모는 없다. 하지만 애초에 쓸모를 논할 시기는 이미 한참 지나 있었다. 하이너도 이 선택이 비이성적이라는 사실은 알았다. 하지만 이대로 평온히 놓아줄 수는 없었다.

그 여자를 얻기 위해 자신이 뭘 감내했는데.

"원수의 딸을 사랑하는 척하느라 힘들었겠다."

"……제길."

하이너는 한 손으로 성마르게 얼굴을 쓸어내렸다.

어리고 외롭던 시절의 어설픈 짝사랑 따위, 지워 버리고 싶은 과거일 뿐이었다.

관저로 돌아온 하이너에게 집사가 말을 전했다. 보고를 듣던 그의 표정이 딱딱하게 굳어졌다. 하이너는 환복도 하지 않은 채 곧장 아네트의 침실로 향했다.

벨렌 호텔 개관 연회 이후, 아네트는 방 안에서 칩거했다. 원래도 잘 나오지 않는 여자였지만 이번은 정도가 심했다. 집사의 말에 의하면 식사도 거부한다고 했다. 자신이 크게 신경 쓸 바는 아니었으나 반발의 의미인가 싶어서 거슬렸다.

침실 문을 벌컥 열어젖히려던 그의 손이 순간 멈칫했다. 하이너는 꽉 주먹을 쥐었다가 펴고선, 문을 두 번 두드렸다. 그 귀족 아가씨는 신사답지 않은 태도를 경멸할 테니까.

'이미 그 여자의 심기란 심기는 다 거슬러 놓고, 우습군.'

하이너는 자조하며 방문을 열었다. 안에서는 아네트가 꼿꼿한 태로 수를 놓고 있었다. 여전히 불쾌할 정도로 고고해 보이는 모습이었다. 아네트는 그에게 눈길조차 주지 않았다. 눈을 내리깔고 입매를 다문 옆얼굴은 자로 잰 듯 무결했다. 그 완벽한 정물 같은 풍경과 달리, 한쪽 협탁에는 약봉지가 굴러다니고 있었다. 그를 본 하이너의 눈동자에 언짢음이 스쳐 갔다.

"……종일 방 안에서 수만 놓고 있습니까? 식사도 거르고?"

그는 냉담한 어조 아래 짜증스러움을 감추며 말했다.

"시위라도 하는 겁니까?"

"그런 거 아니니까 신경 쓰지 말아요."

"약이 대체 몇 개야."

중얼거린 하이너가 협탁 앞으로 성큼성큼 다가섰다. 위에 굴러다니는 반투명한 종이들은 전부 비어 있었다. 그는 협탁 아래 서랍을 열어 보았다.

천에 색실을 꿰던 아네트가 번쩍 고개를 들었다.

"왜 함부로 열어 보는—."

"기밀 문서라도 숨겨 놨습니까?"

"그런 게 아니라."

"그러면, 봐서 문제 될 게 있습니까?"

뒤에서는 더 이상 말이 없었다. 하이너는 첫 번째 서랍을 닫고 두 번째 서랍을 열어 보았다. 안에는 약봉지 몇 개와 손바닥만 한 통이 하나 들어 있었다. 열어 본 통 안에는 하얀 약이 반쯤 차 있었다. 그는 손바닥에 몇 개를 덜어 확인했다. 동그랗고 작은 약 위에는 알파벳과 숫자가 새겨져 있었다.

"뭡니까, 이거?"

하이너는 몸을 돌려 물었다. 눈을 몇 번 깜빡인 아네트가 주저주저 대답했다.

"……그냥 약이요."

"약은 아놀드에게 주기적으로 받고 있지 않습니까?"

아네트는 식사보다도 약을 더 자주 먹는 여자였다. 약을 지나치게 과다 복용하는 것 같아서, 아놀드에게 반드시 약통이 아닌 개별 봉투에 담아 주기별로 처방하도록 했었다.

"요즘 복용을 잘 안 해서…… 안 먹다 보니 쌓였네요."

쌓였다고? 정말로 복용하지 않아서 쌓인 거였다면, 개별 봉투에 그대로 담아져 있어야 했다. 이렇게 따로 모아 둘 게 아니라.

하이너는 딱딱하게 굳은 얼굴로 약통 뚜껑을 닫았다.

"우선 이건 가져가겠습니다."

"그걸 당신이 왜."

"오래된 약을 굳이 둘 필요는 없어 보이는군요. 의사에게 새로 처방받으십시오."

어떠한 변명이나 반박도 허용하지 않는 완고한 목소리였다. 아네트는 무어라 말할 듯 입술을 달싹이더니, 이내 힘없이 고개를 떨어뜨렸다.

문득 하이너의 시선이 테이블 위 자수천에 닿았다. 하얀 천 위에 놓은 수는 잘 모르는 그가 보기에도 삐뚤빼뚤 엉망이었다 하이너는 그녀의 자수 실력이 제법 뛰어나다는 것을 알고 있었다. 과거 아네트는 그에게 직접 만든 자수 손수건을 여럿 선물했었다.

"하이너, 선물이에요."

그녀가 수줍은 듯 웃으며 건넨 손수건에 놓인 자수는 너무도 섬세하고 아름다웠다. 하이너는 만일 훈련소에 이 과목이 있었다면 자신은 틀림없이 낙제했을 거라고 생각했다. 귀족 아가씨는 이런 점잖고 우아한 것들만 배우나, 여유가 넘쳐흐르는 모양이지, 하고 비웃기도 했었다. 그 역겨운 손수건은 쓰지 않았다. 그렇다고 버리지도 못했다. 지금까지도. 실상 처박아 놓은 것에 불과했으나 수의 모양이나 정교함은 생생히 기억하고 있었다. 그때 놓은 자수와 지금의 자수는 같은 사람이 놓았다고는 믿기 어려울 만큼 달랐다. 마치 어린아이가 놓은 것처럼…….

눈앞의 자수천을 거슬리는 듯 바라보던 하이너가 호출기를 눌렀다. 곧장 사용인이 들어왔다. 하이너는 돌아보지도 않고 명령했다.

"식사 들여보내세요. 가벼운 걸로."

"먹고 싶지 않아요."

아네트가 반발했지만 하이너는 대꾸 없이 협탁 위의 빈 종이들을 치웠다.

"먹기 싫다고요."

"굶어 죽기라도 하시려고?"

"내가 굶어 죽든 말든, 당신이 무슨 상관이에요."

"죽을 거면 좀 더 우아한 방식으로 죽으십시오."

하이너는 깨끗해진 협탁에서 돌아서며 차갑게 그녀를 바라보았다.

"로젠베르크의 공주님이신데."

순간 아네트의 표정이 딱딱하게 굳어졌다. 그녀는 꾹 입을 다물더니 눈을 내리깔았다. 그 상처 입은 듯한 얼굴에, 하이너는 제가 빈정거려 놓고서도 못내 더러운 기분을 느꼈다.

로젠베르크의 공주님. 과거 사람들은 아네트를 그렇게 불렀다. 아네트는 수도의 모든 남성이 선망했던 숙녀였다. 그 드높은 로젠베르크의 외동딸이었고, 아름다운 외모와 상냥한 마음씨를 지녔으며, 촉망받는 피아니스트이기까지 했다. 누구도 그녀를 함부로 대할 수 없었다. 아네트는 그저 보는 것만으로도 그 고귀함을 절감하게 하는 이였으니까. 그때의 호칭을 지금 부르는 건 그저 조롱이나 다름없었다.

불편한 침묵에 휩싸여 있을 무렵, 사용인이 음식을 들고 들어왔다. 하이너는 그것을 테이블 위에 놓도록 한 후 말했다.

"드십시오."

"나가 줘요. 알아서 먹을 테니까."

"그래 놓고 손도 대지 않은 채 내보내려고?"

"내가 그런다고 하면, 당신이 어쩔 건데요?"

아네트가 날카로운 어조로 말했다. 하이너의 눈이 약간 커졌다.

"……당신답지 않은 말투군요."

"나다운 게 뭔데요? 나에 대해 얼마나 안다고."

그렇게 말한 아네트가 하, 하고 비웃음을 흘렸다. 이것도 그녀답지 않았다. 하이너가 알아 온 이래, 아네트는 단 한 번도 이런 식의 비아냥거리는 말투를 사용한 적이 없었다. 그녀는 화를 낼 때조차 정직하게 분노를 표했다. 아네트는 그의 의도적인 접근을 알게 되어 이혼을 요구할 때조차, 담담하고 유약하게 굴던 여자였다. 하지만 지금의 그녀는 상당히 예민해 보였다.

'혹시 약을 빼앗아서?'

대체 그 약이 뭐기에. 하이너는 바짝 일어선 신경줄을 다잡으며 고저 없이 말했다.

"적어도 당신이 나에 대해 아는 것보다, 내가 당신에 대해 아는 게 더 많을 겁니다."

"당연히 그렇겠죠. 나에 대해 알아야 내 마음을 얻기 위해 연기할 수 있었을 테니까."

그 말에 하이너는 순간적으로 자문했다.

"하지만 하이너."

지금도 나는 당신 마음 안에 있나.

"이젠 아무것도 그때와 같지 않아요."

당신은 아직도 나를 사랑하고 있나.

"모든 게 달라졌죠."

나는 왜 이런 것을 묻고 싶어 하나.

"이제 나는 '로젠베르크의 공주님'이 아니고, 당신의 연인도 아니고, 세상 모르던 어린 나이도 아니에요. 당신이 알던 나와 지금의 나는 전혀 다른 사람이라고."

"……글쎄, 모르겠군요."

"그렇다면 이제는 알아 둬야 할 거예요."

하이너는 표정 없는 얼굴로 그녀를 내려다보았다. 정말로 모르겠다. 분명 아네트의 말이 맞았다. 그녀는 이제 아무것도 아니다. 그 잘난 태생도 휴지 조각이 됐고, 넘치도록 받던 사랑도 다 사라졌고, 좋아하던 피아노도 칠 수 없게 됐다. 그녀는 이제 아무것도 아니었다. 그런데 왜…….

하이너는 소리 없이 입술을 달싹였다.

그런데 왜. 왜 당신은 여전히 이렇게 아름답고 고귀해서, 왜 나는 여전히 당신 앞에만 서면 이따위 열등감과 비참함을 느껴야 하나. 정말로 모르겠다.

"……식사나 하십시오. 억지로 먹이기 전에."

약간 잠긴 목소리로 말한 하이너가 맞은편 의자에 걸터앉았다. 목전에서 본 그녀의 이목구비는 더욱 섬세해 보였다.

"어서."

하이너의 재촉에 아네트는 마지못해 수프를 먹기 시작했다. 어찌나 조용하고 느리게 먹는지 식기 달그락거리는 소리조차 나지 않았다.

하이너는 조금 어수선한 낯으로 그녀를 관찰했다. 아네트가 조금도 그에게 눈길을 주지 않았기에 가능한 일이었다.

희고 작은 얼굴. 파다니아 미인의 상징이나 마찬가지인 금발에 푸른 눈. 눈 밑에 그림지를 드리우는 긴 속눈썹과 흠 없는 콧날. 정말이지 어릴 때 그대로였다. 훨씬 성숙해졌을 뿐. 하이너는 처음으로 아네트를 보았던 순간을 떠올려 냈다.

인형 같던 여자아이. 건반 위를 오가던 작고 하얀 손. 정말 같은 하늘 아래에서 태어나 같은 숨을 쉬고 살아가는 게 맞나 싶을 정도로 고결한 생김새. 그때, 제가 얼마나 낮고 비천하게 느껴지던지.

하이너는 애써 상념을 지워 냈다. 그는 무겁게 가라앉은 눈으로 테이블 위에 놓인 자수를 바라보았다. 실이 여기저기 엉켜 있었다.

천천히 수프를 젓던 아네트가 문득 입을 열었다.

"잠깐 혼자서 어딜 다녀오고 싶어요. 조금 멀리."

"혼자? 어디를 말입니까."

"그건 아직 안 정했지만, 어디든……."

"그런 말을 내가 들어줄 거라고 생각합니까? 당신이 어디로 갈 줄 알고?"

"생각해 보면."

수프 속을 빙글빙글 돌던 숟가락이 멈추었다.

"내가 당신에게 일일이 허락을 맡게 된 게 언제부터였을까요?"

내리깔린 눈은 그를 보고 있지 않았다. 그녀가 조용히 중얼거렸다.

"당신 생각은 알았어요."

그 말을 끝으로 아네트는 더 이상 묻지 않았다. 하이너도 입을 다물었다. 둘 사이에 다시 침묵이 찾아왔다. 꾸역꾸역 음식을 떠먹던 그녀는 삼 분의 일을 간신히 비우고서 수저를 내려놓았다.

"못 먹겠어요."

"며칠 굶은 사람도 그것보단 잘 먹겠군."

"그렇게 감시하듯 하고 있는데 넘어갈 리가 없잖아요. 체할 것 같아요."

낮게 한숨을 내쉰 하이너가 몸을 일으켰다. 문 쪽으로 걸어가던 그의 걸음이 잠시 멈추었다. 하이너는 고개만 약간 돌려 그녀를 바라보며 경고하듯 말했다.

"……앞으로 한 번만 더 내 귀에 식사를 거부한다는 소리가 들려오면, 정신병적 식이장애로 간주하고 병원에 넘기겠습니다."

대답은 돌아오지 않았다. 아네트는 부쩍 수척해진 얼굴로 수프만 내려다보고 있었다.

하이너는 주먹을 꽉 쥐었다가 펴고선 거칠게 문을 열었다.

긴 다리가 방 안을 가로질렀다. 제 방에 들어온 하이너는 약통을 책상 위에 올려 둔 후, 전화 교환기의 다이얼을 돌렸다. 오래 지나지 않아 건너편에서 전화를 받았다.

[예, 아놀드 버켈입니다.]

"하이너 발데마르입니다. 저녁 시간에 미안합니다, 닥터 아놀드. 잠깐 통화 가능합니까?"

[아, 각하. 괜찮고 말고요. 어쩐 일이십니까?]

"이름을 알고 싶은 약이 하나 있습니다. 아내에게 처방된 약이더군요. 작은 원형에 흰색이고, 가운데에 S, Z, 5라고 쓰여 있군요."

[S, Z……. 아, 시나젤이군요.]

"안정제입니까?"

[예. 보통 수면제로 처방합니다. 부인께도 수면제로 처방해 드렸고요.]

"……그렇군요. 감사합니다. 그럼 다음에 뵙죠."

[예, 각하. 평안한 밤 보내시길.]

전화를 내려놓은 하이너는 책상에 손을 짚은 채 한참 숨을 골랐다. 어두운 방 안에 죽음 같은 적막이 흘렀다. 침침한 시야 안에서 약통은 눈이 아플 정도로 흰빛을 띠고 있었다. 그 표면이 아네트의 파리한 얼굴과 겹쳐 보였다. 하이너는 책상 위의 약통을 낚아채듯 쥐어 쓰레기통에 처박았다.

"웃기지도 않는군."

음산하게 뇌까린 그가 몸을 돌려 옷장으로 걸어갔다. 하이너는 회색 외투를 벗어 옷걸이에 걸고, 셔츠 단추를 툭툭 풀어 내려갔다.

약을 모으는 건 죽음을 생각하는 사람들의 행동적 징후다. 하지만 하이너는 아네트가 진심으로 자살을 고려하고 있으리라고는 전혀 생각하지 않았다. 단지 심리적 위안을 위한 습관이겠지.

아네트는 겁 많고 나약한 여자였다. 죽음을 결단할 용기조차 없는. 그러니까 신문의 여론이나 피아노 따위에 저렇게 벌벌 떠는 것이다. 교련도, 구타도, 고문도, 굶주림도, 살인의 감각도…… 아무것도 모르는 여자니까. 고작 그런 것에 지독한 불행을 느끼는 것이다.

하이너는 단추를 푸는 내내 자꾸 헛손질을 했다. 그러나 개의치 않았다. 그는 무감한 얼굴로 눈앞의 전신 거울을 바라보았다. 음울한 회색 눈의 사내가 유리 속에 갇혀 있었다.

"볼수록 생각하는 건데, 당신은 눈이 참 예쁜 것 같아요."

"제 눈이요? 그런 말은 처음 들어 봅니다."

"정말요? 설마, 이렇게 예쁜데. 저는 당신 얼굴 중에서 눈을 제일 좋아해요."

"다른 곳은 별로고요?"

"그럴 리가! 저 눈 높아요. 잘생기지 않은 남자는 절대 애인으로 안 둔다고요."

"이런, 저는 당신이 예쁘지 않아도 좋아했을 텐데."

"그건 어쨌든 내가 예쁘다는 뜻이죠?"

"당신이 세상에서 제일 예뻐요."

사랑을 담은 눈매가 부드럽게 휘어졌다. 푸른 눈동자는 그 안으로 잠겨 거의 보이지 않게 되었다. 먼 곳에서 봄바람이 불어왔다. 눈부신 금색 머리칼이 휘날렸다. 뒤이어 맑은 웃음소리가 꽃잎처럼 흩어졌다.

환상이 지나간 자리에는 황폐한 회색 지대만이 남아 있었다. 그는 눈을 길게 감았다가 떴다. 다시 현실이었다.

당신이 불행하다면 기꺼운 일이야. 하이너는 속으로 중얼거렸다.

내가 절망했던 만큼 당신도 절망해야지. 내가 잃었던 만큼 당신도 잃어 봐야지. 내 불행한 순간들에 당신이 있었으니까, 당신의 불행한 순간들에도 내가 있어야지. 내 삶이 너무 오래 어두웠던 만큼, 당신의 삶도 그래야지.

하이너는 셔츠를 벗었다. 고요 속에서 옷이 부스럭거리는 소리만이 사위를 채웠다. 어둠에 반쯤 묻힌 거울 위로, 벌어진 어깨와 근육으로 꽉 짜인 가슴이 비쳤다. 가슴 윗부분에는 엉망인 필체로 공용어 글귀 하나가 새겨져 있었다. 붉은 자국이 얽혀 있는 그것은 낙형의 흔적이었다.

'IM A RENT BOY OF PADANIA(나는 파다니아의 남창입니다)'

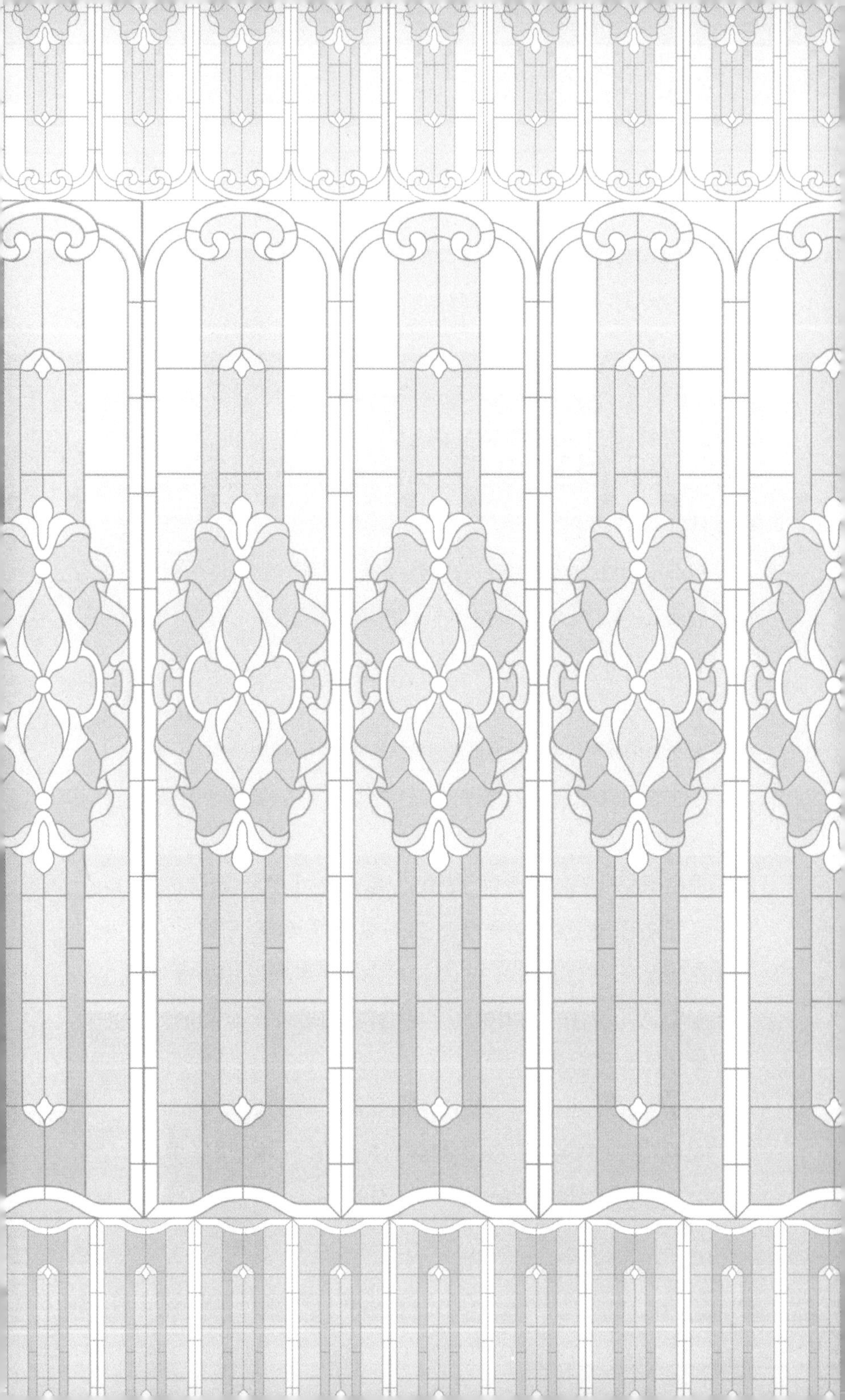

2장

우리는 고통스럽겠지만

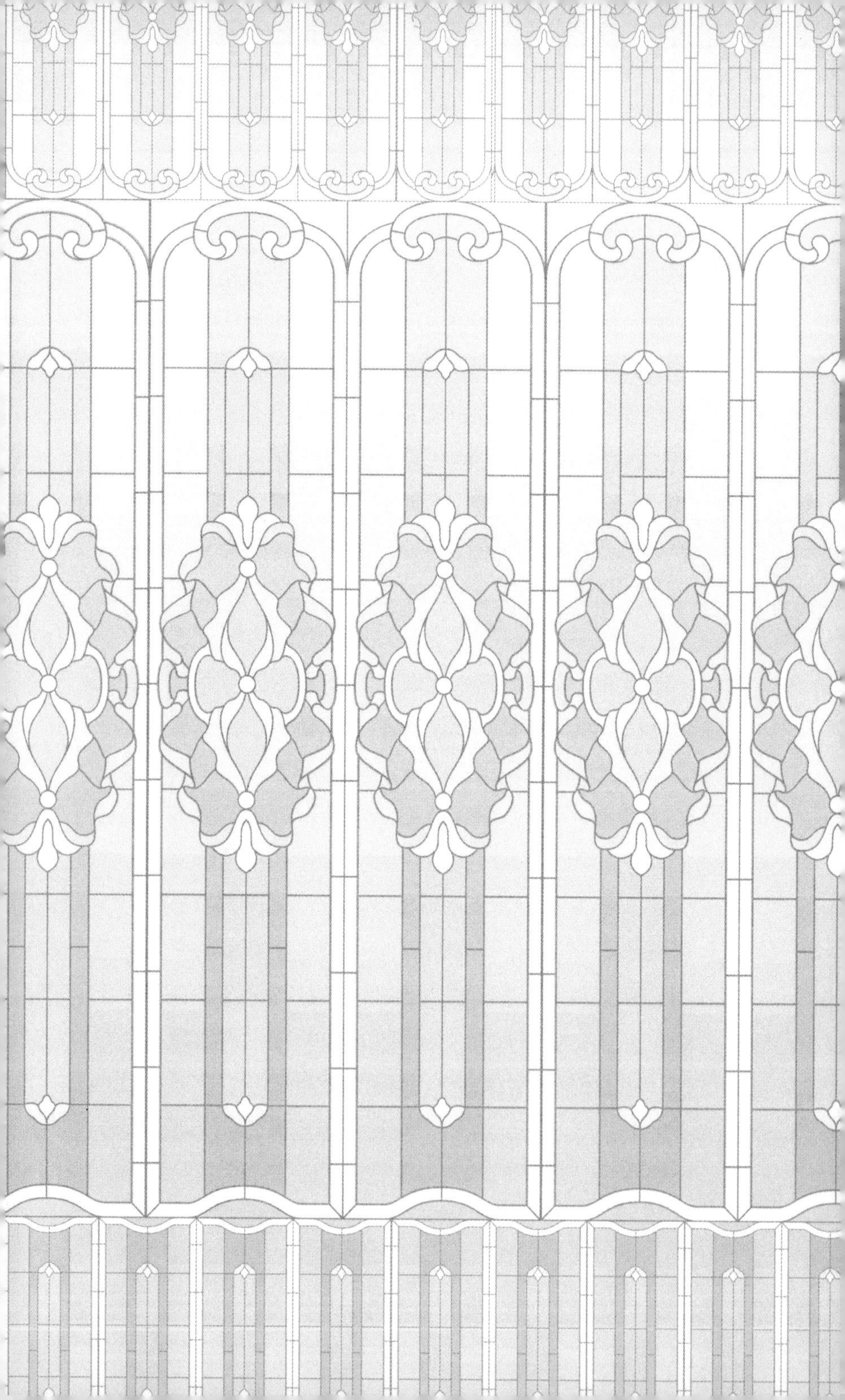

점심시간이 지난 때, 사용인이 아네트에게 방문 요청을 알려 왔다.

"부인, 어떤 신사분께서 만남을 청하십니다. 부인의 예전 지인이라고 하는데……."

"내 지인이라고요?"

자신을 찾아올 만한 지인이 있나. 아네트가 의아해하는 순간, 익숙한 이름이 들려왔다.

"예. 안스가, 라고 하면 아실 거라 했습니다."

그 이름을 한번 곱씹어 본 아네트의 눈이 서서히 커졌다. 그녀는 멍하니 중얼거렸다.

"안스가……?"

안스가 슈테터. 이제는 몰락해 버린 슈테터 백작가의 차남이자, 아네트의 친구였다. 과거 안스가는 아네트에게 구애했었지만 이루어지지 못했다. 아네트가 결혼하자 그는 웨이드리스로 유학을 갔고, 혁명 이후로는 소식을 듣지 못했다.

"저, 부인? 어떻게 할까요?"

"……아. 그……."

아네트는 선뜻 대답하지 못하고 머뭇거렸다. 안스가를 믿을 수 없다거나, 그가 불편하다거나 하는 이유는 아니었다. 다만……. 이런 꼴을 보여 주기가 비참했다.

슈테터는 로젠베르크의 가까운 우군이었다. 그래서 아네트와 안스가가 어릴 때부터 가까운 사이로 자라난 것이기도 했다. 로젠베르크의 몰락과 함께, 당연한 수순으로 슈테터도 무너졌다. 안스가는 혁명 당시 해외에 있었기에 다행히 화를 피할 수 있었다. 그러나 아네트와 안스가의 처지는 달랐다. 단순히 국내외의 차이가 아니었다. 그녀는 안스가뿐 아니라 여느 다른 몰락 귀족들과도 처지가 달랐다.

혁명 이후, 혁명군은 유혈 사태를 정당화하고 불안한 정세를 통합하기 위해 여론을 이용했다. 그 선전에 이용된 것이 아네트였다. 그녀는 이 일에 상당히 적합했다. 왕실의 피이자, '고귀함'의 상징이었고, 군부 대장의 딸이었으므로. 언론은 아네트를 목덜미까지 물어뜯어 반귀족 정서를 확산시켰다. 현재 파다니아에서 아네트의 이미지는 희대의 악녀나 다름없었다.

고민하던 아네트는 결국 허락의 의사를 전했다.

"……응접실에…… 우선 응접실에 들이세요. 잠깐만 기다려 달라고……."

"알겠습니다."

사용인이 고개를 숙여 보인 후 나갔다. 아네트는 화장대에 앉아 거울을 바라보았다. 우울한 인상의 여자는 금방이라도 쓰러질 듯했다. 그녀는 간단히 화장을 했다. 붉은 립스틱을 입술에 칠하고, 뺨에도 살짝 문질러 바르자 그나마 생기가 도는 것 같았다.

응접실로 내려가자 앞에 사용인이 대기하고 있었다.

"손님은……?"

"안에 계십니다. 차를 내드렸어요."

아네트는 천천히 심호흡한 후, 응접실의 문을 열었다. 손잡이를 돌리는 손이 약간 떨리고 있었다. 응접실 안에서는 은은한 차향이 났다. 소파에 갈색 정장의 사내가 단정히 앉아 있었다. 아네트가 들어서자, 안스가는 모자를 벗으며 자리에서 일어났다.

"아네트."

"……오랜만이네."

아네트는 가벼운 미소를 띤 채 담백하게 응수했다. 그와 반대로 안스가의 얼굴에는 반갑고도 슬픈 기색이 역력했다. 안스가가 성큼성큼 걸어와 그녀를 끌어안았다. 아네트는 울컥하는 마음을 내리누르며 그의 등에 손을 얹었다. 그들은 짧게 포옹한 후 떨어졌다. 안스가는 다시 자리에 앉는 내내 아네트의 얼굴에서 시선을 떼지 않았다.

"많이 말랐네."

"그래 보여?"

"여전히 예쁘고."

아네트는 대답 없이 웃었다. 혹 안스가가 제게 아직도 마음이 있나, 하고 생각하던 그녀는 이내 생각을 털어 냈다. 그렇든 그렇지 않든 이제는 중요하지 않았다.

"네게 먼저 편지를 보냈었는데 답이 없더라. 그래서 어쩔 수 없이 직접 찾아왔어."

"모르는 주소의 편지는 먼저 걸러 내라고 말해 뒀어. 그랬나 봐. 혹시 옛날 저택으로 헛걸음했던 건 아니지?"

아네트는 농담처럼 말했지만, 안스가의 표정은 밝지 않았다.

"……그럴 리가. 당연히 관저를 먼저 찾았지. 총사령관 부인이잖아."

"어떻게 지냈어? 혹시 파다니아로 완전히 돌아온 거니?"

"그건 아니고. 잠시 이것저것 정리하러 온 거야. 한 번은 와야 했고…… 너도 봐야 하고. 지금은 프란체에서 대사로 일하고 있어."

"프란체? 웨이트리스가 아니고?"

"졸업하고 바로 프란체로 갔어. 지인분들도 거기 많이 계시니까."

혁명의 여파를 피해 떠난 파다니아의 귀족들은 대부분 프란체로 망명했다. 아마 지인은 그들을 말하는 거겠지.

"대사라니. 성공했네, 안스가."

"성공은 무슨. 원래대로 살았으면 더 나은 삶이 있었을지도 모르지."

'원래대로.' 아네트는 그 말에 기묘한 위화감을 느꼈다. 원래의 삶. 혁명이 일어나기 이전의 삶. 혹은 앞으로도 일어나지 않을 삶. 그 삶은 정말로 더 나은 형태였을까. 아마도 그랬겠지. 아마도…….

"너는 어떻게 지냈어, 아네트?"

아네트는 퍼뜩 정신을 차렸다. 다감한 인상의 안스가가 고개를 기울이고 있었다. 그녀는 대충 얼버무렸다.

"……음. 뭐. 그냥 지냈지."

안스가의 묘한 눈빛은 마치 아네트가 어떻게 지냈는지 다 알고 있다고 말하는 것 같았다. 하긴, 모를 리가 없었다. 대사로 일하고 있다면 더욱.

찻물을 한 모금 마신 안스가가 조용히 입을 열었다.

"나 결혼했었어."

"아, 정말? 축하해. 어떤 여자……."

"작년에 이혼했고."

약간 당황한 빛의 아네트를 보며 안스가는 픽 웃었다.

"어차피 필요에 의해 결혼했던 거야. 시민권이 필요했거든."

"그랬……구나."

"너는?"

"나?"

"너는 이 결혼 생활을 계속 이어 나갈 거야?"

단도직입적인 말에 아네트는 말문이 막혔다. 단순히 할 말을 고르지 못해서가 아니었다. 응접실 안에는 사용인이 대기하고 있었다. 관저 내의 모든 사용인은 하이너의 사람이다. 즉, 이곳에서 나누는 모든 대화는 전부 하이너에게 전달된다.

"……우선은."

"혹시 네가 원해서 이어 나가는 거야? 네 남편이 우리에게 어떤 짓을 했는지 모르는 건 아니지?"

"나는 그렇게 멍청하지는 않아, 안스가."

"그…… 너를 무시하려는 의도는 아니었어."

"알아. 그리고 나도 이혼을 원하고 있어. 다만 지금은."

아네트는 잠시 대답을 머뭇거렸다. 뭐라고 말을 해야 할까. 남편이 이혼에 동의해 주지 않는다? 이혼 재판의 승소율을 장담할 수 없는 데다 계속 고집할 경우 날 정신병원에 처넣어 버릴 수도 있다? 어떤 걸 선택하든 말이 길어질 것 같았다. 아네트는 뒤편에 그림자처럼 서 있는 사용인의 기척을 살피며 대답을 뭉뚱그렸다.

"……지금 당장 이혼하는 건, 좀 곤란해."

"이혼해도 갈 곳이 없었겠지. 맞아?"

"내 처지를 자각시켜 주러 오기라도 한 거야?"

“예민하게 받아들이지 마, 아네트. 나는 진심으로 너를 걱정하고 있어. 괜히 말을 돌리고 싶지 않을 뿐이야.”

결백하다는 듯 두 손을 들어 보인 안스가가 짧게 숨을 뱉었다. 그는 양 주먹을 꽉 쥔 후 다시 내렸다. 이윽고 결연한 고백이 흘러나왔다.

“나와 프란체로 가자.”

“……뭐?”

“나, 아직 너를 마음에 두고 있어. 내가 자리 잡는 대로 널 데려오겠다고 줄곧 생각하고 있었어. 나와 결혼하면 프란체의 시민권을 얻을 수 있을 거야.”

“…….”

“파다니아 안의 분위기가 어떤지 알아. 넌 지금껏 공화 세력에게 이용당했어. 네 남편은 그에 찬동하면 찬동했지 너를 돕지는 않을 거고. 현재 네게 선택권은 나뿐이야.”

“…….”

“내 손을 잡아, 아네트.”

안스가는 그녀를 안심시키듯 입매를 부드럽게 올렸다.

“너는 더 행복해질 수 있을 거야.”

“평생 행복하게 해 드리겠습니다.”

아네트는 그 유한 얼굴을 가만히 바라보았다. 안스가는 그녀의 반응을 인내심 있게 기다렸다. 무언가를 생각하던 아네트가 힘없이 대꾸했다.

“남편이…… 허락하지 않을 거야.”

“이혼하면 남인데 허락이 무슨 소용이야.”

"그는 총사령관이야. 제 뜻에 반하는 행위는 용납하지 않을걸."
"아네트, 너 혹시……."
인스가의 얼굴에 옅은 경악이 스쳐 지나갔다. 아네트는 그가 하려는 말을 어렴풋이 짐작했다. 혹시 남편이 그녀를 이곳에 가두어 놓은 것은 아닌지, 정신적, 육체적 학대를 당하고 있는 것은 아닌지…… 뭐 그러한 것들이겠지. 완벽히 틀렸다고는 할 수 없었다. 하지만 아네트는 동정받고 싶지 않았다. 이런 상황에서까지, 그랬다.
"뭘 생각하든, 안스가, 나는 괜찮아. 네가 너무 걱정할 필요는 없어."
"……이혼 문제를 떠나서라도, 전반적인 상황이 네게 너무."
"3년이야."
아네트는 조용히 그의 말을 끊었다.
"3년 동안 버텼어. 더 버티지 못할 이유도 없지."
안스가의 표정이 조금 이상해졌다. 순식간에 분위기가 가라앉아 있었다. 아네트는 눈을 길게 감았다가 뜨고선 차분하게 미소 지었다.
"우선 생각 정리를 좀 하고 싶어. 너무 급작스러웠으니까. 그렇지?"
"아, 그래. 그렇지. 내가 너무 본론부터 이야기했지? 미안. 나는…… 계속 오늘을 기다렸지만, 네 입장에선 그저 급작스러웠을 텐데."
안스가는 머쓱한 듯 뺨을 긁적였다. 그의 목덜미와 귓불이 약간 발개져 있었다. 아네트는 고개를 저었다.
"아니야. 내가 네 편지를 받았어야 했는데. 음, 네게 어느 쪽으로 말을 전하면 될까? 나중에 다시 연락할게."
"아, 맞아! 내 연락처를 줘야 하는구나. 그, 여기 명함을…… 아, 뒤에 주소도 적어 줄게. 잠시만. 지금은 임시로 호텔에 머물고 있어. 프런트에 내 이름을 대도 되고, 그냥 바로 방으로 찾아와도 돼."

안스가는 외투 안쪽에서 허둥지둥 펜을 꺼내, 명함 뒤에 주소를 적었다. 그 모습이 꼭 과거 함께 어울려 놀았던 소년을 떠올리게 했다. 방금까지는, 어쩐지 낯설었는데.

"자, 여기. 꼭 다시 연락 줘. 도움이 필요하면 언제든 말하고."

"그럴게. 고마워."

안스가는 몇 번이고 당부한 후에야, 아쉬운 듯 자리에서 일어났다. 아네트는 그를 대문 앞까지 배웅했다. 안스가가 만류했음에도 그렇게 했다.

옛 친구였다. 다시 찾아와 준 친구였고. 상황이야 어떻든 반가운 마음이 컸다.

건물 안으로 돌아온 아네트는 현관문을 닫고, 그 위에 잠시 기대섰다. 안스가가 떠나고 나자 주변을 감싼 적막이 유독 짙게 느껴졌다. 아네트는 내내 쥐고 있던 그의 명함을 물끄러미 응시했다.

「안스가 슈테터」

슈테터 가문. 프란체의 대사. 지인. 망명한 귀족들. 결혼. 공화 세력……. 그의 말을 천천히 되짚어 보던 아네트가 낮게 중얼거렸다.

"……왕정복고?"

혁명 이후 군주제가 부활한 사례는 드물지 않았다. 왕당파와 공화파 사이에서 전자가 승리한 경우도 있고, 군부가 반대 세력을 제거하고 왕을 즉위시킨 경우도 있었다. 또는 혁명 세력의 무능이나 권위 정치에 반발한 국민이 다시 군주제를 원하게 된 사례도 존재했다.

그러나 현재 파다니아 내에서는 왕정복고 세력이 거의 짓밟힌 상태였다. 파다니아의 총사령관—하이너 발데마르의 능력 덕분이었다. 때로 뛰어난 한 명의 인재는 시대를 주도하기도 한다. 하이너는 혁명 이후에 으레 일어나는 혼란과 갈등, 혁명 세력의 내분, 독재의 고착화 등의 문제를 상당히 이상적인 방향으로 해결했다.

현재 하이너는 파다니아의 우상이나 마찬가지였다. 이러한 상황에서 국민정서상 왕당파는 힘을 쓰지 못했고, 해외에서 알음알음 움직일 뿐이었다.

'그들이 프란체에 망명한 상태라면, 왕정복고를 위해 외부 세력의 도움을 받을 가능성이 높다.'

아네트는 국제 정세를 잘 알지 못했기에, 이 이상으로 유추할 수는 없었다. 그러나 이것만은 분명했다.

'내 아버지는 피에테 왕의 친조카. 나는 왕실의 피를 이었고…….'

필요하다면, 왕정복고의 수단으로 쓰이겠지.

머릿속이 차갑게 가라앉았다. 망명한 왕족이 이미 몇 있을 텐데 어째서 자신에게까지 손을 뻗는 것일까. 자세히는 알 수 없었다. 뭐가 됐든 안스가의 말을 완벽한 선의로는 받아들일 수 없었다. 예전이었다면 옛 친구가 내미는 구원의 손길에 마냥 기뻐했겠지만, 이제는 아니었다.

아네트는 문에서 등을 떼고 걸음을 옮겼다. 손아귀에서 명함이 약간 구겨졌다. 푸른 눈이 조금 서늘한 빛을 띠었다.

"내 손을 잡아, 아네트."

"글쎄."

아네트는 후원 목록과 금액 비교표를 확인했다. 가느다란 손가락이 숫자를 천천히 짚어 내려갔다. 시민단체의 이름을 걸고 하는 기부 및 후원의 총괄은 그녀가 결혼하면서 맡게 된 일 중 하나였다. 혁명 이후로는 이 일에서 공식적으로 아네트의 이름이 제외되었다. 그러나 여전히 최종 점검은 그녀가 하고 있었다. 아무도 이 골치 아픈 일을 맡으려 하지 않은 탓이었다. 아네트는 정말로 이 일을 깨끗하고 투명하게 처리해 왔다고 자부할 수 있었다. 그 누구도 알아주지 않았지만 그랬다.

[우리는 우리의 의무를 완수해야 할 것입니다. 지금 이 라디오를 듣는 여러분은 모두 계몽되었으며, 정보의 습득을 방해받지 않습니다. 여러분의 정부는 여러분께 가는 정보를 검열하지 않……]

탁.

서류 검토를 끝낸 아네트가 라디오를 껐다. 머리가 또다시 지끈거렸다. 창문을 열어 실내를 환기했지만 두통은 가시지 않았다.

아네트는 숄을 걸치고 정원으로 나섰다. 최근 그녀는 의사의 권고에 따라 하루 한 시간 이상 산책을 하고 있었다. 건강을 위해서가 아니라, 게으르다는 소리를 듣기 싫어서였다.

정원을 빙빙 돌던 아네트는 금세 피곤해졌다. 요즘 몸이 정말로 예전 같지 않았다. 언제부터였더라……. 기억을 더듬어 보다가 그만두었다.

아네트는 분수 앞 벤치에 앉았다. 오후의 햇빛에 몸이 나른해졌다. 분수에서 쏟아지는 물줄기가 빛을 받아 반짝거렸다. 그 평화로

움 속에서 그녀는 편안한 미소를 머금었다.

아. 이대로 죽어도 괜찮겠다. 문득 그런 생각이 들었다. 아네트는 언제나 스스로가 원하는 순간에, 원하는 장소에서 죽고 싶었다. 지금 이곳이다, 하고. 참 이상하지 않은가. 내 허락 없이 숨이 계속해서 길어진다는 게. 아네트는 눈을 감은 채, 아주 옅고 느리게 숨을 들이쉬었다가 내뱉었다. 호흡이 불편하고 이질적으로 느껴졌다.

불현듯 뒤쪽에서 두런두런 말소리가 들려왔다. 어딘지 익숙한 목소리였다. 눈을 뜬 아네트가 뒤를 돌아보았다. 관저 본관과 비서동 집무실을 잇는 복도를 남녀 둘이 걸어가고 있었다. 키가 크고 호리호리한 남자는 유겐 소령이었고, 그 옆에 선 적발의 여자는……

'아넬리 엥겔스?'

깨닫는 순간, 여자가 이쪽을 보았다. 아네트는 시선을 피하지 않고 가만히 있었다. 옆에서 무언가를 말하던 유겐 소령이 아넬리를 따라 고개를 돌렸다. 아네트를 보자마자 유겐 소령이 인상을 찌푸렸다. 아넬리는 조금 놀란 듯한 얼굴이었다. 소령과 잠깐 이야기를 나눈 아넬리가 아네트 쪽으로 다가왔다. 아넬리의 걸음은 보폭이 크고 당당했다. 금세 아네트의 앞에 당도한 그녀는 제법 상냥한 말씨로 인사해 왔다.

"안녕하세요, 부인."

"……네."

"저희 초면이지요."

"그렇군요."

아넬리를 직접 대면한 것은 처음이었다. 신문을 통해 얼굴은 알고 있었지만. 다만 아네트는 아넬리가 왜 제게 말을 거는 것인지 알 수가 없었다. 그들은 빈말로라도 가까워질 수 없는 관계였다.

몰락 귀족과 혁명군, 비단 그런 문제만이 아니었다. 아넬리는 하이너에게 공개적으로 혼담을 넣었다. 아네트는 하이너의 아내였고. 아무리 이 결혼 생활이 정상적이지 않다고 한들, 껄끄러운 관계일 수밖에 없었다.

“잠깐 시간 괜찮으세요? 이야기 좀 나눠도 될까요?”

“……그러세요.”

아네트의 허락에, 아넬리는 유겐 소령에게 이만 가 보라는 듯 손짓했다. 유겐 소령은 영 마음에 들지 않는다는 표정으로 사라졌다. 아네트는 그의 뒷모습을 가만히 응시했다.

‘유겐 소령과 아넬리 엥겔스가 아는 사이였나.’

어쩌면 당연한 일일지도 몰랐다. 유겐 소령은 하이너의 측근이니까. 혁명군 시절 아넬리와 동료였을 수도 있었다. 뭐가 됐든 아넬리도 자신에게 호의적이지 않을 거란 사실은 명백했다.

아넬리가 생긋 웃으며 물어 왔다.

“한번 뵙고 싶었는데 이렇게 만나게 되네요. 여기 앉아서 이야기 나눌까요? 걸어도 좋고요.”

“앉으세요.”

“감사합니다. 정원이 참 예쁘더라고요. 관리를 잘하셨나 봐요.”

“제가 관리하는 것은 아니에요.”

“아, 그렇군요. 예전에 부인께서 관리하셨다고 들어서…….”

“옛날 일입니다.”

아네트는 데면데면 대꾸했다. 아넬리와 살갑게 대화해야 할 필요성을 느끼지 못했다.

“……관저 생활은 어떠세요? 바깥 외출을 삼가신다고 들었는데.”

“그냥 조용히 지내고 있지요.”

"성정이 조용하신 분 같네요. 사실 신문으로만 뵈어서, 이런 분일 거라곤 생각하지 못했어요."

"그런가요."

더 할 말을 찾지 못했는지 아넬리가 곤란하게 웃었다. 어색한 침묵이 흘렀다. 아네트는 표정 변화가 없는 얼굴로 말했다.

"아넬리 양, 정말로 내 안부가 궁금해서 온 것은 아닐 텐데. 할 말이 있으면 편하게 하세요."

직접적인 말에 아넬리가 당황한 듯 입술을 붙였다가 뗐다. 잠시 뜸을 들이던 그녀는, 이윽고 결심한 듯 입을 열었다.

"각하께, 이혼을 요구하셨다고 들었어요."

"남편이 그러던가요?"

"아뇨, 유겐 소령이 그러더군요. 각하께서는 이혼을 합의하지 않으신다고……. 왜인지 그 이유도 들었습니다. 납득은 되지 않았지만."

"그런데요?"

"저는 사실, 부인을 좋아하지 않아요."

"……."

"싫어하는 것에 가깝지요. 부인께서도 마찬가지겠지만요. 디트리히 후작이 한 짓과 그 아래서 부인이 누린 것들을 생각하면 치가 떨립니다. 또 저는 각하를 인간적으로도 존경하고 있어요. 그분 옆에 당신은 어울리지 않는다고 생각합니다."

벼르고 있던 것처럼 줄줄이 말이 튀어나왔다. 아네트는 높이 솟아오르는 분수의 물줄기를 가만히 관찰했다. 옆에서 아넬리가 가볍게 한숨을 내쉬었다.

"……여기까지가 제 사감입니다. 공적으로는, 온건 공화파와 자유주의자들의 견제를 위해 저와 각하의 혼담이 성사되어야 합니다. 부인께서는 모르시겠지만— 최근 국제 정세가 심상치 않습니다. 먼저 파다니아 내부적으로 정리가 필요하지요. 만일 전쟁이 발발할 경우 수월한 징병을 위해서라도요."

"이혼 문제는."

목소리가 약간 잠겨 나왔다. 아네트는 짧게 목을 가다듬고선 다시 말을 이었다.

"그 문제는, 남편에게 가서 이야기하는 게 좋을 듯하군요. 더 이상 내 권한이 아닙니다."

"부인, 저는 경고를 드리는 겁니다."

그제야 아네트가 아녤리를 마주 보았다. 아녤리는 여전히 상냥한 낯이었다.

"각하께서는 이 결혼 생활을 위해 손해를 감수하고 계시지만, 그 손해가 정도 이상으로 커지면 어떻게 될까요. 물론 저희는 각하를 공격할 수는 없답니다. 그럴 생각도 없고요."

"……."

"기억하시길, 부인은 적이 많습니다."

아네트는 아녤리의 말뜻을 어렵지 않게 알아들었다. 재판 이혼의 가장 쉬운 방법은 한쪽에게 유책 사유를 만드는 것이다. 이는 혁명군과 의회와 언론이 그동안 아주 잘해 왔던 것이기도 했다. 하이너가 그 손해를 감당할 수 없을 정도로, 아네트를 끌어내리는 것.

"아녤리 양, 당신들이 여론전에 나를 이용했다는 건 알고 있어요."

아네트는 아녤리의 붉은 눈을 똑바로 바라보며 말했다.

"처음에는 억울했어요. 나는 처음 듣는 일들까지 다 내 잘못이 되어 돌아다녔으니까. 해명하고 싶었죠. 복수도 하고 싶었고요."

"그게 다 완전히 없던 일이라고는……."

"정신병 환자는 자기가 미치지 않았다고 굳게 믿는다죠? 어쩌면 나도 그런 게 아닌가 싶어요. 사실 내가 다 잘못된 게 맞는데, 나 혼자 미쳐서 내 결백을 믿고 있는 건 아닐까. 그렇잖아요. 나 빼고 모든 세상이 다 같은 소리를 한다면, 그럼 당연히 내가 틀린 거잖아요."

"……."

"뭐 그런 생각이 들기 시작한 시점에는…… 해명할 의지도 복수할 마음도 다 사라지더군요. 나는 당신들을 원망하지 않아요. 어째서 그랬는지도 알고요. 그 대의를 존중합니다. 진심이에요."

몹시 뜻밖의 말을 들은 것처럼 아넬리의 동공이 흔들렸다. 아네트는 다시 분수를 바라보았다. 높게 솟은 물줄기가 하얗게 부서져 내렸다.

"아넬리 양, 말했듯 이혼 문제는 더 이상 내 권한이 아니에요. 하지만 당신 말은 잘 알아들었습니다. 너무 걱정하지 마세요."

물줄기가 솟아오른다. 높은 곳에서 빛을 받고 낙하한다.

아네트가 천천히 벤치에서 일어났다. 빛을 등지고 선 채 아넬리를 내려다보며, 그녀는 선언하듯 말했다.

"……이 결혼은, 곧 끝나게 될 거예요."

아네트가 그림자 속에서 고요히 미소 지었다.

늦은 저녁 식사를 들던 중, 하이너가 다이닝룸에 들어왔다. 퇴근 후 씻고 왔는지 머리에 물기가 약간 남아 있었다. 아네트를 발견한 하이너가 살짝 눈썹을 들어 올렸다. 그는 의외라는 듯 말했다.

"이 시간에? 별일이군요."

아네트는 고개만 살짝 까닥이는 것으로 대답을 대신했다. 오늘 온종일 입맛이 없다가 뒤늦게서야 배가 고파진 참이었다. 하이너가 자리에 앉자, 사용인이 수프와 유리잔을 내왔다. 아네트는 말없이 음식을 입으로 가져갔다. 한동안 식기 달그락거리는 소리만이 공간을 채웠다.

"안스가 슈테터가 관저로 찾아왔다고."

멈칫. 포크를 든 아네트의 손이 순간 정지했다. 고개를 들어 하이너를 바라보았지만, 그는 몹시 예사로운 얼굴이었다.

하이너의 앞에 아네트와 같은 요리가 내어졌다. 머스코비 오리에 속을 채운 버섯과 달걀, 빵 등을 함께 얹은 혼합 가니시였다.

하이너는 손짓으로 다이닝룸 안의 사용인들을 모두 물렸다.

"무슨 이야기를 했습니까?"

"어차피 다 전해 들은 것 아닌가요?"

"그래도 당사자의 입으로 듣는 것과는 다르지 않겠습니까."

"……이혼하고 함께 프란체로 가자고 하더군요. 그게 다예요."

"가서 그와 결혼하고?"

하이너의 입매 끝에 메마른 미소가 매달렸다.

"나와 이혼해 달라는 이유가, 그와 결혼하기 위해서였습니까?"

"안스가는 그날 4년 만에 처음 본 거예요."

"모르지. 뒤로 연락을 주고받고 있었을지도. 몰래 제 뒤를 캔 것처럼 말입니다."

안스가와 연락을 주고받았다고 한들, 어째서 그게 하이너에게 검열을 받아야 할 사안이 되는 것일까. 의문이 목 끝까지 차올랐지만 아네트는 입 밖으로 내지 않았다.

"당신이 그 손을 잡게 될 일은 없을 겁니다."

단정적인 목소리가 귀를 가로막았다.

"당신이 여기서 벗어나게 될 일도 없을 거고."

어둡고 집요한 시선이 아네트의 얼굴 위로 와 닿았다. 아네트는 자르다 만 아스파라거스를 물끄러미 바라보며 생각했다. 만일 안스가가 왕정복고 세력이 맞는다면, 당연히 하이너는 그들에게 자신을 넘겨주고 싶지 않을 것이다. 이건 감정의 문제가 아니었다. 이혼을 불허하는 것도 어쩌면 그 때문일 수도 있었다. 법적으로 묶인 상태여야 제한을 걸기 쉬우니까…….

'하지만 그렇다면 왜 하이너의 측근들은 이혼에 대해 그와 의견이 다른 거지?'

마땅한 답이 떠오르지 않았다. 아네트는 스스로가 결코 영리한 편이 아니라고 생각했다. 사실 추론해 본들 자신이 할 수 있는 것도 없었고. 그녀는 더 이상 생각하기를 관두었다. 손에서 힘이 빠졌다. 포크가 식기에 부딪혀 쨍하는 소리를 냈다. 하이너는 잠시 그 마른 손을 응시했다.

아네트는 이른 아침부터 외출복으로 갈아입었다. 가방에 약간의 돈과 두통약, 손수건을 챙겼다. 마지막으로 모자에 달린 검은 베일을 얼굴 위로 드리우자 준비가 끝났다.

“교회에 다녀올 거예요. 수행원은 필요 없습니다.”

“하지만 부인.”

“기도하러 가는 거예요. 번잡하기 싫습니다.”

“단독으로 외출을 원하신다면, 사령관님께 먼저 허락을 받고 오셔야 합니다.”

하이너가 허락해 줄 리가 없었다. 애초에 왜 그의 허락을 받아야 하는 건지도 의문이었으나, 수행원은 완고했다. 결국 그녀는 포기하고 수행원을 대동했다. 아네트는 차를 타고 근처 교회로 향했다. 과거에는 종교인이었지만, 교회를 다니지 않은 지 꽤 오래되었다. 종교인이 아님에도 꾸준히 예배에 참석하는 하이너와는 대조적이었다.

평일 낮의 교회에는 사람이 없었다. 아네트는 헌금함에 돈을 넣고 맨 앞자리에 앉았다. 단상 위에 십자가가 달려 있었다. 아네트는 멍하니 십자가상을 올려다보며 기도했다. 눈은 감지 않았다. 손도 모으지 않았다. 그냥 속으로 지껄일 뿐이었다.

‘제 죄를 용서해 주세요. 제게 무슨 죄가 있든 전부 용서해 주세요. 저의 남은 죗값을 사해 주세요. 당신께서는 할 수 있으시잖아요. 부디 저를 구원해 주세요.’

그러나 돌아오는 대답은 없었다. 신의 응답을 받았다는 사람들이 그렇게 차고 넘치는데, 아네트는 한 번도 겪어 본 바가 없었다. 어쩐지 절망스러워져서 꽉 주먹을 쥐었다.

‘왜 나를 용서해 주시지 않나요. 왜 나를 이런 진창 속에 내던지셨습니까? 왜 나를 이렇게 고통스럽게 하십니까? 왜 나를…….’

원망을 늘어놓던 아네트는 문득 기도하기를 멈추었다. 무의미하다는 생각이 들었다. 아네트가 가방을 들고 자리에서 일어섰다. 그녀는 입구에서 대기하던 수행원에게 편지 하나를 건네주었다.

"뒷문으로 가면 어떤 노인이 있을 거예요. 그 사람에게 이걸 전달해 주세요. 몸이 불편한 분이라 조금 늦으실 수도 있어요."

"내용을 제가 살펴봐도 되겠습니까?"

"……마음대로 해요."

편지를 열어 읽은 수행원은 별 이상이 없다고 판단했는지 다시 집어넣었다. 수행원이 나가자마자, 아네트는 급히 교회를 벗어났다. 도로에서 핸섬 캡(hansome cab, 2륜 2석의 임대 마차)을 잡아 올라탔다.

"열차역으로 가 주세요."

마차가 출발했다. 아네트는 뒤를 돌아보았다. 따라오는 사람은 보이지 않았다. 뒷문에서 기다리는 노인 같은 건 애초부터 없었다. 수행원을 따돌릴 구실이 필요했을 뿐이었다.

마차에 속도가 붙었다. 아네트는 등받이에 몸을 기대며 눈을 감았다. 제 심장이 박동하는 감각이 생생하게 느껴졌다. 며칠 전 꿈속에서 글랜포드의 바다를 보았다. 그 바다를 직접 보고 싶었다.

열차 출발까지는 시간이 꽤 남아 있었다. 앞선 열차는 이미 좌석이 매진되었기 때문이다. 아네트는 하릴없이 대기석에 앉아 지나다니는 사람들을 구경했다. 다들 무엇이 그리 바쁜지 분주하게 움직이고 있었다. 제 몸만 한 짐가방을 든 채 낑낑거리는 소년을 바라보며, 아네트는 고개를 기울였다.

다들 어디로 무얼 하러 가는 걸까. 어떤 목표를 이루려고 저렇게 열심히 움직이는 걸까. 모든 사람이 각자의 삶을 가지고 있는 건 당연한데도, 참 새삼스럽게 느껴졌다. 모두가 헤매지 않고 제 갈 길을 찾아가고 있다는 것도 신기했다. 아네트를 제외한 세상이 온통 빠르게 돌아갔다. 그녀 홀로 고여 있었다.

꽤 시간이 지나서야 열차가 역에 도착했다. 아네트는 기차표를 든 채 열차 앞에서 조금 헤맸다.

'D200, G—12…….'

열차를 타 본 것이 너무 옛날인 데다가, 늘 특등석으로 승무원에게 안내를 받았기에 직접 자리를 찾는 것은 처음이었다. 결국 아네트는 승무원에게 도움을 청했다.

"죄송한데 표 좀 확인해 주실 수 있을까요? 어디로 타야 하는지……."

"잠시만요. 아, 옆 칸이네요. 위에 좌석표가 붙어 있을 테니 확인하고 앉으시면 됩니다."

열차에 올라탄 아네트는 다행히 금방 자리를 찾을 수 있었다. 네 명이 마주 보게 되어 있는 좌석은 좁고 불편했다. 열차 안의 승객들은 신문을 방패처럼 들고 있었다. 아네트는 괜히 모자를 푹 눌러썼다. 신문에 제 기사가 쓰여 있을까 봐 두려웠다.

글랜포드까지는 일곱 시간가량이 걸렸다. 아네트는 창밖을 바라보다가, 무료함을 견디지 못하고 열차 내 판매원에게 잡지를 하나 샀다. 그러나 그마저도 읽다가 머리가 아파서 금방 덮었다.

"이봐요, 아가씨."

앞좌석의 노인이 불쑥 말을 걸어왔다.

"네?"

"그거 혹시 다 읽은 거요?"

"아…… 그건 아닌데, 그만 읽으려고요. 혹시 읽으시겠어요?"

"그러면 고맙고."

노인이 고개를 까닥이며 잡지를 받았다. 아네트는 티 나지 않게 그녀를 관찰했다. 허름한 차림의 노인은 마르고 빈곤해 보였다. 잠시 눈치를 보던 아네트가 판매원에게 샌드위치와 오렌지 주스를 구매했다. 포장지에 싸인 샌드위치는 이등분되어 있었다. 베일을 살짝 걷고 샌드위치를 한 입 먹었다. 푸석푸석한 빵이 입 안에서 바스러졌다. 지금껏 먹은 샌드위치 중 가장 별로였다. 잡지를 읽던 노인이 눈을 들어 힐끔 그녀를 바라보았다. 아네트는 윗부분만 뜯은 샌드위치를 다시 포장지로 감쌌다. 곧 노인은 잡지를 내려놓았다. 손을 꼼지락거리던 아네트가 상냥한 목소리로 물었다.

"혹시, 이거 드실래요?"

"……아가씨가 먹으려고 산 거 아니오?"

"그러려고 했는데, 속이 안 좋아서요."

노인은 조금 망설이더니 고맙소, 하고 중얼거리며 샌드위치를 받아 들었다. 아네트가 다급히 덧붙였다.

"아, 근데 하나는 제가 먹던 거라 다른 하나를……."

"괜찮아요."

노인은 괘념치 않고 아네트가 입을 댄 샌드위치를 크게 베어 물었다. 우물우물 씹던 노인이 슬쩍 대화를 걸어왔다.

"아가씨는 어디로 가요?"

아네트는 기쁜 기색을 감추지 못하며 냉큼 대답했다.

"저는 글랜포드로 가요."

"여행?"

"음…… 그런 셈이에요. 바다가 보고 싶어서요."

글랜포드의 바다는 아름답기로 유명했다. 아네트는 아주 옛날에 휴양을 목적으로 그곳에 가 본 적이 있었다.

"혼자서? 애인이랑 같이 안 가고?"

"저는 결혼했어요."

"아, 부인이셨군. 남편은 버리고 가는 거요?"

"남편이랑은 사이가 좋지 않아요. 이혼 이야기까지 나올 정도인 걸요."

"아이는 있고?"

"아뇨, 없어요."

"애 없으면 됐지, 뭐. 요즘 젊은 사람들은 이혼 많이 하더군. 이젠 별 흠도 안 될 거요."

"정말인가요?"

"정말이고말고. 나 젊을 때야 여자가 이혼하면 흠이었지만, 시대가 많이 바뀌었지. 여자들도 좀 더 살기 좋아졌고, 귀족 나리들도 없고, 생활은 뭐 여전히 팍팍하지만……."

아네트의 입매가 움찔했다. 선뜻 대꾸하기가 어려웠다. 저 노인도 귀족을 혐오하는 걸까. 혐오하지 않는 게 오히려 이상하겠지.

아네트가 한참 말이 없자, 샌드위치를 꿀꺽 삼킨 노인이 물어왔다.

"남편이랑은 왜 사이가 안 좋소?"

"……그냥…… 남편과 남편의 사람들은 모두 저를 좋아하지 않거든요. 저도 남편과는 더 이상 함께 살고 싶지 않고요."

"함께 살았던 정은 없고?"

"글쎄요. 아마 그 사람은…… 제가 죽어도 아무렇지도 않아 할 거예요."

"나도 그 기분을 안다오. 누군가 날 싫어한다는 사실은 생각보다 훨씬 견디기 힘들지."

노인은 잠시 샌드위치를 든 손을 내린 채 진지한 어조로 말했다.

"하지만 모두에게 사랑받을 수는 없는 거요. 그건 정말로 어쩔 수 없는 거야. 나를 사랑하는 사람들을 안고 살아가는 수밖에 없지."

그 목소리는 어딘지 쓸쓸하게 들렸다. 아네트는 멍하니 있다가, 작게 고개를 끄덕였다. 입 안이 썼다. 나를 사랑하는 사람들은 다 죽고 없는데, 그러면 나는 어쩌면 좋을까. 모두에게 사랑받는 것을 바라지는 않는데. 다만 모두에게 미움받고 싶지 않을 뿐인데. 내게 남은 게 미움받을 자격뿐이라면— 나는 어쩌면 좋을까. 생각들이 천천히 이울었다. 덜컹덜컹. 열차가 흔들렸다. 창밖으로 황금색 밀밭이 펼쳐져 있었다.

노인은 부스럭부스럭 포장지를 열어 나머지 샌드위치를 꺼냈다. 그 주름진 손끝을 바라보던 아네트가 노인에게 오렌지 주스를 건넸다.

아네트는 글랜포드의 해안에 내렸다. 어느새 저녁 시간이었다.

가족이나 연인들이 해안가를 따라 걷고 있었다. 아이의 웃음소리가 드문드문 부서져 바람에 실려 왔다. 아네트는 한 손으로 베일을 걷은 채, 눈앞의 정경을 넋 놓고 바라보았다. 낙조에 물든 바다는 믿을 수 없을 만큼 아름다웠다. 반듯한 수평선으로부터 밀려온 파도가 오르락내리락 파문을 그렸다. 바닷물에 손을 넣었다가 빼면 붉은 물이 들어 있을 것만 같았다. 파도가 끝나는 해안선에서 포말이 꽃다발처럼 일었다. 신발을 벗은 연인들이 물에 발을 담근 채 장난을 쳤다. 아네트는 다시 베일을 내렸다. 그리고 치맛자락을 걷어쥔 채 천천히 걸음을 옮겼다. 바람이 조금 쌀쌀했다.

모래사장 한편에서는 한 남성이 그림들을 전시해 놓고 있었다. 그의 앞에 놓인 커다란 캔버스로 보아 남자가 직접 그린 그림인 듯했다. 작품에 관심이 생긴 아네트가 가까이 다가가 물었다.

"판매하는 그림인가요?"

"그럼요. 그림도 그려 주고, 판매도 합니다."

아네트는 아래쪽에 놓여 있는 가격표를 읽어 보았다. 그리 비싸지 않은 가격이었다.

"어차피 날도 어두워져서 곧 접으려고 했으니, 공짜로 그려 줄게요. 앉아 봐요."

"아……."

아네트는 선뜻 대답하지 못했다. 마음은 고맙고 그녀도 관심이 있었지만, 그러려면 모자를 벗어야만 했다. 아네트의 망설이는 기색을 읽은 남자가 농담처럼 말했다.

"왜요, 얼굴에 자신이 없습니까? 그럼 모자 쓴 채로 그려 줘도 되고."

"아, 아니에요."

주저주저 의자에 앉은 아네트는 침을 한 번 삼킨 후, 모자를 벗었다. 슬쩍 남자의 눈치를 살폈으나 그는 별다른 반응이 없었다.

'나를 정말 모르는 걸까, 혹은 알면서도 모르는 척하는 걸까…….'

어느 쪽이든 다행인 일이었다. 그녀는 조금 편안해진 마음으로 모자를 바로 쥐었다.

"얼마나 걸릴까요?"

"금방 돼요. 공짠데 뭘 바라나."

"그래도 너무 이상하게 그려 주시면 안 돼요."

"허이고, 이대로는 이상하게 그릴 수밖에 없는데. 너무 뻣뻣하구만. 좀 웃어 봐요."

아네트가 어색하게 웃어 보였다. 남자는 혀를 차며 고개를 저었다.

"그렇게 어색해서야, 얼굴은 예쁜데 배우감은 영 아니시네. 입꼬리를 더 올려 보세요."

"마, 많이 웃지 않았나요?"

"많이는 무슨. 지금 이러고 계십니다."

남자가 아네트의 표정을 흉내 냈다. 이상하게 접힌 눈매와 파들파들 떨리는 입꼬리는 영 부조화였다. 그 익살스러운 얼굴에 아네트는 저도 모르게 웃음을 터트렸다.

"제가 그러고 있다고요?"

"그 얼굴이 훨씬 낫네요."

그거라는 듯 검지로 그녀를 가리킨 남자가 빠르게 펜을 움직였다. 아네트는 조금 쑥스럽게 웃었다.

오일 파스텔로 간단한 채색까지 끝마친 후, 남자는 그림을 보여 주었다. 아네트가 작게 탄성을 뱉었다.

"저보다 훨씬 예쁜데요."

"당연하지요. 저는 실물보다 더 예쁘게 그립니다."

흩날리는 금발, 가늘어진 푸른 눈, 환하게 웃고 있는 얼굴과 그 뒤로 펼쳐진 붉은 바다. 실사화는 아니었으나 실물과 비교하면 비슷한 느낌이 제법 있었다.

"살 건가요? 물론 안 사도 되고. 산다면 그린 값은 빼 주겠습니다."

"음…… 그림은 정말로 마음에 들지만, 제 얼굴을 걸어 놓는 건 조금 부끄러워서…… 다른 그림을 사고 싶어요."

아네트는 아까부터 눈여겨보았던, 수면이 반짝이는 바다 그림을 가리켰다. 사실 이 작품 때문에 판매를 물어본 것이기도 했다. 남자가 기꺼이 3파운드를 깎아 주었다. 아네트는 작품이 든 종이봉투를 받아 들며 감사 인사를 했다. 어느덧 해가 저물고 땅거미가 내려앉아 있었다.

하이너는 못 박힌 듯 선 채 그녀를 응시했다. 밀려온 바닷바람에서 달큼한 냄새가 나는 것 같은 착각이 들었다. 꽤 먼 거리였음에도 불구하고, 그녀의 웃는 얼굴은 지문처럼 선명하게 망막에 찍혔다. 하이너는 늘어뜨린 손을 움찔거렸다. 속이 메스꺼울 만큼 일렁거렸다.

"각하, 부인께서 사라지셨습니다."

하이너에게 그 보고가 올라감과 동시에, 모든 수도 검문소와 열차역에 아네트의 인상착의에 대한 통신이 전해졌다. 이는 하이너가 미리 정해 둔 지침이었다. 수도 안에 있다면 언제든 잡을 수 있지만, 타지로 빠져나가면 일이 복잡해지기 때문이었다.

이어 보고가 온 곳은 열차역이었다. 역무원 측에서는 아네트를 억류할 권한이 없기 때문에, 우선 뒷시간대 열차표를 안내하였다고 했다. 곧장 하이너는 차를 타고 역으로 향했다.

그리고 그곳에 앉아 있는 여자를 보았다. 어쩐지 지독하게 낯설었다. 베일 속에서 사람들을 물끄러미 지켜보는 아네트의 모습은 무척

이나 외로워 보였다. 세상 모든 것이 소란한 와중, 그 여자 홀로 거기에 박제된 것 같았다. 아네트를 손아귀에 잡아채는 순간— 가는 몸이 흔적도 없이 사라질 것만 같았다. 미친 망상이고 기이한 불안감이라는 걸 아는데도 그랬다. 관저로 끌고 가려던 계획을 변경해 아네트의 뒤를 밟은 것은 그래서였다. 아네트는 도망치려는 사람으로는 보이지 않았다. 짐도 손가방 하나였고, 목적지도 휴양으로 유명한 곳이었다.

'안스가 슈테터, 그 자식을 만나러 가는 건가?'

가정만으로도 머릿속이 확 타오르는 듯했다. 하이너는 날뛰는 감정을 간신히 가라앉히며 그녀를 따라 열차에 올랐다.

아네트는 표를 구매하는 게 처음이었는지, 어울리지도 않는 삼등석에 탑승했다. 하이너는 웃돈을 주고 그녀의 뒷좌석 사람과 자리를 바꾸었다. 아네트는 그의 기척을 전혀 눈치채지 못했다. 당연한 일이었다. 그녀는 일반인이었고, 그는 미행에 익숙한 밀정 출신이었으니까. 열차 안은 비좁고 눅눅했다. 그렇게나 고상한 여자가 여기 앉아 있다는 게 신기할 정도였다. 하이너는 못내 불편한 심기로 자세를 거듭 고쳐 앉았다.

아네트는 웬일인지 맞은편의 노파와 두런두런 이야기를 나누었다. 하이너는 그녀의 목소리가 원래 저렇게 맑았던가, 하고 생각했다. 그는 좌석과 창문의 틈으로 작게 흘러드는 대화 소리에 귀를 기울였다.

"남편이랑은 왜 사이가 안 좋소?"

"……그냥…… 남편과 남편의 사람들은 모두 저를 좋아하지 않거든요. 저도 남편과는 더 이상 함께 살고 싶지 않고요."

"함께 살았던 정은 없고?"

"글쎄요. 아마 그 사람은…… 제가 죽어도 아무렇지도 않아 할 거예요."

틀린 말이 아니었다. 그런데 어째서 아니라고, 그 말은 틀렸다고 반박하고 싶은 것인지 그 자신도 몰랐다. 그렇게 말하는 아네트의 목소리가 쓸쓸하게 들려서였을까.

"하지만 모두에게 사랑받을 수는 없는 거요. 그건 정말로 어쩔 수 없는 거야. 나를 사랑하는 사람들을 안고 살아가는 수밖에 없지."

노파의 말은 이 상황에서 그저 우스울 뿐이었다. 하이너는 창틀을 손가락으로 천천히 두드리며 생각했다. 저 여자에게는 아무도 남지 않았어. 나 빼고는. 최후에도 나뿐일 거야. 우리는 고통스럽겠지만 그래도 함께 있겠지. 그게 비록 사랑은 아닐지라도……. 생각은 언제나 가시투성이인 서로의 몸을 꽉 끌어안고 있는 것으로 끝이 났다.

아네트는 글랜포드 역에서 내려 마차를 잡았다. 하이너도 그녀를 뒤따라갔다. 그녀가 도착한 곳은 바닷가였다. 아네트는 한참 바다를 바라보다가, 천천히 걷기 시작했다. 무릎까지 걷어 올린 치맛자락 아래로 뻗은 하얀 다리가 눈부셨다.

얼마간 해변을 거닐던 아네트는 그림을 파는 가판대 앞에 서서 남자와 이야기를 나누었다. 잠시 주저하는 듯하던 그녀는 이내 의자에 앉아 모자를 벗었다. 그리고 웃었다. 지금처럼. 멀리서 말갛게 웃는 얼굴을 보며 하이너는 까닭 모를 충격을 느꼈다. 저 여자가 티 없이 웃는 모습을 마지막으로 본 게 언제였더라. 떠오르는 장면들은 온통 까마득한 기억뿐이었다. 그는 조용히 이를 악물었다.

'돌아가자.'

하이너는 그렇게 생각했다. 아네트를 기다릴 이유가 없다. 당장 그녀를 데리고 관저로 돌아가자. 애초에 시간 낭비를 해 가며 여기까지 따라온 것부터 잘못됐다……. 그의 손이 작게 움찔거렸다. 어쩐 일인지 발이 움직이지 않았다. 하이너는 멍하니 아네트를 응시했다. 당장 가서 손목을 틀어쥐고, 강제로 일으켜 세워서, 론체스터로 돌아간 후, 관저에 처박아 두어야 했다. 하지만 그는 그럴 수 없었다. 도망이라도 칠 생각이었느냐고, 수행원을 따돌리면서까지 여기 온 이유가 뭐냐고, 슈테터 놈과 만나려 했던 거냐고, 그렇게 을러야 했다. 하지만 그는 그럴 수 없었다. 저 여자의 행복한 꼴 같은 건 보고 싶지 않았다. 잠시의 자유도 허락할 수 없었다. 한 번만 더 이런 짓을 하면, 관저에서 한 발자국도 나가지 못하게 될 거라고 경고해야 했다.

하지만 그는 그럴 수 없었다. 그러는 순간, 아네트의 얼굴에서 웃음기가 신기루처럼 걷혀 나갈 것임을 알았다. 그녀의 웃음은 그가 가장 미워하고 불쾌해하는 것 중 하나였는데도. 그런데도 그는 그럴 수 없었다.

쏴아아. 파도가 젖은 소리를 냈다.

아네트는 조심스럽게 구두와 발목 스타킹을 벗었다. 본래 파다니아의 귀족들은 맨발을 보이는 것을 부끄럽게 여겼으므로, 바깥에서 신을 벗는 건 처음이었다. 그녀는 짐을 한곳에 내려 두고 해변에서 쓸모없는 것들을 주웠다. 깨진 소라고둥, 빈 조개껍데기, 끝이 닳아

뭉툭해진 유리 조각, 무엇인지 알 수 없는 파편 등. 아네트는 그것들을 카디건 주머니에 넣었다. 한쪽 주머니가 금세 묵직해졌다.

파도가 발목까지 차올랐다가 다시 쓸려 나갔다. 그녀는 허리를 펴고 서서 먼바다를 바라보았다. 해가 저문 수평선은 깜깜했다. 이 유리 조각이나, 도자기의 파편으로 보이는 무언가는 바다 너머 이국에서 온 것일지도 모른다. 파도를 타고 해류에 떠밀려 알 수 없는 먼 곳으로. 알 수 없는 먼 곳으로…….

아네트는 저도 모르게 바다 쪽으로 한 걸음 내디뎠다. 차가운 바닷물이 첨벙 다리로 튀었다. 그녀는 잠시 그 상태로 서 있다가, 다시 한 걸음 내디뎠다. 또 한 걸음 내디뎠다. 젖은 치맛자락이 다리에 휘감겼다. 어느덧 물이 종아리까지 차올랐다. 아네트의 시선은 계속 수평선에 머물러 있었다. 그리고 한 번 더 발을 떼려는 순간. 커다란 손이 아네트의 팔을 낚아챘다. 그녀는 순식간에 뒤로 끌려가, 단단한 무언가에 부딪혔다.

아네트는 너른 품에 파묻힌 채 고개를 들었다. 익숙한 향이 코끝을 스쳤다. 깊은 동굴 같은 음성이 내려앉았다.

"……어딜 갑니까."

하이너의 얼굴은 달을 등지고 있어서 표정이 잘 보이지 않았다. 왜인지 아네트는 그 목소리를 듣자마자 다리에 힘이 풀렸다. 하이너는 비틀거리는 아네트의 양팔을 단단히 잡아 세웠다. 그녀가 얼추 중심을 잡자, 뭍으로 이끌었다.

아네트는 모래 위에 서서 조심스레 하이너를 올려다보았다. 달빛에 비친 그의 얼굴은 높게 솟은 콧대 옆으로 그림자가 져 있었다. 그 모습이 창백하고 아름다워, 마치 완벽히 소조한 조각상 같았다. 아네트의 시선을 받아 내던 그의 턱에 힘이 들어갔다. 회색 눈동자가 침잠하듯 한 꺼풀 가라앉았다. 아네트는 중얼거리듯 말했다.

"늦게 왔네요. 더 일찍 잡으러 올 줄 알았는데."

"구두 신고 짐 챙기십시오. 당장."

하이너는 완전히 굳은 얼굴로 명령했다. 작게 고개를 끄덕인 그녀가 걸음을 옮기려다 멈칫했다. 발에서 뒤늦게 통증이 느껴졌다. 무언가를 잘못 밟았는지 피가 배어 나오고 있었다. 아네트는 신발을 가져다 달라 할까 고민했다. 별것 아닌 부탁이었음에도 선뜻 입을 떼기가 어려웠다. 그 모습을 바라보던 하이너가 다소 신경질적으로 한숨을 내쉬었다.

"거기 서 있으십시오."

하이너는 짐이 있는 곳으로 걸어가 구두와 종이봉투를 주워 들었다. 제 앞으로 내밀어진 종이봉투를 아네트가 얼떨결에 받았다. 다음 순간 몸이 훌쩍 들렸다. 아네트는 짧은 비명을 지르며 그의 외투를 붙잡았다. 하이너가 한 손으로 그녀의 엉덩이와 무릎 밑을 받쳐 들고 있었다.

"내가 걸을게요……!"

아네트가 당황하여 외쳤지만, 그는 대꾸하지 않았다. 바닷물을 먹은 드레스 밑단이 하이너의 옷까지 축축하게 적셨다.

"못 걸을 정도는 아니에요. 하이너, 내려 줘요."

아네트가 수차례 말해도 그는 들은 척도 하지 않았다. 그녀는 결국 포기하고 몸에 힘을 풀었다. 하이너는 한 손으로 아네트를 안고, 다른 한 손으로는 구두를 든 채 빠르게 해변을 벗어났다. 차가운 바닷바람에 물기가 천천히 밀라 갔다.

하이너가 도착한 곳은 인근의 호텔이었다. 호텔 입구에 도착해서도 하이너는 그녀를 내려 줄 생각이 없어 보였다. 아네트는 몸을 약간 뒤틀며 벗어나려고 했다.

"이젠 진짜 내려 줘요. 내가 신발 신고……."

"가만있어."

그가 음산한 목소리로 아네트의 말을 잘랐다. 하이너의 기분은 굉장히 저조해 보였다. 아네트는 희미한 핏대가 서 있는 그의 목을 바라보며 의아해했다.

'내가 도망쳐서, 화가 났나……. 왜?'

그가 화를 낼 거라고는 예상하지 못했다. 하이너라면 그냥 수행원을 시켜 당장에 그녀를 잡아 온 후, 몇 마디 경고하고 방에 처박아 놓으리라 여겼다.

'이번에야말로 정신병원에 처박힐지도.'

아네트가 담담히 앞일을 예감하는 동안, 하이너는 호텔 안으로 성큼성큼 들어섰다. 밝은 조명 아래로 오자 아네트는 그의 가슴팍에 얼굴을 묻었다. 자신을 알아보는 사람이 있을까 봐 겁이 났다.하이너 특유의 무거운 체취가 훅 짙어졌다. 아네트는 그 품에 코를 박은 채 가만히 있었다. 그의 몸이 희미하게 경직되는 것이 느껴졌다. 하이너는 싫어하겠지만 어쩔 수 없었다. 애초에 내려 달라는 부탁을 거절한 건 그였다. 밀착되는 게 싫다면 내려 주면 되는 일이었다. 그러나 하이너는 입매를 조금 굳혔을 뿐, 그녀를 내려 주지는 않았다.

프런트에서 빈방의 키를 건네받은 하이너가 승강기에 탑승했다. 객실에 도착할 때까지 그들은 아무런 대화도 나누지 않았다.

하이너는 객실에 들어오자마자 구두를 대충 팽개쳤다. 아네트가 들고 있던 종이봉투도 빼앗아 던지듯 내려놓았다. 종이봉투에 넣어 두었던 그녀의 핸드백이 반쯤 쓸려 나왔다. 그 검은색 핸드백을 본 하이너가 인상을 찡그렸다.

"누가 훔쳐 가면 어쩌려고 저걸 모래사장 위에 둔 겁니까?"

"……그렇네요."

생각하지 못했다. 바보 같았지만 정말로 그랬다. 아네트는 누가 자신의 물건을 '훔쳐' 갈 수 있으리라고는 단 한 번도 생각해 본 적이 없었다. 남의 것을 훔치는 건 대단히 교양 없고 천박한 행위였다. 그녀는 그런 행위를 상상도 해 보지 않았다. 부족한 것이 없으니, 훔칠 일도 없다. 또 아네트는 언제나 수행원들을 달고 다녔다. 당연히 짐은 그들이 지켰다. 그녀는 별로 신경 쓸 필요가 없는 부분이었다.

아네트가 새삼스러운 깨달음과 충격에 잠겨 있는 동안, 하이너는 그녀를 안고 욕실로 향했다. 그는 양철 욕조를 밀어 벽에 붙인 후, 아네트를 욕조 안에 내려놓았다. 아네트는 상처 난 발을 약간 든 채 벽에 기대어 섰다.

"……씻는 건 내가 할게요."

그 말에 하이너는 잠시 그녀의 얼굴을 물끄러미 응시했다. 그러고선 휙 몸을 돌려 욕실을 나갔다. 문은 닫지 않은 채였다. 아네트는 잠시 주저하다가, 치맛자락을 걷어 올리고 다리와 발만 씻었다. 그가 문을 열어 놓은 걸 보면 그러라는 의미인 것 같았다. 어차피 뜨거운 물이 없어서 목욕도 어려워 보였고.

모래와 엉겨 붙은 피가 물에 씻겨 나갔다. 상처는 생각보다 깊었다. 눈으로 확인하고 나자 잊고 있던 통증이 다시 몰려왔다. 아네트는 애써 그 상처에서 눈을 돌렸다. 바깥의 객실 입구에서 하이너가 누군가와 이야기하는 소리가 들려왔다. 그의 수행원인 듯했다. 아네트는 서둘러 수건으로 물기를 닦아 냈다.

욕실을 나왔을 땐 이미 하이너가 석유스토브를 켜고 구급상자까지 펼쳐 놓은 후였다. 그는 이리 와 앉으라는 듯 눈짓했다. 아네트가 침대 위에 조심스럽게 앉자, 하이너는 묵묵한 얼굴로 발의 상처를 살폈다. 발을 감싼 그의 손이 유독 크고 뜨겁게 느껴졌다. 아네트는 어쩐지 이 상황이 너무 창피해서 견디기 어려웠다. 그들은 부부였음에도 단 한 번도 제대로 서로의 신체를 마주한 적이 없었다. 고작 발이었지만 민망한 건 마찬가지였다.

하이너의 얼굴은 여전히 딱딱했다. 상처를 소독하고 약을 바른 후, 붕대를 감는 일련의 행위들이 오래된 습관처럼 익숙해 보였다. 붕대의 매듭을 지으며 하이너가 싸늘한 어조로 말했다.

"대체 무슨 생각입니까."

"……."

"고작 이런 데 오는 게 수행원을 따돌려야 할 만큼 중요한 일이었습니까?"

"……."

"왜, 여기서 안스가 슈테터와 만나기로 약속이라도 잡아 놓은 건가?"

하이너는 바닥에 한쪽 무릎을 꿇고 앉은 채, 노여움이 서린 눈으로 그녀를 올려다보았다. 그러나 작은 발을 쥔 손에는 전혀 힘이 들어가 있지 않았다.

"……고작 이런 데."

아네트가 조용히 입을 열었다.

"맞아요. 고작 이런 데죠."

맞부딪힌 시선이 허공에 작은 파문을 일으켰다. 아네트는 고개를 기울였다.

"고작 이런 데를 오는데, 왜 내가 당신 허락을 받아야 할까. 그런 생각이 들었어요."

"허락이고 뭐고, 당신이 총사령관 부인이라는 걸 잊었습니까? 수행원도 없이 나돌아다니는 게 제정신입니까?"

"그래서 이혼하자고 했잖아요. 더는 총사령관 부인이 아니고 싶어서."

"그래서, 이게 이혼하자는 반항의 의미였다?"

"꼭 그런 건 아니에요. 단지 바다를 보고 싶어서……."

하이너는 허탈한 숨을 뱉으며 그녀의 발을 바닥에 내려놓았다.

"글쎄, 단순히 보러 온 것 같지는 않던데."

"……."

"이 밤에 바다에서 수영이라도 할 생각이었습니까?"

"그……!"

아네트는 무작정 입을 열었지만, 마땅한 대답이 생각나지 않았다. 그녀는 결국 다시 입을 다물었다. 아네트도 자신이 왜 그랬던 것인지 잘 알지 못했다. 꼭 당장 거기 빠져 죽을 생각은 아니었다. 그렇다고 살 생각이었느냐면…… 그것도 잘 모르겠다.

"……그냥 다리만 담그고 싶었을 뿐이에요."

고민하던 아네트는 그냥 그렇게 대답했다. 그에게 지금의 이 기분을, 심정을, 산란한 머릿속을 설명해야 할 이유를 느끼지 못했다. 하이너는 알 수 없는 오기가 서린 표정으로 한쪽 입매를 끌어올렸다.

"그렇겠지."

그는 마치 스스로를 납득시키듯 천천히 이야기했다.

"당신은 무서워하는 게 많잖아. 어두운 곳도 무서워하고, 높은 곳도 무서워하고…… 물도 무서워하고."

아네트는 가만히 그를 쳐다보았다. 하이너의 말은 반은 맞고 반은 틀렸다. 그녀는 여전히 무서워하는 것이 많았다. 그러나 하이너가 언급한 예시들은 과거의 것이었다. 아네트는 어둠을 무서워하지 않게 되었다. 이제는 차라리 밝은 곳보다 어두운 곳이 더 좋았다. 그 누구도 자신을 볼 수 없는. 더 이상 높은 곳을 무서워하지도 않았다. 아까 물속으로 별 망설임 없이 들어간 걸 보면, 물도 무서워하지 않게 된 것일 테지. 지금의 아네트가 무서워하는 것은 조금 다른 종류였다.

"별 같잖은 것들은 다 무서워하면서…… 수행원이 없는 상황에서 당신에게 일어날 만한 일들은 걱정도 안 하지. 나는 이럴 때마다 늘 당신이 싫었습니다."

"……."

"누가 당신 물건을 훔쳐 갈 수도 있다는 가정 같은 건 할 줄도 모르는— 그 순진해 빠진 생각."

"……."

"세상은 바뀌었지만 당신은 똑같습니다. 짜증이 날 만큼, 변한 게 없어요. 그때 그 역겨운 여자 그대로라고, 당신은."

하이너가 한 자 한 자 씹어뱉듯 말을 끝맺었다. 쏟아 내고 나서도 그는 전혀 후련한 얼굴이 아니었다. 참 해묵은 감정인가 보다, 하고 아네트는 멍하니 생각했다. 가슴 한쪽이 파먹힌 것처럼 아픈데, 머릿속은 고장 난 것처럼 침착하기만 했다. 아네트는 새삼스럽게 돌이켰다. 그의 증오는 얼마나 오래되었을까. 정확히 언제부터였을까. 우리가 처음 본 순간부터였나. 아니면 서로의 존재를 알기도 전부터였나.

"……하이너."

그리고 대체.

"당신은 내가 웃겼겠다."

내 사랑을 보며 그는 대체 무슨 생각을 했을까.

하이너가 제 귀를 의심하는 사람처럼 의아한 얼굴을 했다. 무릎 위에서 주먹을 그러쥔 아네트는 다시 한번 말했다.

"당신은 내가 참, 우스웠겠다."

이 상황에서는 그의 어깨를 붙잡고 원망의 말이라도 줄줄 늘어놓아야 할 것 같은데, 이상하게 공허한 기분만 들었다.

아네트는 고개를 숙였다가 다시 들었다.

"그렇잖아. 싫고 역겨워 죽겠는 여자한테 사랑하는 척 연기 좀 해줬더니…… 그 여자는 멍청하게 넘어가서 자기도 사랑한다고, 그러고 있으면. 웃기잖아요."

그녀는 정말로 재미있다는 양 작게 웃었다. 그러나 그 웃음소리는 금세 잦아들었다. 그러곤 웃음기가 지워진 얼굴로 말을 이었다.

"근데 그런 거였으면…… 3년 전에 말을 해 주지. 당신 목표 다 이루고 이제 날 속일 필요가 없게 되었을 때, 말을 해 주지. 나는 그런 줄도 모르고……."

목이 메었다. 하지만 눈물은 나지 않았다. 꽉 잠긴 목소리가 깊은 곳에서 흘러나왔다.

"……3년이나 당신을 더 사랑했잖아요."

그 말에 하이너의 눈이 크게 흔들렸다. 아니, 어쩌면 그녀의 시야가 흔들린 것일 수도 있었다. 아네트는 조용히 시선을 떨구었다. 3년 동안 그녀의 사랑은 수없이 부서져 원래의 형체를 알기 어려워졌다. 자주 무너진다는 것은 자주 재건된다는 뜻이다. 3년 동안 아네트는 자주 무너졌고, 그만큼 자주 재건되었다.

그는 다시 돌아올 거야. 그는 다시 웃어 줄 거야. 그는 다시 마음을 바꿀 거야. 그는 다시 다정한 말을 속삭여 줄 거야. 그는 다시 날 사랑할 거야. 얼마나 이 짓을 더 반복해야 할까.

"지금도."

하이너가 정적을 깼다. 그는 끄트머리가 부서진 것 같은 목소리로 물어 왔다.

"지금도…… 날 사랑하기라도 합니까?"

아네트는 그의 말이 조롱이나 비아냥이라고 생각했다. 그런 어조는 아니었지만, 어쨌든 적어도 그녀에게는 그렇게 들렸다.

아네트는 버석하게 미소 지으며 중얼거렸다.

"내가 그렇다고 한다면, 나는 어디까지 한심해지는 걸까요."

스토브가 고요히 온기를 피워 냈다. 아네트는 침대 시트에 눈을 둔 채 공허하게 말했다.

"잘 모르겠어요. 내가 사랑한 건, 당신이 나를 사랑하는 척 연기했던 모습이었잖아요. 내가 사랑한 당신은 다 거짓이었는데. 그러면 내 사랑도 다 거짓인 게 아닌가."

바닥을 짚은 그의 손에는 푸른 핏줄이 얼기설기 돋아 있었다. 아네트는 저 손에 뺨을 묻던 지난날을 생각했다.

"이제 와선 뭐, 그런 게 다 소용 있나…… 싶기도 해요. 마냥 사랑 타령만 하기엔 내가 처한 상황이 참 별로니까."

수없이 재건되고 또 재건된 것은 과연 처음의 그것이라고 할 수 있나. 아네트는 확신할 수 없었다. 사실, 중요하지도 않아 보였다.

"어차피 내 마음은 딱히 쓸모가 없어요. 내가 당신을 사랑하든, 사랑하지 않든, 달라지는 건 아무것도 없잖아요."

다시 고개를 들어 올린 아네트는 그저 평화로운 낯을 하고 있었다. 아무런 과거도 지니지 않은 것처럼.

"다시는 이런 일 없을 거예요."

"……."

"앞으로 다시는."

호텔로 들어왔을 때부터 어렴풋이 예상은 했지만, 하이너는 이곳에서 하룻밤을 묵고 갈 생각인 것 같았다.

그의 수행원이 가져온 짐에는 갈아입을 옷과 신발, 화장품 등이 들어 있었다. 아네트는 직원이 준비한 온수로 샤워를 했다. 옷을 갈아입고 욕실에서 나온 아네트는 멈칫했다. 다른 방에서 묵을 줄 알았던 하이너가 테이블 앞에 앉아 신문을 넘기고 있었다.

"……당신도 여기서 묵나요?"

"왜, 내가 다른 곳에서 묵으면 또 혼자 도망갈 겁니까?"

"그런 말이 아니잖아요."

"모르는 일이죠."

하이너는 무뚝뚝하게 대꾸하며 자리에서 일어났다. 옷을 챙겨 욕실로 들어가려는 그에게 아네트가 다급히 말했다.

"잠깐만요, 직원에게 온수를……."

"상관없습니다."

욕실 문을 닫으려던 그가 다시 뒤를 돌아보았다. 문틈으로 싸늘한 목소리가 들려왔다.

"나갈 생각은 마십시오. 밖에서 수행원에게 잡혀 끌려오고 싶은 게 아니면."

문이 닫힌 후에도 아네트는 멍하니 서 있었다. 조금 어리둥절한 기분이었다. 아까의 독설도 그렇고, 그는 정말로 화가 난 것 같았다.

그녀는 물소리를 잠시 듣다가 걸음을 옮겼다. 화장대에 앉아 수건으로 머리카락을 꾹꾹 눌렀다. 유리 표면에 파리한 여자가 비쳤다. 생기라고는 하나도 없어 보였다. 아네트는 괜히 거울을 한 번 문질러 얼굴 위에 손자국을 냈다.

머리를 다 말리고 침대에 누울 즈음, 하이너가 욕실에서 나왔다. 아네트는 이불을 덮고 몸을 웅크렸다. 하이너는 불을 끈 후, 테이블 위에 걸린 가스램프 하나만 켰다. 노란 조명이 방 한구석을 어슴푸레하게 밝혔다. 그는 짐가방에서 서류 봉투를 꺼내 의자에 앉았다. 아네트는 눈을 감은 채 잠들려고 노력했지만, 잠은커녕 정신이 나른해지지도 않았다. 적막 가운데 간간이 종이 넘기는 소리가 났다.

'저렇게 바쁘면서 여기까지 왜 왔을까.'

하이너에게 모든 전말을 들은 이후에도, 여전히 그의 행동을 이해할 수 없을 때가 많았다. 하이너는 그녀를 아예 보고 싶지 않은 것처럼 굴기도 했고, 제 옆에 영원히 주저앉아 있기를 바라는 것처럼 굴기도 했다. 어느 쪽이든 그들의 관계는 얇게 언 호수 위에 선 것처럼 위태로웠다.

밤이 늦을 때까지 그는 업무를 보았다. 아네트는 뜬눈으로 그 작은 기척들을 헤아렸다. 펜으로 무언가를 쓰는 소리, 손가락으로 종이 위를 더듬는 소리, 그의 낮은 숨소리……. 꽤 시간이 지나서야 하이너는 가스램프를 끄고 일어났다. 그가 침대로 걸어오자, 아네트는 몸을 뒤척여 침대 끄트머리로 비켜 주었다. 그에 하이너가 미간을 좁혔다.

"아직도 안 잤습니까?"

"……잠이 안 와서."

하이너는 무언가 불만스러운 얼굴로 침대 위에 올라왔다. 매트리스가 가라앉는 느낌이 났다. 부스스 일어난 아네트가 협탁 위 유리컵에 물을 따랐다. 그러고선 상체를 숙여 침대 밑에 놓아둔 핸드백을 집었다. 안에서 약봉지를 꺼내 뜯으려는데, 그가 손목을 붙들어 왔다.

"뭡니까?"

"약이요."

"수면제? 그건 왜요?"

"잠이 안 온다니까요."

"그래서 잠이 안 올 때마다 수면제를 먹나? 그게 뭐 좋은 건 줄 압니까?"

"……나라고 좋아서 먹는 건 아니에요."

하이너가 짜증스러운 한숨을 내쉬며 그녀의 손에서 약을 빼앗아 갔다. 아네트는 어정쩡하게 든 손을 어쩌지 못한 채 그의 눈치를 살폈다. 자신의 어느 부분이 그를 또 화나게 한 건지 알 수가 없었다. 약을 먹는 게 그와 무슨 상관이 있다고.

"이딴 것 좀 그만 먹으십시오. 그러다 중독되고 싶습니까?"

"내가 알아서 해요."

"알아서 해서 이 모양입니까?"

아네트는 고개를 돌려 그의 눈을 피했다. 하이너와 대화할 때마다 늘 이런 식이었다. 그는 그녀의 모든 행동을 마음에 들지 않아 했다. 어쩌면 존재 자체만으로 짜증스러운 걸지도 몰랐다.

'예전에는…… 예전에는 이러지 않았는데.'

무의미한 반추임을 알면서도 자꾸만 과거를 생각하게 된다. 과거 그들의 대화에는 늘 사랑과 애정이 있었다. 가끔 다투기도 했지만, 그건 여느 연인들과 같은 잠깐의 갈등에 불과했다. 다투고 나면 하이너는 언제나 선뜻 먼저 사과하며 화해를 청해 왔다. 화해한 이후에는 반드시 아네트를 꼭 안고 이마나 뺨에 키스해 주었다.

'이제 와 생각해 보면…… 그로서는 나와의 관계를 잘 유지해야만 했으니 그랬겠지.'

후작의 측근이 되기 위해서는 그 딸과 반드시 결혼해야 했을 테니까. 그녀의 비위를 맞추고, 사랑하는 척 연기했겠지. 먹은 것도 없는데 속이 울렁거렸다. 아네트는 돌아누웠다가, 하이너가 다시 일어나는 기척에 고개를 돌렸다. 그는 스토브 위에 티포트를 올리고 객실에 비치된 찻잎을 골랐다. 적막 가운데 물 끓는 소리가 났다. 곧 방 안에 차향이 은은하게 차올랐다.

"자."

하이너가 찻잔을 내밀었다. 아네트는 눈을 동그랗게 뜨고 그를 올려다보았다. 그가 재촉했다.

"마셔요."

상체를 일으킨 아네트가 찻잔을 얼떨결에 받아 들었다. 손바닥에 따끈한 느낌이 전해져 왔다.

"수면에 도움이 될 겁니다."

"……뭔데요?"

"캐모마일."

하이너의 목소리는 여전히 무뚝뚝했고 언뜻 불쾌한 듯 들리기도 했다. 그래서, 도무지 종잡을 수가 없었다. 아네트는 그의 눈치를 보며 차를 홀짝였다. 하이너가 냉담한 눈으로 그녀를 응시하더니, 턱을 가볍게 까닥였다.

"가방 줘 보십시오."

"가방……은 왜요?"

"보려고."

그러니까 뭘.

뒷말을 삼킨 아네트는 머뭇머뭇 가방을 주워 내밀었다. 낚아채듯 가져간 하이너가 침대 끄트머리에 걸터앉았다. 그러고선 가방 안의 소지품들을 하나하나 침대에 꺼내 놓았다.

"이게 수면제입니까?"

"아뇨, 수면제는 이거……."

"그럼 이건?"

"두통약이요."

"이건?"

"소화제."

딱딱한 그의 낯을 살피던 아네트가 변명처럼 덧붙였다.

"속이 자꾸 얹혀서."

"의사가 뭐라고 합니까."

"그냥……."

아네트는 잠시 갈등하다가, 솔직하게 대답했다.

"……제가 과민한 거라고."

어차피 하이너가 아놀드에게 물으면 다 드러날 일이었다. 자존심 때문에 괜한 거짓말은 하고 싶지 않았다.

하이너는 잠시간 약 봉투들을 가만히 들고 있었다. 그러고선 말없이 가방 안을 들춰 보았다. 그 온기 없는 얼굴이 '그럼 그렇지'라고 말하는 것 같았다. 아네트는 아랫입술을 지그시 당겨 물었다.

소지품 대부분을 꺼내 본 하이너가 가방 바닥에서 무언가를 집어 들었다. 하얀 종이였다. 그것의 정체를 알아챈 아네트의 얼굴이 굳었다. 안스가 슈테터의 명함이었다. 잠시 명함을 응시하던 하이너는 의외로 별다른 반응이 없었다. 다만 명함을 가방이 아닌 제 바지 주머니에 넣었다.

불편한 정적이 흘렀다. 찻잔을 만지작거리던 아네트가 머뭇머뭇 말문을 열었다.

"……안스가, 말이에요."

소지품들을 다시 가방에 넣던 하이너의 손이 찰나 멈칫했다. 그는 언제 그랬냐는 듯 자연스러운 움직임으로 가방을 닫고 고개를 들었다.

"내가 만약 그 애를 따라간다면."

눈을 내리깐 아네트가 가만가만 말을 이었다.

"그게 내게 차선이 될 수 있을까요. 따라간다는 건 아니에요. 다만 당신 생각엔 어떤가 해서."

"내게 어떤 대답을 원하는 건지 모르겠군요."

"프란체에 왕정복고 세력이 있나요?"

직설적인 질문에 하이너의 눈매가 살짝 가늘어졌다.

"하이너, 당신은 알고 있죠?"

"안스가 슈테터가 그런 말을 했습니까? 프란체에 왕정복고 세력이 있으니 함께하자고?"

"아뇨, 나 혼자 생각한 거예요. 안스가는 내게 같이 가자고만 했을 뿐이고."

"그렇게 생각하면서, 나한테 묻는 이유가 뭡니까."

"당신에게 알리는 거죠. 내가 당신에게 숨기는 게 없고, 몰래 안스가를 따라가지도 않을 거란 사실을."

내용은 결백을 주장하고 있으나 그다지 절박하지 않은 목소리였다. 그 말을 듣는 하이너의 얼굴 위에는 별다른 감정이 떠올라 있지 않았다.

"……차선. 그럴 수도 있겠지."

무언가를 생각하던 그가 무미건조하게 내뱉었다.

"과거 안스가 슈테터는 당신을 마음에 두었었고 현재 미혼이니까. 또 당신 생각대로 프란체에 왕정복고 세력이 있다면 당신을 제법 대우해 줄 겁니다. 하지만 장담할 수는 없죠. 파다니아 내에서 당신 평판은 최악이니 별다른 효용이 없다고 생각할지도 모르잖습니까."

잠시 말을 멈춘 하이너는 온기 없는 미소를 지었다.

"행복할 곳은 아무 데도 없다더니, 그래도 받아 줄 곳이 생겼군요. 어차피 아무 소용 없는 가정이지만."

"말했듯 난 안스가를 따라가지 않을 거예요. 내 추측이 틀렸을 수도 있고. 다만……."

아네트는 조심스러운 어조로 말을 이었다.

"다만 당신이 만일 모르고 있다면…… 그러니까 프란체 내 복고 세력의 존재 가능성을…… 알려 주고 싶었을 뿐이에요. 물론 당신이라면 이미 알고 있었을 수도―."

"그걸 내게 말한다고 해서 당신이 얻는 이득은 전혀 없을 텐데요."

밀고자 같은 회색 눈이 천천히 아래로 미끄러졌다가, 다시 올라왔다. 빛을 등진 그의 머리칼 끝이 노랗게 옅어 보였다. 아네트가 쓰게 웃었다.

"더 나은 세상을 만들기 위해 노력한 것 아니었나요."

지금의 세상은 이전보다 더 나은 세상일까. 아네트는 체감하지 못했다. 바뀐 세상은 그녀에게 너무나 혹독했기 때문이다. 그러나 사람들은 말했다. 세상은 훨씬 좋아졌고, 앞으로 더 좋아질 것이라고. 그렇다면 그 말이 맞을 것이다. 자신은 현명하지 못하고 미련한 여자니까. 스스로 판단한 적도 없거니와, 이제 와 판단을 한다고 해도 그것은 그른 판단일 것이다. 아넬리 엥겔스에게 했던 말들도 진심이었다. 아네트는 세상을 바꾸고자 하는 이들의 대의를 존중했다. 비록 그 대의가 그녀에게 한없이 잔인할지라도. 또 공감할 수 없을지라도.

복수심이나 원망 같은 감정은 사라진 지 오래였다. 다 타고 남은 재처럼 그저 오래된 상흔이 되었다.

고요한 가운데 하이너의 숨소리가 났다. 그의 성정처럼 반듯하고 규칙적인 호흡이었다.

"……나는 당신에게 그따위 동조를 바란 적이 없습니다."

얼마간 침묵하던 하이너가 이불 위에 손을 짚었다. 그리고 그녀 가까이 상체를 숙였다. 엄격해 보이는 얼굴이 가까워지자 아네트는 어깨를 약간 움츠렸다.

서느런 목소리가 내리깔렸다.

"아무 생각도 하지 마십시오, 아네트. 그냥 흘러가는 대로 살아요."

"……."

"당신이 잘하는 거잖아."

분명 조롱당하는 것은 그녀인데, 어째서인지 하이너가 상처받은 듯한 눈을 하고 있었다. 금세 기색을 지워 낸 그가 다시 냉철해진 낯으로 입을 열었다.

"안스가 슈테터가 당신을 원했던 건 당신보다도 내가 더 잘 압니다. 나와 결혼하지 않았다면, 당신의 남편은 그자가 되었겠지. 나는 당신 말을 믿지 않습니다."

"그를 사랑한 적 없어요."

"고매하신 귀족들 결혼이 어디 사랑만으로 이루어지던가."

하이너의 말은 틀리지 않았다. 서로 사랑하여 연애 끝에 결혼한 그들이 특이한 경우였다. 실은 그조차도 거짓이었지만.

찻물은 어느새 식어 있었다. 아네트는 나지막이 중얼거렸다.

"당신이 믿든 믿지 않든 진심이에요."

안스가를 따라가는 게 차선의 선택지라면, 그녀는 이미 최선의 선택지를 알고 있었다.

뜻 모를 두 시선이 얽혔다. 아네트는 차를 한 모금 더 마신 후, 협탁 위에 찻잔을 올려놓았다.

"피곤해요. 이만 자고 싶어요."

하이너는 그 말이 정말인지 확인하려는 것처럼, 그녀의 얼굴을 물끄러미 내려다보았다. 아네트가 고개를 돌리자 그는 상체를 물렸다. 아네트는 몸을 돌려 누웠다. 하이너가 가스램프를 끄자 순식간에 방 안에 어둠이 내려앉았다. 등 뒤에서 부스럭거리며 눕는 소리가 났다. 아네트는 눈을 감고 잠들기 위해 애썼다. 닿지 않은 두 몸이 찻물처럼 천천히 식어 갔다.

하이너는 새벽녘 침대에서 상체를 일으켰다. 완전히 닫히지 않은 커튼 사이로 흘러든 빛이 침대를 창백하게 적셨다. 소리 없이 이불을 걷어 낸 그가 제게서 떨어져 누운 여자를 바라보았다. 늦게까지 잠들지 못하는 듯하던 아네트는 어느새 수마에 빠진 채였다. 잔뜩 웅크린 그녀의 얼굴은 이불에 파묻혀 있었다. 하얀 이불이 작고 규칙적으로 오르내렸다. 하이너는 저도 모르게 몸을 가까이 숙였다. 머리카락과 이불 사이로 백지 같은 뺨이 드러나 있었다. 그는 무심코 거기에 손을 가져다 대려다 멈추었다. 그러고선 거두어들인 손으로 마른세수를 했다.

'불편하군. 그냥 방을 따로 잡았어야 했는데…….'

아네트와 한 침대를 쓴 건 오랜만이었다. 원래는 다른 방을 잡으려고 했지만, 이상하게 불안했다. 정확히 무엇이 불안한지는 하이너 자신도 몰랐다.

하이너는 바닷물에 잠겨 있던 여자의 모습을 애써 머릿속에서 몰아냈다. 소리 없이 침대에서 일어난 그가 옷걸이 쪽으로 걸어갔다. 코트 안주머니에서 시가를 꺼내던 하이너의 시선이 문득 한곳에 고정되었다. 옆에 걸려 있는 아네트의 카디건 주머니가 불룩했다. 그는 주머니 안에 든 것들을 꺼내 보았다. 어둠 속에서 무언가 얼핏 반짝였다. 보석인가 싶었는데 자세히 보니 죄 쓸모없는 파편들이었다.

'이 쓰레기들은 다 뭐야.'

뭘 그리 열심히 줍나 했더니, 고작 이런 거였나. 왜인지 심기가 불편해졌다. 하이너는 그것들을 쓰레기통에 처박은 후 발코니로 나왔다. 탁 트인 공기에 호흡이 한결 편안해졌다.

하이너는 어둡고 밀폐된 공간에 오래 있지 못했다. 이젠 상태가 호전되어서 완전히 불가능한 것은 아니지만, 정신적으로 수세에 몰리는 기분은 여전했다. 고문실에서의 기억 때문이었다. 이 사실을 아는 자는 그의 정신과 의사뿐이었다. 그 외에 알 만한 사람들은 모두 오래전 죽었다.

싸늘한 밤바람에 머리칼이 흩날렸다. 하이너는 불을 붙이지 않은 시가를 문 채 어둠에 잠긴 바다를 응시했다. 먼 곳에서 파도가 겹겹이 철썩이는 소리가 전해졌다. 그는 애연가는 아니었다. 금연한 지도 꽤 됐지만, 머릿속이 복잡할 때 시가를 물면 상념이 조금이나마 무뎌지는 기분이었다. 불을 붙이지 않는데도 그랬다.

'심리적인 건가.'

하이너는 그런 종류의 심리학적 양상을 많이 보았다. 오래전에 절단한 다리의 통증을 호소한다든지, 의약품이 부족한 전시에 가짜 약을 속여 복용하게 했더니 정말 효과가 있다고 믿었다든지 하는 것들이었다.

그는 눈동자를 아래로 굴려 물고 있는 시가를 내려다보았다. 희끄무레한 갈색 막대가 시야에 잡혔다. 금연을 한 건 6년 전부터였다. 아네트와 교제를 시작한 시기였다. 그녀가 연기나 냄새를 꺼리는 기색을 보인 적은 없었지만, 그는 자발적으로 시가를 끊었다. 이젠 잘 보일 필요도 없으니 금연할 필요도 없었다. 그러나 하이너는 여전히 시가를 시작하지 못하고 있었다. 왜냐하면…….

거기까지 사고가 닿자 하이너는 희미하게 인상을 썼다. 그는 작게 혀를 차며 난간에 팔을 걸쳤다.

"당신은 내가 참, 우스웠겠다."

차라리 그랬다면 이렇게까지 더러운 기분도 아니었을 텐데. 아무리 끌어내리고 짓밟아도— 여전히 빌어먹게도 고결해 보이는 건 당신의 문제인가, 나의 문제인가. 하이너는 씁쓰레한 미소를 머금었다. 아주 오랫동안 이를 고민해 왔지만, 여전히 결론을 내리지 못했다.

아네트 발데마르. 당신은 내 가장 낮고 연약한 부분을 건드려. 나를 한없이 비참하게 만들지. 적어도 이건 당신의 문제고 당신의 잘못이야.

입에 물린 시가를 빼낸 하이너가 상체를 세웠다. 그는 뒤돌아 객실 안으로 들어섰다. 코트 안주머니에 다시 시가를 넣고서 잠시 쓰레기통 안을 바라보았다. 아네트가 주운 것들은 반짝임을 잃고 어둠 속에 숨죽인 채 있었다.

"어차피 내 마음은 딱히 쓸모가 없어요."

당신 마음은 쓸모없지 않아. 하이너는 조용히 입술을 달싹였다.

그 여자가 보답받지 못할 거란 절망을 느꼈으면 좋겠다. 닿지 못하는 현실에 괴로워했으면 좋겠다. 그럼에도 불구하고 마음이 접어지지 않아 비참했으면 좋겠다. 언젠가의 그가 그랬듯이. 그러니 적어도 하이너에게는 그녀의 마음이 필요했다.

하이너는 가라앉은 얼굴로 고개를 들었다. 아직 잠들어 있는 아네트를 확인한 후, 조용히 욕실로 들어섰다. 수도를 틀자 찬물이 쏟아져 나왔다. 그는 흐르는 물에 손끝을 댄 채 얼마간 가만히 서 있었다.

그녀가 해변에서 주운 쓰레기들이 몸속에서 덜그럭거리는 기분이 들었다.

글랜포드에서 돌아온 이후, 아네트는 일주일 가까이 하이너의 얼굴을 보지 못했다. 대수로운 일은 아니었다. 본래 그녀가 이혼을 요구하기 전까지만 해도 그들은 마주칠 일이 거의 없었다. 관저는 넓었고 행동반경도 달랐으므로, 한 사람이 먼저 찾지 않는 이상은 각자의 생활만을 영위했다. 혁명 이후 상대를 찾는 역할은 대부분 아네트의 몫이었다. 이혼 이야기가 나온 이후에는 조금 달라졌지만. 이제 아네트로서는 이혼에 관한 일이 아닌 이상, 먼저 그를 찾을 이유가 없었다.

창밖에서 새 울음소리가 시끄럽게 들려왔다. 아네트는 후원금 내역을 정리한 서류를 파일철에 끼워 두고, 옷장 안 금고를 열었다. 금고에 파일철을 넣은 후 보석함을 꺼냈다. 함에 보관해 둔 보석들을 종이 가방에 담은 그녀가 호출기를 눌렀다. 이윽고 사용인이 방 안으로 들어왔다.

"미스 리츠버그. 부탁할 게 하나 있는데, 근처 보석상에 가서……."

"네, 부인."

"……."

"말씀하세요, 부인."

아네트가 말을 잇지 않자 사용인이 의아한 얼굴을 했다. 무언가를 잠시 생각하던 아네트는 살짝 웃으며 고개를 저었다.

"아니에요. 그냥 내가 직접 갈게요."

"보석을 구매하시려는 거면 카탈로그를……."

"가게에서 직접 보려고 해요. 기사를 대기시켜 주겠어요?"

"알겠습니다."

사용인이 나가자마자 아네트의 얼굴에서 웃음기가 사라졌다. 그녀는 외출복으로 갈아입고 베일이 드리운 모자를 썼다. 장갑까지 낀 아네트가 종이 가방을 들고 건물을 나섰다. 자연히 수행원 한 명이 따라붙었다. 수행원이 뒷좌석 문을 열어 주었다. 차에 올라탄 아네트가 기사에게 물었다.

"근처 보석상 중 사람이 없는 곳이 있을까요?"

"어…… 그러면 허핀 보석상은 어떠십니까? 다만 가게가 골목 안쪽이라 차를 대로에 대야 해서, 좀 걸어가셔야 할 듯합니다."

"괜찮아요. 그리로 가 주세요."

귀부인들을 모시고 다니던 기사라 보석상에 관해선 빠삭했다. 남자는 능숙하게 운전대를 돌려 길을 꺾었다.

오래지 않아 차가 대로 한쪽에 멈추어 섰다. 아네트는 가게가 줄줄이 들어선 골목 안으로 걸음을 옮겼다. 허핀 보석상 앞에 다다르자 수행원이 말했다.

"밖에서 기다리고 있겠습니다, 부인."

듣던 중 반가운 소리였다. 아네트는 고개를 약간 까닥여 보이고선 가게 안으로 들어섰다.

"어서 오십쇼."

보석상이 다소 무성의한 투로 객을 맞았다. 아네트는 진열대 위에 종이 가방을 올려놓으며 말했다.

"전부 처분하고 싶어요."

"혹시 다른 곳에서 먼저 감정받고 오셨습니까?"

"아뇨."

보석상은 종이 가방 안을 흘끗 보더니, 돋보기를 꼈다.

"잠시만 기다리십쇼."

보석의 양은 그다지 많지 않았다. 로젠베르크 가의 재산은 모두 압류당했고, 발데마르에 속한 그녀도 여론에 의해 가진 것 대부분을 반강제로 기부했기 때문이다.

비상금 정도나 마련할 보석을 갑자기 처분하는 이유는 간단했다. 언젠가 자신이 죽은 후, '디트리히의 딸이 소유했던 보석'이라는 이름으로 신문에 오르내리거나 경매에 부쳐지게 되는 상황을 방지하기 위해서였다.

보석상이 감정을 진행하는 동안 아네트는 진열된 보석들을 구경했다. 그녀는 원래 보석을 좋아했다. 비싸서가 아니라, 단순히 반짝거리는 것이 좋았다. 하이너도 아네트의 그런 취향을 알았다. 과거 함께 데이트를 할 때마다, 그는 반드시 반짝거리는 무언가를 사서 그녀의 손에 들려 주었다. 보석, 비즈, 유리 공예품…….

"내 방이 온통 당신 선물인 거 알아요? 이러다 깔려 죽겠어요."

"이 정도로 그러면 곤란한데요."

"이거 혹시…… 나를 압사시키려는 거대한 계획 아니에요?"

"비슷해요. 온갖 빛나는 것들에 둘러싸인 채 살게 해 주겠습니다."

"아하하, 설마 청혼인가요?"

"청혼은 이것보다 더 멋있게 하도록 하죠."

그와 함께 있으면 세상이 좀 더 찬란하게 느껴졌던 시절이 있었다. 아네트는 진열대 위에 가볍게 손을 올린 채, 건조한 눈으로 안을 들여다보았다. 온통 눈부시고 빛나는 것들이었지만 이젠 더 이상 감흥이 없었다.

"끝났습니다, 부인. 여기 표 확인 한번 부탁드립니다."

감정을 끝마친 보석상이 품목별로 값을 매겨 놓은 표를 쓱 내밀었다.

"다 해서, 2천 3백 파운드 쳐드릴 수 있습니다. 혹시 궁금하신 점 있으십니까?"

"그렇게 처분해 주세요."

"아, 예. 알겠습니다."

보석상의 목소리는 어쩐지 떨떠름했다. 아네트는 별 관심 없는 얼굴로 표에서 시선을 거두었다. 값을 후려친 거든 뭐든 상관없었다. 오히려 가격이 낮게 나올수록 좋았다. 문득 왼손 약지에 끼워진 다이아몬드 반지가 눈에 들어왔다. 진열대 안에 있는 그 어느 보석보다도 알이 크고 아름다웠다. 하이너가 청혼할 때 선물했던 결혼반지였다. 아네트는 반지를 빼서 주인에게 건네며 물었다.

"혹시 이 다이아몬드 반지는 얼마나 하나요? 함께 처분하고 싶은데."

"한번 줘 보시겠습니까?"

반지를 살펴본 보석상이 나직이 감탄을 흘렸다.

"허어. 이거 하나만 해도 7천 파운드가 넘겠는데요. 죄송하지만 저희 가게는 이 대금을 치를 능력이 없습니다. 좀 더 큰 보석상으로 가셔야 할 듯합니다."

"……그런가요."

반지를 받아 든 아네트는 잠시 고민하다가 가방에 넣었다. 수표를 헤아린 주인이 대금이 든 봉투를 건넸다. 아네트는 금액을 확인하지도 않고 가게를 나섰다. 문 앞에서 기다리고 있던 수행원이 곧장 따라붙었다. 아네트는 느린 걸음으로 골목을 벗어났다.

2천 3백 파운드. 적지 않은 금액이었다. 알이 크지 않은 것들이었지만, 모두 고급품이었으니 그럴 법도 했다.

'그런데 반지 하나가 7천 파운드라고…….'

처녀 시절에도 이만한 보석은 가져 본 적이 없었다. 하이너는 값비싼 반지로 청혼해야만 자신을 만족시킬 수 있으리라고 생각한 걸까. 그가 생각했을 자신의 모습이 어렵지 않게 그려졌다. 권력자의 집안에서 태어나 세상 돌아가는 물정은 하나도 모르는 멍청한 여자. 부족한 것 하나 없이 자라 하고 싶은 것, 갖고 싶은 것 전부 누리는 허영 많은 여자.

'틀린 말도 아니지.'

아네트는 자조적으로 생각하며 대로변으로 나왔다. 주변을 둘러보자 길가에 세워진 차가 눈에 들어왔다. 문득 마주친 듯한 시선에, 그녀는 다시 고개를 돌렸다. 가로등 아래에 한 남자가 서 있었다. 기껏해야 20대 초반으로 보이는 젊은 남자는 이쪽을 빤히 응시하고 있었다. 그녀와 눈이 마주쳤는데도 시선을 거두지 않았다.

'나를 보는 건가?'

아네트는 혹시 저를 알아보았나 싶어 황급히 모자를 눌러썼다. 그러나 남자의 눈은 여전히 그녀에게 꽂혀 있었다. 그 안에서 기묘하고 강렬한 무언가가 일렁거렸다.

저 눈. 소름이 살갗 위를 기어올랐다. 오싹해진 아네트가 저도 모르게 뒷걸음질 쳤다. 본능이 도망치라 경고하고 있었다. 그 순간, 남자가 허리춤에서 무언가를 빼 들었다. 햇살 아래에서 은색 빛깔이 십자 모양으로 반짝였다. 그 빛은 그녀를 향해 겨누어졌다. 그 일련의 행위는 아주 느리게 보였다. 아네트는 본능적으로 수행원 쪽으로 몸을 돌렸다. 수행원의 얼굴에 놀람이 번져 있었다. 그가 이쪽으로 손을 뻗었다.
탕!
총소리가 한차례 지나갔다. 수행원이 그녀의 어깨를 붙들었다.
탕!
옆구리에서 작열감이 느껴졌다. 아네트는 거친 숨을 들이켠 채 한순간 얼어붙었다. 수행원은 아네트를 제 뒤로 숨기고 권총을 빼 들었다.
탕! 탕! 총소리가 한낮의 대로를 울렸다. 상대와 총격전을 벌이던 수행원은 아네트를 차체 앞으로 밀쳤다. 비틀거리던 걸음이 무너졌다.
"숨어 계십시오!"
아네트는 차 앞에 주저앉은 채 흐느끼듯 호흡했다. 바닥에서 찬 냉기가 올라왔다. 그녀의 어깨가 불규칙하게 들썩거렸다.
"부인! 괜찮으십니까?"
차에서 내린 기사가 황급히 그녀의 상태를 확인했다. 그는 아래를 확인하더니 눈을 커다랗게 떴다.
"마, 맙소사, 부인!"
입술이 미친 듯이 떨렸다. 아네트는 옆구리를 감싸고 있던 손을 천천히 들어 올렸다. 손바닥에 붉은 피가 척척하게 묻어 나왔다. 아랫배에서 날카로운 통증이 밀려왔다. 마치 난사당한 것만 같았다. 아네트는 제 배를 엉성하게 끌어안은 채 덜덜 떨었다.
"부인…… 금만…… 곧 병원으로……."
기사의 목소리가 고장 난 축음기처럼 드문드문 끊어지며 오르내렸다. 아네트는 숨을 헐떡였다. 물에 잠긴 듯 머릿속이 축축하고 아득했다. 아네트는 기사의 부축을 받아 차체에 등을 기댔다. 겨우 고개를 들자 질푸른 하늘이 시야에 들어찼다. 눈이 부셨다. 옆에서 기사가 무어라 말을 걸었으나 귀에 잘 들어오지 않았다. 아네트는 가느다란 숨을 내뱉으며 멍하니 생각했다.

'머리를…… 쏘지.'

그러면 고통 없이 한 번에 갈 수 있었을 텐데.

눈앞이 깜빡거렸다. 이상했다. 분명 총상을 입은 건 옆구리인데, 가슴 아래 전체를 끔찍한 통증이 진창 뒤덮고 있었다. 마치 산산조각이 난 것 같았다. 원래 총을 맞는다는 건 이런 건가. 평생 이만큼 다친 적이 없어서 몰랐다. 바닥에 늘어뜨린 손끝이 간헐적으로 움찔거렸다.

"……인! 부인!"

눈꺼풀에 힘이 들어가질 않았다. 관자놀이를 타고 식은땀이 주룩 흘러내렸다. 총성이 점점 귓가에서 멀어졌다.

하이너는 작전 중 부상당한 적이 많다고 했다. 그중 총상은 세 번이었다. 그도 이렇게 아팠을까. 이런 고통을 수없이 겪었으니, 그녀의 고통 따위는 아무것도 아닌 것처럼 보인 걸까. 내 고통은, 내 고통이, 나의 고통을…… 나의……. 생각이 더 이상 이어지지 않았다. 아네트는 의식을 붙잡기를 포기했다. 점멸하던 눈앞이 이윽고 까맣게 물들었다. 의식의 끄트머리에서 어떤 장면이 찍히듯 떠올랐다. 그녀를 쏜 남자의 얼굴이었다. 망설임 없이 총구를 겨누던 그 눈. 선연하게 빛나던 감정. 분명한 증오였다.

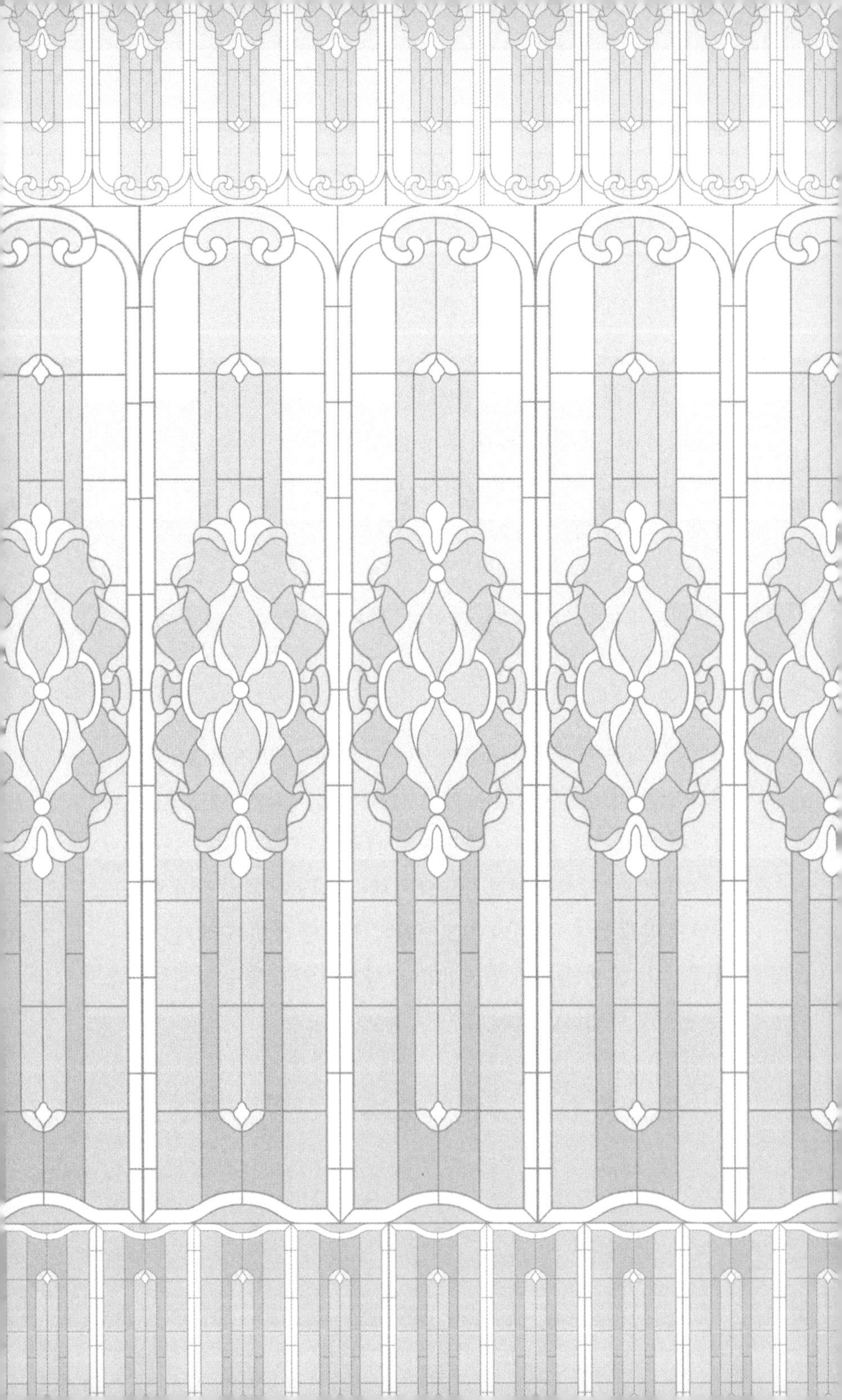

3장

조우

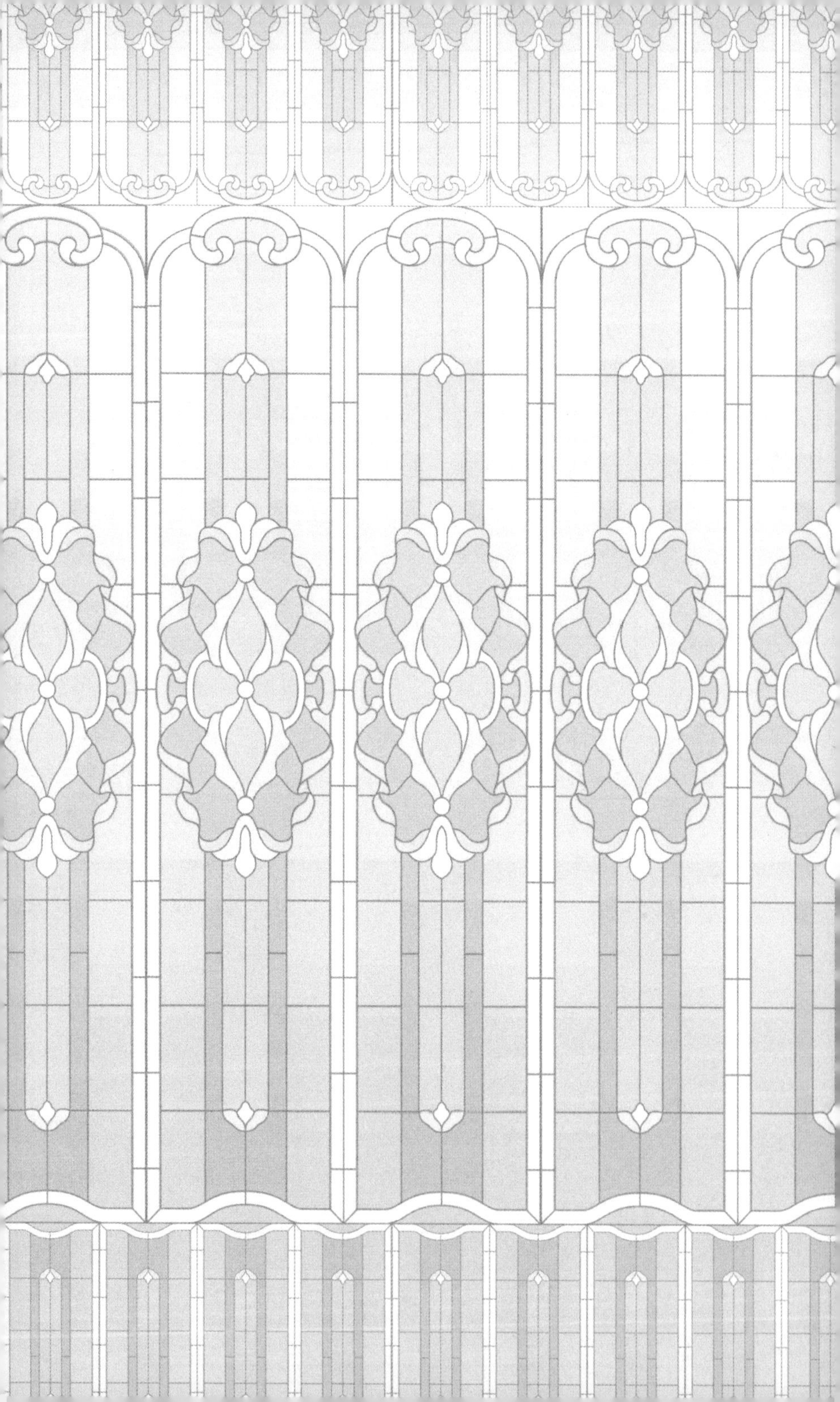

[각하, 부인께서 총에 맞아 급히 시내 병원으로 이송되셨습니다. 현재 치료 중이라고 합니다.]

손 안에서 서류가 바스락 구겨졌다. 잠시 침묵이 흘렀다. 하이너는 서류를 내려놓으며 짤막하게 되물었다.

"……상태는?"

[의식은 없지만 위중한 상태는 아니라고 합니다. 저, 그리고…….]

"바로 가겠다. 직접 듣지."

하이너는 사건의 정황을 더 캐묻지 않고 딱 잘라 말했다. 앞에서 보고하던 부하 직원들이 당황한 얼굴로 그를 바라보았다.

"어디 병원이야."

[론체스터의 루터 병원입니다.]

전화를 끊은 하이너가 호출기를 눌렀다.

"밑에 차 대기시켜."

그는 자리에서 일어나 외투를 걸쳤다. 완전히 가라앉은 상사의 얼굴에 부하들이 서로 눈치를 보았다.

"보고는 다음에 듣겠다."

"옙!"

총사령관의 짧은 거수경례에 부하들이 각 잡힌 태로 손을 올렸다. 하이너는 그것을 보지도 않고 성큼성큼 집무실을 나섰다. 걸음을 옮길 때마다 발밑이 위태로운 기분이 들었다. 그는 희미하게 떨리는 손을 꽉 주먹 쥐었다. 귀에 들리는 모든 것들이 끔찍한 소음처럼 느껴졌다. 하이너는 승강기를 기다릴 새도 없이 계단을 뛰어내려갔다. 정차해 있는 차에 올라타자마자 입을 열었다.

"루터 병원. 최대한 빨리."

병원으로 향하는 내내 하이너는 초조한 기색을 감추지 못했다. 그는 안주머니를 뒤적여 시가를 하나 꺼내 물었다. 불은 붙이지 않았다. 하이너는 시가를 문 채 고개를 젖혔다. 손가락 끝이 차례로 허벅지 위를 두드렸다. 위중한 상태는 아니다. 그런데 의식이 없다고. 누가, 언제, 어디서, 왜, 같은 당연한 질문들은 이 순간 떠오르지 않았다. 그냥…… 제대로 된 생각이 들지 않았다. 유선상으로 들은 보고만이 머릿속을 계속해서 맴돌 뿐이었다. 하이너는 피로한 눈가를 쓸어내렸다. 목덜미가 싸한 기분에 무심코 만져 보았으나 잡히는 것은 없었다.

차는 곧 병원 앞에 도착했다. 그는 피우지도 않은 시가를 재떨이에 대충 던져 넣고 몸을 일으켰다. 빠르게 병원 안으로 들어가 데스크 앞에 섰다.

"아네트 발데마르. 총상 환자입니다."

"……아, 네! 네네. 그, A—4호에…… 발터 씨! 이분 안내해 드려요."

안쪽에서 허겁지겁 나온 직원이 직접 병실을 안내해 주었다. 하이너는 입매를 굳힌 채 직원을 뒤따랐다. 하이너가 1인실에 들어서기 무섭게 의사가 뒤이어 왔다. 급하게 보고를 받고 달려온 것인지 의사의 이마에는 땀방울이 맺혀 있었다.

"야니스, 헉, 슐체입니다, 만나 뵙게 되어 영광입니다, 각하."

하이너는 의사에겐 눈길도 주지 않은 채, 창백하게 누워 있는 아네트를 살폈다. 그의 눈이 강박적으로 그녀를 더듬었다. 그는 제 얼굴이 흐트러져 있음을 자각하지도 못했다.

"상태는 어떻습니까?"

"빠르게 이송되었고, 총상이 깊지 않아 무사히 처치했습니다. 부상은 금방 회복될 겁니다……."

의사가 말끝을 늘이며 망설였다. 그러나 하이너는 아네트에게 온 신경을 쏟아붓고 있어 그 기색을 알아차리지 못했다.

"다만 각하, 아시고 계셨는지 모르겠습니다만, 그, 부인께서……."

"……."

"부인께서 임신 중이셨습니다."

"……."

"아직 초기였는데, 안타깝지만 이번 일로 유산이 되셔서…… 부상은 금방 회복될 것으로 보이나 유산의 후유증이 있을 수……."

"……뭐?"

뒤늦게 되물은 하이너가 삐걱삐걱 고개를 돌렸다.

"방금 뭐라고 했습니까?"

"아, 그, 부인께서 유산이 되셨다고……."

"임신이었다고요?"

"예, 예. 11주…… 정도였던 것으로 보입니다. 실려 올 때 하혈을 하고 계셨는데, 의식을 잃으신 건 그 때문입니다."

하이너는 딱딱하게 굳은 채 아무런 말이 없었다. 의사가 주저주저 덧붙였다.

"송구한 말이지만 각하, 제 소견으로는…… 이번 일로 인해 부인께선 앞으로 임신이 어려우실 듯합니다."

"……."

"부인께선 원체 몸이 약하신 터라, 아마 이대로 출산을 하셨다고 해도 다시 아이를 가지기는 어려웠을 것으로 예상이 됩니다."

하이너는 숨도 제대로 쉬지 못한 채 그 말을 들었다. 의사의 입에서 나오는 말들이 악몽처럼 느껴졌다.

임신…… 임신이라고? 유산? 두 단어가 어지럽게 맞부딪쳤다. 하이너는 아연한 얼굴로 다시 고개를 돌렸다. 아네트를 내려다보는 회색 눈이 흔들렸다.

과거 그녀는 간절히 아이를 가지고 싶어 했다. 의사들이 아이를 가지기 어려운 체질이라는 소견을 내놓아도 포기하지 않았다. 결혼 후 1년 동안 그들은 자주 함께 밤을 보냈고, 혁명 이후에도 아네트는 계속해서 잠자리를 요구해 왔다. 아마 거기에는 임신에 대한 희망이 있었을 것이다. 아이가 생기면 예전처럼 돌아갈 수 있으리라는 헛된 망상이. 그러나 아네트의 노력에도 불구하고, 지난 4년간 그녀는 단 한 번도 임신하지 못했다. 자연히 아이에 관한 문제는 더 이상 수면 위로 오르지 않았다. 하이너도 그녀가 불임일 것이라고 막연히 생각했었다.

그런데 임신했었다. 아네트가.

'11주라고……?'

그 시기라면 마지막 혹은 그 이전 잠자리였다. 이혼 이야기를 꺼내기 전후로 아네트는 한 번도 침실을 찾아온 적이 없었으니까. 하필, 그

때. 누군가 질 나쁜 장난질을 쳐 놓은 것처럼— 운이 나빴다. 운이 나빴다는 말로밖에는 설명할 수가 없었다.

하이너는 가파른 사고로 이 일의 연쇄를 하나하나 따져 보았다. 하필 아네트가 임신했고, 하필 그 시기였고, 하필 이런 일이 있었고, 하필 유산을 했고, 하필 몸이 좋지 않았고, 하필 앞으로 다시는 임신을……. 생각들이 종이처럼 구겨졌다. 앞뒤도 맞지 않았고 이성적이지도 못했다. 하이너는 떨리는 손으로 입매를 매만졌다.

"……우선…… 알겠습니다."

"예, 각하. 부인께선 금방 깨어나실 겁니다. 자궁 내 부산물은 자연 배출될 거고요."

'부산물…….'

생명의 기운이라곤 하나도 느껴지지 않는, 건조하기 짝이 없는 단어였다. 하이너는 그 단어가 몹시 거슬린다고 생각했다. 이유는 스스로도 알 수 없었다.

"하지만 만일 하혈이 멈추지 않거나 여전히 상태가 좋지 않으면, 안에 있는 부산물을 긁어내는 수술을 진행해야 할 수도 있습니다."

하이너는 의사의 말을 하나하나 새겨들으려고 노력했지만, 제대로 하고 있는지는 확신할 수가 없었다. 유산 후 있을 수 있는 후유증까지 전해 들은 그가 힘겹게 입술을 뗐다.

"유산 사실은 외부로 새어 나가지 않도록 해 주십시오."

"그러겠습니다, 각하. 혹시 더 궁금하시거나 필요하신 일 있으십니까?"

"……아내가 평소 불면증이 있었는데, 최근 더 심해진 것 같더군요. 임신과도 관련이 있습니까?"

"산모마다 다르지만, 임신 초기에는 이런저런 증상이 있을 수 있습니다. 평소 불면증이 있으셨다면 더 심해졌을 수도 있고요."

아네트의 불면증이 정확히 언제부터 심해진 것인지 기억나지 않았다. 의식적으로 살피지 않으려고 애써 왔다. 하이너는 주먹을 꽉 쥐었다가 펴고선 가라앉은 목소리로 물었다.

"기존의 약은 계속 복용해도 무방합니까?"

"원래 문제없이 드시던 약이면 상관없을 겁니다."

"한번 확인해 주실 수 있습니까? 좀 더 좋은 약이 있다면 그걸로 처방해 주시고."

"그러겠습니다, 각하. 더 필요하신 것 있으시면 언제든 말씀해 주십시오."

"예, 감사합니다."

덤덤히 대꾸하면서도 하이너의 시선은 여전히 아네트에게 박혀 있었다.

"예에, 그럼……."

총사령관의 커다란 뒷모습을 슬쩍 살핀 의사가 병실을 나왔다. 어쩐지 소리를 내선 안 될 것 같은 느낌에, 그는 손끝에 힘을 잔뜩 준 채로 문을 닫았다.

탁.

"휴우."

의사는 이마의 땀을 훔치고 가운을 고쳐 입었다. 소문의 젊은 총사령관은 생각보다 살벌한 느낌이었다. 놀랄 만큼 잘생겼지만 기세가 대단한 사람이었다. 아내 쪽도 론체스터에서 손꼽히는 미인이라더니, 사진이 그 미모를 다 담아내지 못한 듯했다. 비록 뒤따르는 이야기들은 흉흉하지만. 신문의 이야기나 속사정은 다 제외하고 겉모습만 보면 참 잘 어울리는 부부였다. 아내를 바라보던 눈빛도…….

총사령관의 표정을 떠올린 의사가 고개를 갸웃거렸다. 둘은 사이가 나쁘다고 하지 않았나?

"하이너."

아네트는 램프를 든 채 그의 침실 앞에서 입술을 달싹였다. 램프의 창백한 빛이 하이너의 각진 얼굴을 비추었다.

"혹시 오늘…… 바쁜가요? 바쁘지 않다면……."

목소리 끝이 살짝 떨려 나왔다. 아네트의 말이 뜻하는 바를 그도 모르지 않을 것이었다. 지난 3년 동안 수없이 찾아오고 요구했지만, 이 기묘한 수치감에는 익숙해지지 않았다. 하이너는 말없이 그녀를 내려다보았다. 아네트가 아랫입술을 살짝 당겨 물었다. 저 잿더미 같은 눈동자에 질식할 것만 같았다.

내가 싫다면 말을 해요. 싫으면 거부를 해.

내게 키스하지 말고, 나를 안지 말고, 그냥 쫓아내란 말이야. 목 끝까지 치민 말들은 다시 삼켜졌다.

아네트는 고개를 푹 숙인 채, 조심스레 그의 옷자락을 쥐었다. 그가 싫다고 하지 않았으면 했다. 거부하지 않았으면 했다. 쫓아내지 않았으면 했다. 그에게 닿고 싶었다. 이미 파탄이 난 관계라는 걸 머리로는 인지하면서도— 그가 자신을 안아 줄 때만큼은 모든 게 괜찮은 것처럼 느껴졌다. 관계가 끝난 이후엔 비참함이 찌꺼기처럼 남는다는 사실을 알면서도.

하이너의 회색 눈동자가 아래에서 위로, 그리고 다시 위에서 아래로 움직였다. 느슨하게 여민 가운 사이로 드러난 가슴골에 시선이 닿았다. 옷자락을 쥔 아네트의 손이 가늘게 떨렸다. 그 손을 마지막으로 바라본 하이너는 조용히 그녀를 방 안으로 들였다. 문이 소리 없이 좁혀졌다. 아네트는 무언가에 떠밀리듯 방 안으로 들어섰다. 그녀의 형상이 어둠에 서서히 삼켜졌다. 쾅. 문이 닫혔다.

안은 광도가 높지 않은 백열등 하나만이 켜져 있었다. 하이너는 성큼성큼 걸어가 불을 껐다. 순식간에 방 안이 어두워졌다. 그가 침대 끄트머리에 걸터앉았다. 아네트는 그의 앞으로 다가서며 가운을 풀었다. 매끄러운 천이 어깨 아래로 스륵 내려갔다. 몸이 가까이 맞닿았다. 크고 뜨거운 손이 맨 허리를 감싸 왔다. 깜깜한 어둠 속에서 그의 체온이 선명하게 느껴졌다. 하이너는 그녀를 가볍게 안아 들어 침대 위로 눕혔다. 그가 옷을 벗는 소리가 났다. 옷이 바닥에 떨어지고 맨살이 스쳤다. 아네트는 질끈 눈을 감았다.

대화는 없었다. 그게 전부였다.

그날 저녁 아네트는 눈을 떴다. 몸이 물을 먹은 솜처럼 무거웠다. 배에서 아릿한 통증이 올라왔다. 아네트는 옅은 신음을 흘리며 몸을 약간 웅크렸다. 반쯤 흐릿한 시야 가장자리에 검은 인영이 잡혔다. 그녀는 찡그린 눈을 몇 번 깜박거렸다. 천천히 초점이 잡혔다. 하이너였다. 하이너는 유령이라도 본 것 같은 얼굴로 그녀를 내려다보고 있었다. 그 모습이 그답지 않아서, 아네트는 순간 꿈인 줄로 착각했다.

하이너는 그녀가 의식을 차린 것을 확인하자마자 곧장 의사를 불렀다. 오래지 않아 달려온 의사가 상태를 진단했다. 총상은 그리 깊지 않다고 했다. 끔찍하게 느껴졌던 고통에 비하면 별것 아닌 진단이었다. 아네트는 잠시 의아했으나 곧 납득했다. 아놀드는 그녀가 과민하다고 했었다. 작은 불편함에도 예민하게 군다고. 그 말로 미루어 보았을 때 자신은 이번에도 과민하게 군 것이 틀림없었다.

총상에 관해 몇 가지 주의 사항을 이야기한 의사는 잠시 주저하더니, 아네트에게 앞으로 사나흘 동안 하혈이 있을 거라고 말했다. 아네트는 그것을 월경이라고 생각했다. 평소 그녀의 월경은 몹시 불규칙적이었다. 길게는 몇 달을 건너뛸 때도 있었다. 이번에도 그런 것이려니 여겼다.

그러나 의사는 그녀가 유산을 했기 때문이라고 말했다. 여기에서 아네트는 제 귀를 의심했다. 자궁 속에 남은 아기집을 비롯한 부산물들이 빠져나올 수 있으니 놀라지 않아도 된다, 혹시 하혈이 지속되면 수술을 진행해야 한다, 자궁이 수축하며 배에 통증이 있을 수 있다……. 의사의 목소리는 반쯤 유리되어 들렸다. 이불을 꽉 쥔 아네트의 손등에 푸릇한 핏줄이 올라와 있었다. 의사는 몹시 송구스러운 얼굴로, 앞으로의 임신이 어렵다는 말을 전했다. 그때까지도 아네트는 반쯤 얼이 빠져 있었다.

"그럼 푹 쉬십시오."

정중히 고개를 숙인 의사가 병실을 나갔다. 아네트는 의사에게 인사할 정신도 없이 멍하니 앉아 있었다. 그녀는 무심코 배에 손을 가져다 댔다. 환자복 아래로 단단하게 감긴 붕대의 감촉이 느껴졌다.

'임신……? 언제? 왜?'

근래 유독 몸이 좋지 않긴 했지만, 그저 스트레스 때문일 거라 생각했지 임신일 거라곤 꿈에도 생각지 못했다. 기묘한 한기가 올라왔다. 아네트는 어깨를 가볍게 떨었다. 존재도 몰랐던 아이인데, 배 속에서부터 커다란 상실감이 넘실거렸다. 그렇게나 간절히 원했을 때는 찾아오지 않던 아이였는데.

"……바깥에는 유산 사실을 비밀에 부쳤습니다."

하이너가 조용히 입을 열었다.

"기사에 관한 건 내가 다 알아서 처리할 테니 그 부분은 신경 쓰지 마십시오."

아네트는 느릿느릿 고개를 돌려 그를 바라보았다. 그의 말은 굉장히 이상하게 들렸다.

'그가 처리한다고?'

하이너가 그녀에게 유리하게 일을 처리할 리가 없었다. 자신이 기자들에게 목덜미까지 물어뜯길 때도 그저 방치하던 남자였다. 신문 기사라면 지긋지긋했다.

"범인은 현장에서 체포되었다고 합니다. 목적이 뭐였는지, 배후가 있는지 등은 조사 중입니다."

"……."

"현재 민간에서 총기 사용을 제한하고 있고, 당신은 아이를 임신하고 있는 상태였으니 살인미수죄를 엄격하게 적용하여 처벌될……."

"아이는."

목소리가 잔뜩 갈라져 나왔다. 아네트는 개의치 않고 말을 이었다.

"아이는 몇 주였나요."

하이너는 아주 잠깐 그녀의 배 부근을 응시했다가, 바로 시선을 올렸다.

“11주였다고 합니다.”

월경이 끊겼던 시기와 거의 일치했다. 아네트는 눈을 길게 감았다가 떴다. 머릿속이 까마득했다.

“아네트, 아이는…….”

약간 머뭇거리던 하이너가 무겁게 덧붙였다.

“……아이는, 원한다면 입양하는 방법도 있습니다.”

“입양?”

작게 중얼거린 아네트가 그를 올려다보았다. 하이너의 얼굴은 여느 때와 같이 의중을 알기 어려웠다.

“갑자기 무슨 소리예요?”

“그러니까 당신이 아이를 꼭 키우고 싶다면.”

“아뇨, 필요 없어요. 차라리 잘됐어요.”

그에 하이너의 미간이 약간 좁혀졌다. 아네트는 배 위에 올리고 있던 손을 내리며 말했다.

“태어나지 않는 게 좋은 아이였어요.”

“그게 무슨 말입니까.”

“태어나 봐야 불행했을 거예요. 사랑 없는 가정에서, 제 모친의 꼬리표를 달고 살아야 했을 테니까. 임신 중 약을 자주 복용했으니 어떻게 되었을지도 모르고…….”

“아이를 원했지 않습니까.”

“이제는 아니에요. 그리고 당신은 원하지 않았잖아요. 속으로는 이렇게 돼서 다행이라고 생각하고 있는 것 아닌가요?”

아네트는 진심으로 그렇게 여겼다. 하이너가 아이를 원할 이유는 단 하나도 없었고, 원하지 않을 이유는 수도 없이 많았으니까. 그러나 하이너는 방어적으로 고개를 저었다. 그 모습이 마치 불시에 공격당한 사람 같았다.

“대체 무슨……. 왜 그렇게 생각을 합니까.”

“그러면, 한 번이라도 나와 아이를 갖고 싶다고 생각했었나요? 아니잖아요.”

“아네트, 나는 단지.”

하이너는 어떤 말을 해야 할지 모르겠다는 얼굴로 입술을 달싹였다.

“단지…… 아이에 관해 생각해 본 적이 없었습니다. 의사들은 당신이 임신이 힘든 체질이라고 했고…… 실제로 4년간 소식이 없었으니까.”

“속내야 어찌 되었건 당신에겐 잘된 일이군요, 하이너.”

아네트는 입매를 살짝 끌어 올려 보였다.

“정치적으로도 별로잖아요, 나와의 아이는.”

표면적인 문제는 차치하고서라도 하이너에겐 다행스러운 일임이 분명했다. 증오하는 여자와의 사이에서 낳은 아이라니. 사랑할 수 있을 리 없었다. 유산은 여러모로 불행 중 다행이었다. 하이너에게도, 태어나지 못한 아이에게도, 바깥의 사람들에게도.

“하지만 당신은.”

하이너의 말이 끊겼다. 낮게 울리는 목소리는 꽉 잠겨 있었다. 그는 약간 떨리는 숨을 내뱉은 후 힘겹게 뒷말을 붙였다.

“당신은, 아이를 원했잖습니까.”

“……그런데요?”

“왜 이제는 아니라는 겁니까. 내 배신을 알게 되어서? 어차피 그때나 지금이나 우리 사이는 별반 달라진 게 없는데.”

하이너의 눈동자는 어둡게 가라앉아 있었다. 의자에 앉은 채 고개를 반쯤 숙인 모습이 거대한 그림자처럼 느껴졌다.

"내가 원하든 원하지 않든 당신이랑 무슨 상관인가요."

"아네트, 상관을 논하자는 게 아니라."

"그럼 대체 뭘 논하고 싶은 건데요."

"단지 당신이 과거에 원했었으니까— 입양을 고려해 볼 수도 있다는."

"이젠 안 원해요!"

아네트의 목소리가 높아졌다. 그녀는 반쯤 이성을 잃은 채 말을 쏟아 냈다.

"이젠 안 원한다고요. 아이 같은 거 필요 없다고. 그러니까 차라리 잘됐다고! 내가 그렇다는데, 왜 자꾸……!"

마지막 말은 거의 비명처럼 나왔다. 아네트의 입술이 격해진 감정으로 파르르 떨렸다. 분위기가 금 간 유리처럼 위태로워졌다. 하이너는 놀라 숨죽인 동물처럼 뻣뻣이 굳은 채 앉아 있었다. 무거운 적막이 내려앉았다. 고요한 중에 아네트의 숨만이 불안정하게 오르내렸다. 얼마간 둘 다 아무런 말도 하지 않았다. 침묵 끝에 아네트는 그에게서 고개를 돌렸다.

"나가 주세요. 혼자 있고 싶어요."

하이너는 대답 없이 그녀를 응시했다. 시계 초침 소리가 차갑게 병실 안을 메웠다. 시트 위로 늘어뜨린 아네트의 손끝이 짧게 경련했다. 이윽고 그는 조용히 자리에서 일어났다. 저벅저벅 발걸음 소리가 멀어졌다. 문이 열렸다가 다시 닫혔다. 아네트는 옆으로 돌아누웠다. 싸늘한 공기가 온몸을 짓눌러 왔다. 멀쩡한 정신으로 눈을 뜨고 있는데도 아무것도 현실 같지 않았다.

뒤늦게 생각건대, 임신은 이기적인 욕심이었을지도 모른다. 정말로 아이를 생각했다면 세상에 태어나게 해서는 안 됐다. 태어난 아이가 맞이할 세상은 한없이 차갑고 냉혹할 것이다. 자신의 아이이기 때문에. 로젠베르크의 핏줄이기 때문에. 어쩌면 자라면서 제 엄마를 원망하게 될지도 몰랐다. 미움받는 것에는 익숙하지만, 그 상대가 자식이라면…… 글쎄, 어떤 기분일까.

아네트는 몸을 바짝 웅크렸다. 두꺼운 이불을 덮고 있는데도 몸이 떨려 왔다. 배 속에서부터 밀려 나오는 듯한 한기가 고통스러웠다.

"아이를 원했잖습니까."

아이를 원했느냐고? 그래, 원했었다. 외로움 때문인지 절박함 때문인지 다른 불순한 마음 때문인지는 그녀 자신도 알지 못했다. 이유야 어찌 되었건 원했었다. 그렇게나 원했던 아이를 잃었지만, 이상하게도 눈물은 나지 않았다. 아이를 지키지 못했다는 죄책감이 들지도 않았고 가슴이 찢어질 만큼 아프지도 않았다.

다만 너무 추웠다. 몸 안에 커다란 구멍이 난 것처럼 추웠다.

병원에 있으며 아네트는 추가로 이런저런 검사를 받았다. 또한 의사와 하이너의 반강제적인 권유로 심리 상담을 진행했다. 유산의 충격을 우려해서인 듯했는데, 아네트는 그 상담이 별로 필요 없다고 생각했다. 자신은 그다지 충격받지 않았다. 그냥 조금 멍할 뿐이었다.

"오늘 기분은 어떠세요?"

"나쁘지 않아요."

"잠은 잘 주무셨나요?"

"네, 푹 잤어요."

"다행이네요. 어제 누구랑 대화를 나누셨나요?"

"의사랑 간호사랑 남편이랑……."

"남편분과 어떤 이야기를 나누셨는지 여쭈어도 될까요?"

"기억이 잘 나지 않아요."

"지난번 입양 문제로 약간 다투셨다고 들었는데."

"다툰 건 아니고, 그냥 제가…… 예민했어요."

"단지 의견 차이일 뿐이에요. 부인께선 왜 입양을 원치 않으세요?"

아네트는 맞잡은 채 허벅지 위에 놓은 두 손을 잠시 내려다보았다. 입술이 느리게 달싹였다.

"저는……."

이유는 많았다. 아이를 온전히 사랑할 자신이 없으니까. 이런 가정에서 자랄 아이가 불쌍하니까. 남편과 이혼하지 않기 위해 발버둥을 친다며 사람들이 수군댈 게 뻔하니까.

그리고 입양하는 일 자체가 어차피 무의미해서.

"……유산한 지 얼마 되지도 않았으니까요. 당장 또 새로운 아이를 생각하기엔…… 조금."

"아, 그러시겠네요. 부인의 마음 충분히 이해합니다."

아네트는 상담에서 번번이 거짓말을 했다. 진실을 말하는 건 사실상 표면적인 안부뿐이었고, 조금이라도 내밀한 대화로 들어가면 대답을 꾸며 내곤 했다. 기본적으로 아네트는 상담 내용의 비밀 유지를 믿지 않았다. 조금이라도 대답을 잘못하면 내일 아침 가십에 실리리라고 예상했다. 그게 아니더라도 상담 내용은 모두 하이너에게 전달될 터였고.

그 대답에 상담사는 납득했는지 더 캐묻지 않았다. 가벼운 대화만으로도 피로를 느낀 아네트가 눈을 감았다. 눈꺼풀 안으로 익숙한 어둠이 밀려들었다. 그냥 혼자 있고 싶었다.

하혈은 나흘째 되던 날에 멎었다. 부산물을 전부 배출해 내고 나니 정말로 끝났다는 생각이 들었다.

하이너의 요청으로, 의사는 아네트가 그간 복용했던 약들을 검수해 주었다. 약을 살피는 의사의 표정은 별로 좋지 않았다.

"으음……. 시나젤은 초기 임산부 복용이 금지된 약입니다. 보통 처방할 때 임신 여부는 확실히 짚어 둘 텐데요. 주치의가 임신 가능성을 언급한 적이 없나요? 말씀하신 증상들은 임산부에게 흔히 나타나는 것들인데…… 월경도 끊기셨었고."

"딱히 그런 말은……."

"흐음, 그런가요. 우선 이거랑 다른 신경안정제 처방해 드리겠습니다. 효과가 잔잔히 오래갈 거예요."

아네트는 고개를 한 번 끄덕였다. 서류에 무언가를 쓴 의사가 처방전을 건네주었다.

"그리고 약을 많이 드시게 되면 오히려 약물 과용 두통이 생길 수 있습니다. 두통약도 마찬가지고요. 여기 적힌 기간과 복용량을 넘기지 마세요."

"네."

임산부에게 금지된 약을 먹어 왔다는 사실을 알았지만, 놀라울 만큼 아무런 감정이 들지 않았다. 정확히는 어딘가가 고장 난 것처럼 사고가 잘 돌아가지 않았다. 복용할 약물에 대한 설명을 늘어놓은 의사가 병실을 나갈 때까지도, 아네트는 멍한 정신을 추스르지 못했다.

"……의사를."

하이너의 갈라진 목소리가 적막을 깨뜨렸다.

"의사를 바꾸죠."

아네트는 천천히 고개를 돌려 하이너를 바라보았다. 온도가 다른 두 눈이 마주쳤다. 하이너는 호흡조차 하지 않는 사람처럼 미동 없이 그녀를 응시했다. 이윽고 아네트가 천천히 고개를 저었다.

"그럴 필요는 없어요."

"당신이 진찰을 받은 게 몇 번인데 임신 사실 하나 알아차리지 못했다는 게……."

"괜찮아요."

"뭐가 괜찮다는 겁니까?"

하이너가 다소 날카로운 어조로 되물었다. 그의 정갈한 얼굴 아래에는 희미한 분노가 일렁거리고 있었다. 낯선 표정이었다. 아네트는 그가 조금 과한 반응을 보인다고 생각했다. 그녀는 뭐가 됐든 진심으로 상관없었다. 어차피 더는 의사가 필요하지 않았다.

"그냥, 별로 상관없어서……."

"그러니까 뭐가 상관없다는 겁니까, 대체."

아네트가 새어 나오려는 한숨을 삼켰다. 정말이지 하이너와 더는 싸우고 싶지 않았다. 그와의 관계를 우려해서가 아니라, 그냥 의미 없는 말싸움으로 정신력을 소모하는 게 피로했다.

"당신이 왜 신경을 써요?"

아네트는 지끈거려 오는 관자놀이를 짚으며 고개를 돌렸다.

"……바꿀 거면 바꿔요. 어차피 당신 뜻대로 할 거잖아요."

지친 기색이 가득한 목소리였다. 하이너는 입매를 굳힌 채 아무런 말도 하지 않았다. 읽기 어려운 시선이 아네트의 얼굴 위로 고였다. 회중시계의 초침 소리가 규칙적으로 울렸다. 관성 같은 침묵이 그들 사이를 맴돌았다. 한참 만에 그가 말을 꺼냈다.

"닥터 아놀드는 당신뿐만 아니라 나와 관저의 사용인들까지 진찰하고 있고, 나는 실력이 없거나 불성실한 자를 고용하고 싶지 않습니다. ……당신과 상관없이."

아까보다 누그러진 음성이었다. 아네트는 침대 끄트머리에 눈길을 둔 채 건성으로 고개를 끄덕였다.

날이 서 있던 분위기가 차차 가라앉았다.

"……아네트."

잠시 주저하던 하이너가 나직이 그녀를 불렀다.

"당신이 그런 일을 겪게 된 건…… 유감입니다. 진심으로. 이 일에 책임이 있는 자들은 마땅히 죄를 물을 겁니다. 법적으로든 도의적으로든."

'유감…….'

그 단어는 굉장히 이상하게 들렸다. 하이너는 마치 자신과 전혀 상관없는 타인의 일에 위로를 건네듯 말하고 있었다. 아네트는 저도 모르게 실소를 내뱉었다. 그는 차라리 아무 말도 하지 않는 것이 나을 뻔했다. 최소한 그가 이 일을 자기 일로 받아들이고 있다는, 멍청한 위안이라도 할 수 있었을 텐데. 얼마나 기대하고 또 얼마나 실망해야 할까. 지난 3년간 그에게 지긋지긋하게 실망해 왔으니, 이제는 더 기대할 것도 없다고 생각했는데—. 유감. 유감이라고. 이따위 값싼 동정심을 어떻게 받아들여야 할지 아네트는 감조차 잡히지 않았다. 그를 경멸하고 싶기도 했다가, 화를 내고 싶기도 했다가, 끝내는 모든 것이 허탈해졌다. 그는 자신이 죽어도 아무 변화 없는 얼굴로 '유감이군'이라고 할 남자였다. 혹은 아예 후련해하거나. 아네트는 거기에 대해 따져 묻는 대신 말을 돌리는 것을 택했다.

"……퇴원은 언제쯤이죠?"

"당신이 원할 때."

"최대한 빨리하고 싶어요."

"아직은 안정이 더 필요합니다. 심리 상담도 아직 끝나지 않았고……."

"상담은 필요 없다고 했잖아요. 그리고 의사는 관저로 불러요."

아네트는 딱딱하게 말했다. 이혼을 이야기할 때보다도 냉랭한 목소리였다. 지난 3년간, 아네트는 하이너에게 명령 그 비슷한 것도 한 적이 없었다. 그의 심기를 조금이라도 거스르지 않기 위해 전전긍긍했을 뿐이었다. 수도에서 가장 부유하게 살았던 과거가 무색하게도— 아네트는 사용인 하나 마음 편히 부리지 못했다. 그러니 관저로 그들을 부르라는 건 과거의 그녀나 할 법한 말이었다.

"……."

"왜요, 안 되나요?"

"……조치하죠."

하이너는 뒤늦게 대꾸했다. 그의 눈길이 아네트의 손가락에 닿아 있었다. 아네트가 그 시선을 따라 고개를 숙였다. 머리 위로 스산한 목소리가 내려앉았다.

"반지는 어디 갔습니까?"

아네트는 순간적으로 그의 말을 이해하지 못했다.

"……네?"

"반지."

하이너가 그녀의 약지를 눈짓해 보였다. 아네트는 뒤늦게서야 아, 하는 소리를 냈다. 왼손 약지가 비어 있었다.

'불편해서 빼 뒀다고 변명을 해야 하나.'

하지만 이미 이혼을 요구한 상황에서, 구태여 변명을 할 이유가 없었다. 잠시 고민하던 아네트는 차분히 대꾸했다.

"그냥 뺐어요."

"그냥?"

"의미 없잖아요, 이제."

아네트는 하이너가 캐물으리라고 생각했다. 근래 그는 그녀의 행동 하나하나에 꽤 예민하게 반응했기 때문이다. 그러나 예상외로, 하이너는 더 이상 아무런 말도 하지 않았다. 그녀의 텅 빈 약지를 물끄러미 바라보던 그가 이내 고개를 돌렸다.

"……쉬십시오."

의사는 곧장 퇴원해도 문제는 없다고 했다. 심각한 수준의 총상도 아니었고, 지금은 거의 다 회복한 상태였다.

퇴원 수속은 빠르게 진행되었다. 유산 사실은 밖으로 새어 나가지 않았지만, 당시의 사건 정황과 그녀가 머무르는 병원은 신문에 상세히 기술되었다. 해당 사건을 보도하는 것까지는 막을 수 없었다고— 하이너는 변명처럼 말했다. 하지만 아네트는 애초에 그가 그녀를 위해 애쓸 리가 없다고 생각했다.

'대중들에게 물어뜯기는 것과 실제 신변이 위협당하는 것은 다른 문제인 건가.'

아네트는 무감각하게 생각하며 검은 챙 모자를 썼다. 드레스와 구두까지 검은색이라 마치 장례식에 가는 여자처럼 보였다.

아네트는 커튼 끄트머리를 약간 걷어 보았다. 유리창에 붙은 빗방울의 그림자로 점점이 얼룩진 빛이 손등 위에 비쳤다. 바깥은 추적추적 비가 내리고 있었다. 병원 입구에서 둥근 우산들이 서성거렸다. 그녀를 찾아온 기자들이었다. 온기 없는 눈이 그들 무리를 훑었다. 등 뒤에서 병실 문을 노크하는 소리가 들려왔다. 아네트는 여전히 창밖에 시선을 두고 대답했다.

"네."

드르륵 문이 열렸다. 고저 없는 목소리가 등 뒤에서 울렸다.

"짐은 전부 차로 옮겨 놨습니다. 가죠."

아네트는 그제야 커튼 끄트머리를 들추고 있던 손을 뗐다. 커튼 자락이 유리창을 가리며 창백한 빛줄기가 유리되었다. 몸을 돌려 침대 위에 놓인 가방을 들고 병실을 나섰다. 곧장 수행원 네 명이 앞뒤로 따라붙었다.

"혹시 기자들이 몰려들더라도 아무 말도 하지 마십시오."

나란히 걷던 하이너가 문득 나직이 속삭였다. 아네트는 고개를 들어 그를 올려다보았다.

"뭐 하나 건수를 잡고 싶어서 안달 난 자들이니까. 간단한 대답조차도 하지 마십시오."

눈높이 차이 때문에 아네트의 시야에서는 그의 턱선과 굳은 입매만을 확인할 수 있었다. 푸르스름한 복도 조명 아래의 그는 마치 커다란 유령처럼 보였다.

"알아들었습니까?"

"……알아들었어요."

아네트는 다시 고개를 숙이며 읊조리듯 답했다. 귀빈용 승강기를 타고 내려가는 내내 서늘한 침묵이 맴돌았다. 아네트는 모자에 달린 검은 베일을 내려 썼다. 손끝이 살짝 떨려 왔다.

1층에 도착한 승강기가 안내음을 울렸다. 통로를 지나 로비로 들어서자, 건물 안 사람들의 시선이 우르르 쏠렸다. 기이할 만큼 고요해진 로비가 이질적으로 느껴졌다. 아네트는 제 구두 끝에 눈을 고정한 채, 반듯한 걸음을 옮기는 행위에만 집중했다. 굽 소리가 삭막하게 울려 퍼졌다. 앞서가던 수행원이 입구의 문으로 손을 뻗었다. 긴장과 공포에 질린 아네트의 어깨가 딱딱하게 굳었다.

문이 열리는 순간, 빗소리와 어수선한 소란이 함께 덮쳐 왔다. 빗줄기 사이로 카메라 플래시 전구가 펑펑 터졌다.

"나왔다!"

"라이트 켜!"

"이쪽 한 번만 봐 주십시오!"

"진료 기록이 비공개된 것은 부인의 뜻입니까?"

"이번 피격 사건이 원한 때문이라고 하는데 짐작 가는 이유가 있으십니까?"

"인터뷰 의사가 전혀 없으십니까?"

아우성처럼 던져지는 질문들이 귓속을 파고들었다. 몰려드는 기자들을 수행원들이 가로막았다. 가방끈을 목숨줄처럼 움켜쥔 아네트의 손등 위로 가느다란 뼈마디가 돋았다. 하이너는 아네트를 거의 끌어안듯 지키고 섰다. 익숙한 그의 향기가 코끝을 묵직하게 스쳤다. 그러나 아네트는 전혀 안정감을 느낄 수가 없었다.

한때는, 이 커다란 품이 자신을 지켜 주리라고 기대하기도 했었다. 하지만 지금에서야 생각해 보건대 그가 자신을 '지켜 주는' 일 따위는 애당초 불가능했다. 그저 아무것도 볼 수 없도록 두 눈을 가려 준다면 모를까. 깨진 전구 조각들이 굽 아래로 서걱서걱 밟혔다. 카메라 플래시가 터질 때마다 파열음이 났다.

"……인과 안면이 있는 관계입니까?"

"……진술 과정에서……."

"……부인!"

소란 가운데서, 불현듯 날카로운 목소리가 귀를 파고들었다.

"발데마르 부인!"

기자들의 것보다 조금 더 멀리서 들리는 부름이었다. 내내 고개를 숙이고 있던 아네트는 저도 모르게 옆을 돌아보았다.

"……습니다! 저는…… 의……."

여자의 목소리가 소란과 빗소리에 다시 묻혔다. 기자가 아닌 일반 시민으로 보이는 여자는 몹시 다급하고 간절해 보이는 얼굴을 하고 있었다. 여자가 무어라 외치며 기자들을 헤치고 나왔다. 무슨 말을 했는지, 카메라를 들고 있던 기자들이 화들짝 놀라며 하나둘 그녀를 바라보았다. 웅성거림이 천천히 잦아들었다. 장내의 모든 이들의 시선이 여자를 향해 있었다. 여자는 아네트를 똑바로 바라보며 입을 열었다.

"저는 데이빗 버켈의 누이입니다!"

그때까지만 해도 아네트는 '데이빗 버켈'이 누구를 말하는 것인지 몰랐다. 처음 듣는 이름이었다.

"발데마르 부인께 꼭 드리고 싶은 말씀이 있습니다!"

아네트의 눈이 약간 커졌다. 나를? 왜?

아네트를 두고 떠들어 대는 말들은 수도 없이 많았다. 하지만 그것은 그녀 한 사람에 대한 다수의 상황일 뿐, 아네트와 일대일로 대화하고 싶어 하는 이는 기자들뿐이었다. 여자의 말에 기자들이 웅성거리기 시작했다. 제각각의 면면들에 비슷한 흥미가 스쳤다. 카메라와 수첩이 여자 쪽을 향했다.

"데이빗 버켈? 발데마르 부인을 저격한 버켈 씨의 누이가 맞으십니까?"

"이는 동생분의 뜻입니까? 어떤 일로 부인을 찾아오신 겁니까?"

"그래픽 사의 로즈 슈왈츠입니다! 따로 인터뷰 가능하실까요?"

"데이빗 버켈 씨에게 전해 들은 말이 있으십니까?"

"아뇨, 전!"

여자의 새된 외침에 주위가 일순간 조용해졌다. 그녀는 기자들에게는 눈길조차 주지 않은 채— 처음부터 끝까지 아네트만을 응시하고 있었다. 그 또렷하고 명징한, 그래서 도리어 감정을 읽을 수 없는 눈빛에 왜인지 심장이 쿵쾅쿵쾅 뛰었다. 여자의 입술이 느리게 열렸다.

"……저는, 부인을 개인적으로 뵙고 싶습니다. 연락이 닿지 않아 어쩔 수 없이 찾아온 거고, 당신들과는 어떤 인터뷰도 하고 싶지 않아요."

"빨리 주변 치워."

머리 위에서 하이너가 수행원에게 읊조리듯 말했다. 평소와 같이 싸늘했지만 어딘지 화가 난 듯한 음성이었다.

"그럼 연락 기다리고 있겠습니다, 부인."

마지막 말은 기자들의 질문에 묻혀 거의 들리지 않았다. 멍하니 서 있는 아네트를 하이너가 품으로 꽉 끌어당겼다.

"빨리 타십시오."

"잠……."

"빨리."

단호한 목소리가 떨어졌다. 아네트는 여자의 얼굴을 자세히 확인하고 싶었지만, 어깨를 감싸 안은 힘에 이끌려 떠밀리듯 걸어갈 수밖에 없었다.

"발데마르 부인, 답변 한 번만……."

"이유를 알고 계십……."

모든 소리가 귓가에서 한 뼘 멀어진 채, 그저 소음처럼 웅웅거렸다. 아네트는 하이너에게서 나는 익숙한 향 속에서 숨을 몰아쉬었다. 머릿속은 온통 어지러운데, 고요한 여자의 얼굴만이 이상할 만큼 망막에 선연했다.

'저 여자를…… 어디서 봤지?'

아네트는 무심코 생각한 후 뒤늦게 인지했다. 홱 고개를 돌려 여자를 다시 바라보았다. 시야가 흐릿해졌다가 또렷해지기를 반복했다.

저 여자를, 어디서 본 적이 있다. 하지만 그 막연한 확신 외에는 아무것도 기억나지 않았다. 평민이었나? 언제 봤지? 어디서? 그때 내게 원한을 품은 건가? 내가 그녀에게 대체 무슨 일을 했지? 이 정도로 기억이 나지 않는다면, 알고 지낸 사이는 아니었을 것이다. 오며 가며 몇 번 봤다거나…….

'……애초에 내 기억이 정확한가?'

꽉 다문 입술이 옅게 떨렸다. 최근 아네트는 건망증을 달고 살았다. 수백 페이지의 악보를 외우던 과거가 무색하게도, 사소한 것 하나 기억하지 못해 실수하기 일쑤였다. 이쯤 되자 아네트는 여자에 대한 스스로의 기시감조차 의심스러워졌다.

생각이 혼란스레 오가는 동안 그들은 어느덧 차 앞에 당도했다. 수행원이 차문을 열어 주었다. 그때까지도 아네트와 여자는 서로에게서 눈을 떼지 않았다. 하이너는 그녀를 차 안으로 밀어 넣었다. 뒤이어 그가 옆자리에 탑승하자 시야는 차단되었다. 탁, 차문이 닫혔다. 창문으로 기자들이 들러붙었다. 차체가 도로 위를 굴러갔다. 번쩍이는 플래시 불빛이 뒤로 멀어졌다.

"……누구죠?"

"체포된 데이빗 버켈의 누이가 맞습니다."

"그런 걸 묻는 게 아니에요."

"그럼?"

"그러니까 나와 관련된…… 어떤……."

횡설수설하던 아네트가 말끝을 흐렸다. 스스로도 확신하지 못하는 사실을 그에게 설명하려고 해 봤자, 바보 취급만 당할 것 같았다.

"……아니에요."

고개를 떨군 아네트의 뒤통수 위로 무거운 시선이 내려앉았다. 그는 언뜻 너그럽게 들리는 음성으로 물었다.

"알고 싶은 게 뭡니까?"

"왜……."

무심코 입이 떨어졌다.

"왜 나를 찾아왔을까요?"

아네트는 무릎 위에 놓인 제 손과 허공 언저리쯤에 시선을 둔 채, 멍하니 말을 이었다.

"나와 개인적으로 만나고 싶다는 이유가 뭘까요? 기자들에게도 말하지 않고……."

"동생의 선처 때문이겠지요. 깊게 생각하지 마십시오."

"단지 그 이유는 아닌 것 같았어요. 그리고…… 연락이 닿지 않았다는 건 무슨 소리죠?"

아네트가 하이너를 돌아보며 추궁하듯 말했다.

"당신은 뭔가 알고 있지요?"

"……몇 번 편지를 보내긴 했었습니다."

그는 의외로 순순히 수긍했다.

"그런데 왜 내게 전달되지 않았죠?"

"피해자이자 환자인 당신에게, 범인의 누이가 보낸 편지를 전할 필요가 없다고 판단했습니다."

"그건 내가 판단해요, 하이너."

아네트는 그의 변명을 딱히 믿지 않았다. 뭔가 다른 이유가 있으리라고 생각했다. 애초에 그가 그런 그녀의 사정을 살펴 줄 리가 없으니까.

"그동안 이런 식으로 내게 전달되지 않은 편지가 또 있나요?"

하이너는 대답하지 않았다. 그 침묵에서 아네트는 긍정을 읽어냈다. 딱히 화가 나지도 짜증스럽지도 않았다. 가슴 안쪽 어딘가가 마모된 듯한 느낌만이 들 뿐이었다. 아네트는 핸드백 끈을 만지작거리며 나직이 말했다.

"그녀와 만나고 싶어요."

"편지에 대해 더 묻지 않습니까?"

"이미 지나간 일이니 됐어요."

"앞으로도 상관없다는 뜻입니까?"

순간 아네트의 손이 멈칫했다. 그녀는 약간 묘해진 얼굴로 그를 바라보았다. 그의 말에서는 위화감이 느껴졌다.

'앞으로도…….'

하이너는 우리에게 미래가 있으리라고 상정하는 것일까. 그가 생각하는 미래란 대체 뭘까. 그는 정말로, 모든 것을 감수하고 그 미래를 바라볼 작정인 걸까. 어쩐지 우스워졌다.

“……그건 됐고, 편지에 그녀의 번호나 주소가 적혀 있었나요? 없다면 알아봐 줘요. 빼돌린 편지 대신으로.”

“부인, 만날 이유가 전혀—.”

“허락을 받을 이유도 없고요.”

본래 말투가 유약한 탓에 그녀의 말은 전혀 단호하게 들리지 않았다. 언뜻 들으면 호소하는 것 같기도 했다. 하지만 하이너는 여전히 불만스러운 기색을 하고 있으면서도, 더 이상의 반박 없이 고개를 끄덕였다.

“……조치하죠. 단 신변 보호가 따를 겁니다.”

그 정도는 예상하던 바였기에 아네트도 받아들였다. 이유는 알 수 없었으나, 그는 이전만큼 고압적이지 않았다. 아네트는 그 대답으로 되었다는 듯 고개를 돌렸다. 낙엽 한 장이 차창을 쓸고 지나갔다. 잎이 거의 진 나무들은 어느덧 앙상해져 있었다.

여자의 이름은 카트린 그로트였다. 카트린은 결혼한 지 6개월도 채 되지 않은 남편과 함께, 웨스턴 로드 23번가에서 과일 장사를 하며 살고 있었다.

이름과 주소를 들어도 아네트는 그녀가 누구인지 떠올려 낼 수가 없었다. 초면인 이름이었고 주소지도 전혀 접점이 없었다. 아네트는 한 손에 쪽지를 든 채, 천천히 전화 교환기의 다이얼을 돌렸다. 쪽지 위에는 전화번호가 적혀 있었다. 교환기에 회선을 접속하고 나자 착신음이 들려왔다. 아네트는 초조하게 전화기를 붙들고 침을 한번 삼켰다. 긴 호출음 끝에 전화가 연결되었다.

[예, 브루너 그로트입니다.]

"……카트린의 남편 되는 분이신가요?"

[그렇습니다만 누구시죠?]

누구냐는 질문에 왜인지 말문이 막혔다. 잠깐 침묵하던 아네트는 주저주저 입을 열었다.

"저, 그로트 부인에게…… 말씀 좀 전해 주시겠어요? 내일이나 그다음 날 중 제 자택으로 찾아와 달라고. 출입은 허가해 놓았으니 이름을 대면 될 거라고……. 그렇게 전하면 알 거예요."

마침표 뒤로 기이한 긴장감이 맴돌았다. 상대는 그녀의 정체를 짐작했는지 잠시간 말이 없었다. 남편이니 제 아내와 그 동생의 일을 모를 리가 없었다. 그들에게 어떤 말을 전해 들었는지 알 수가 없어서 아네트는 바짝 신경줄을 세웠다.

이윽고 사무적인 대답이 건너왔다.

[……알아들었습니다. 카트린에게 전하죠.]

"네, 감사합니다."

아네트는 상대가 먼저 전화를 끊기를 기다렸지만, 통화는 끊어지지 않은 채로 침묵만 오갔다. 견디다 못한 그녀가 먼저 수화기를 내려놓았다. 철컥 소리와 함께 적막이 내려앉았다. 이후로도 아네트는 한참을 수화기에서 손을 떼지 못하고 서 있었다.

사실 구태여 먼저 카트린을 찾을 필요는 없었다. 아네트에게 호감을 가지고 있을 리 만무한 사람이었고, 하이너의 말대로 그저 선처가 목적일 가능성이 높았다. 그런데도 이상하게 아네트는, 그녀의 이야기를 들어야만 한다는 생각이 들었다. 무슨 일인지, 왜 그랬는지, 제게 어떤 감정이 있는 건지, 무슨 말을 하고 싶은 건지, 또 자신은 어떤 말을 해야 할지. 어쩌면 처음이자 마지막으로 과거를 마주 볼 기회였다. 그게 비록 스스로를 상처입힌다고 해도…….

바로 다음 날 아침, 하이너는 새로 고용된 주치의를 대동하고 방을 찾아왔다. 40대 중후반으로 보이는 의사는 매우 친절한 미소를 띠고 있었다.

"안녕하세요, 부인. 밀라 로렌입니다. 베르덴 대학에서 가정의학을 전공했고, 론체스터 십자 병원에서 전문의로 12년 일했습니다. 최선을 다할 것을 약속드립니다."

"아, 네. 저는 아네트……."

하이너의 성을 제 이름 뒤에 붙이는 것이 어쩐지 낯설게 느껴졌다. 아네트는 아주 잠깐 주저하다가 덧붙였다.

"……발데마르입니다. 잘 부탁드립니다."

그 찰나의 간격에, 하이너의 묘한 시선이 잠시 그녀에게 닿았다가 떨어졌다. 아네트는 부러 그의 눈을 피했다. 이를 눈치채지 못한 밀라 로렌은 그저 상냥하게 웃으며 말을 이어 나갔다.

"이전의 상황은 전달받았습니다. 약물 남용 및 과용이 생기지 않도록 특별히 더 신경 쓰겠습니다. 그런데 부인, 입원 중에 심리 상담을 따로 받으셨다고 들었는데요……."

"네, 그냥 몇 번."

"저는 아무래도 그쪽으로는 알지 못해서, 따로 상담사를 부르시는 것이 어떨까요?"

"원한다면 루터 병원과 동일한 상담사로 부르겠습니다."

돌연 하이너가 끼어들었다. 아네트는 불편한 기분에 미간을 살짝 좁혔다. 그녀는 자신이 정신적으로 문제가 있다는 취급을 받고 싶지 않았다. 그것이 그저 단순한 상담이라고 해도 마찬가지였다. 사회적으로, 심리 상담을 받는 일은 결코 좋게 여겨지지 않았다. 과거보다 이에 관한 인식이 나아졌다지만 폐쇄적인 귀족들 사이에서는 여전했다. 정신적 병력이 있는 경우 본인 혹은 그 가족의 혼삿길이 막힐 수도 있었다. 귀족들은 대개가 정략결혼을 했기 때문에 이는 아주 주요한 사안이었다. 아네트는 특이하게 연애결혼을 한 케이스였지만, 특권층의 사고방식이 체화된 것은 마찬가지였다. 귀족이 몰락한 지금에 와서도 뼛속까지 박힌 사고는 쉬이 지워지지 않았다.

"상담은 필요 없어요."

"아, 부인. 전혀 저어하실 것 없답니다."

과거 귀족가의 주치의를 맡은 적이 있던 밀라 로렌이 아네트의 꺼리는 심기를 알아챘다.

"단순한 심리 상담은 요즘 아이들 학교에서도 거의 필수로 하는걸요."

"아뇨, 저는 정말로 필요가 없어요."

사실 이제 와 평판 따위를 신경 쓰는 것도 우스웠다. 이미 바닥을 기는 평판에, 정신 질환이 있다는 소문 하나쯤 추가된다고 해서 달라질 것도 없었다. 하지만 그래도 아네트는 싫었다. 유산에 대해 걱정하는 척하는 꼴들을 보는 것도 싫었고, 애초에 그 일이 더 언급되는 것 자체가 싫었다. 아무 일도 일어나지 않은 것처럼 지내고 싶었다. 처음부터 아이를 가지지 않았던 것처럼. 그리고 무엇보다도…….

"이런 식으로 내 뜻을 계속 거스른다면, 나는 당신을 정신병원에 평생 가둬 둘 수도 있습니다."

근래 들어 아네트는 가끔 의문이 들었다. 어쩌면 내가 정말로 미친 것은 아닐까. 어느 때부터인가, 아네트는 스스로의 정신이 붕 떠 있다는 느낌을 받곤 했다. 마치 현실과 꿈의 경계선에 서 있는 것 같았다. 압박이나 스트레스를 받을 때면 그 느낌은 더욱 심해졌다. 상담을 받게 되면 자신의 이런 상태를 들킬 것 같았다. 그럴까 봐 아네트는 루터 병원에서도 심리 상담에 딱히 협조적이지 않았고, 거짓말로 답변을 하기도 했다.

"우선 뜻은 알겠습니다, 부인. 그래도 천천히 더 생각해 보세요. 여기 상담 질문지를 두고 갈 테니, 시간 나실 때 작성해 주시고요."

밀라 로렌이 탁자 위에 종이 몇 장을 올려놓았지만 아네트는 거들떠보지도 않았다.

하이너가 지켜보는 가운데, 밀라 로렌이 그녀의 상태를 간단히 체크했다. 이미 루터 병원에서 검사를 진행하고 온 터라 형식적인 진찰에 가까웠다.

"그럼 부인, 혹시 불편하신 데 있으면 언제든 불러 주세요. 말씀드린 것처럼, 약은 꼭 처방한 만큼만 복용하셔야 합니다."

"네."

살짝 미소를 지으며 인사한 밀라 로렌이 방을 나섰다. 아네트는 희끗희끗한 그녀의 뒷머리를 물끄러미 바라보았다. 온화한 사람이었다. 명문대 졸업에 전문의 12년 경력이면 실력도 대단할 터였고. 고작 자신 같은 사람이나 진찰하기에는 아까운 의사였다.

"아네트."

조용한 부름에 아네트가 눈꺼풀을 들어 올렸다.

“왜 상담을 거부하는 겁니까?”

예상했던 질문이었다. 뻔한 질문이었고. 예전이라면 그의 한 줌 관심을 기꺼워했을지도 모르지만, 지금은 모두 귀찮기만 했다.

“말했잖아요. 필요 없으니까요.”

“심리 상담에 대한 귀족들 인식은 알지만, 언제까지 그 고리타분한 관념에 갇혀 살 겁니까? 당장 당신이 문제 있으니까 상담을 하자는 게 아니지 않습니까. 설령 문제가 있다고 해도.”

말이 잠시 끊겼다. 하이너의 얼굴이 아주 희미하게 일렁거렸다.

“……설령 문제가 있다고 해도, 당신은 그냥 아픈 겁니다.”

“…….”

“감기나, 두통이나…… 뭐 그런 것처럼. 그냥 좀 아픈 사람인 거니까.”

그의 목소리 끄트머리가 살짝 갈라졌다. 아네트는 그것을 눈치채지 못한 채 비소를 머금었다.

“글쎄요.”

그녀가 듣기에는 그저 우스운 말이었다.

“날 정신병원에 가두겠다던 사람이 할 말은 아닌 것 같은데.”

하이너의 미간이 꿈틀거렸다. 그는 입술을 한 번 달싹이더니 한숨처럼 말했다.

“당신이…… 그 말을 담아 두고 있는 줄은 몰랐는데.”

“담아 두라고 한 말 아니었나요.”

“내가 그 말을 했던 건 단지 당신이 계속 반항하니까.”

“……반항?”

아네트가 그의 말을 자르고 되물었다. 절로 헛웃음이 나왔다.

"이혼하자는 말이 반항으로 보였나요?"

"내 말은 그게 진심이 아니라는 뜻이었습니다."

"난 당신 아래에 있는 사람이 아니에요."

"당신을 아랫사람으로 대한 적 없습니다."

"거짓말."

"당신이야말로 날 그렇게 생각하잖아."

"……갑자기 무슨 소리예요?"

곧장 하이너는 입을 다물어 버렸다. 부자연스러운 정적이 둘 사이를 맴돌았다. 아네트는 재차 되물었다.

"내가 언제 당신을 아랫사람으로 생각했다는 거죠?"

"늘…… 그렇게 생각했었잖습니까."

"그런 적 없어요."

"당신은 그랬어."

"그런 적 없다구요. 대체 무슨 소릴 하는 건가요?"

하이너는 피곤한 얼굴로 입매를 매만졌다. 커다란 손이 입매를 한번 쓸어내리자, 그의 낯은 순식간에 예의 무감각한 표정으로 돌아왔다. 놀랍도록 빠른 변화였다.

"이쯤 하죠. 당신과 싸우자고 한 말이 아닙니다."

지금껏 이런 식으로 끊어진 대화가 수도 없이 많았다. 하지만 아네트는 무어라 반박하지도 더 덧붙이지도 않았다. 대화라는 건 관계 수복의 가능성이 있는 상대에게나 시도하는 것이다. 그런 점에서 하이너는 건설적인 대화를 할 가치가 있는 사람이 아니었다. 또한 아네트는 그다지 미래를 생각하고 있지 않았다.

"……이것, 작성해서 의사에게 전달하도록 하십시오."

하이너가 상담 질문지 위에 손가락을 잠시 얹었다가 들었다. 아네트는 끝까지 그 종이를 바라보지 않았다.

반쯤 커튼을 친 창 안으로 정오의 햇살이 비쳤다. 아네트는 창가에 앉아, 손끝으로 창틀을 천천히 두드렸다. 느리고 규칙적인 소리가 둔탁하게 울렸다.

관저 안에서 아네트는 카트린 그로트를 기다리고 있었다. 카트린은 다음 날도 그다음 날도 관저를 방문하지 않았다. 오늘로 벌써 근 일주일째였다. 하지만 아네트는 그녀를 기다렸다. 시간은 계속해서 흘러갔다. 다시 연락도 하지 않았고, 연락이 오는 일도 없었지만, 아네트는 그녀를 기다렸다. 언제까지 기다려야 하는지는 알 수 없었다. 다만 누군가를 기다린다는 감각이 나쁘지 않아서, 아네트는 그녀가 아주 늦게 와도 괜찮겠다는 생각을 했다.

"아……."

창밖을 바라보던 아네트가 무심코 침음을 흘렸다. 1층에서 아넬리 엥겔스가 묵직해 보이는 서류 상자를 들고 걸음을 재게 놀리고 있었다. 몹시 바빠 보이는 모습이었다. 아네트는 그녀를 빤히 내려다보았다. 아넬리 엥겔스에게 별다른 사감이 있는 것은 아니었다. 그냥 다만 눈길이 갔다. 무슨 일로 저렇게 바쁠까, 궁금하기도 했고.

별안간 아넬리가 멈추어 섰다. 아네트는 그녀의 고개가 향하고 있는 맞은편으로 눈을 돌렸다. 저만치서 보좌관을 대동한 하이너가 저벅저벅 걸어오고 있었다. 워낙 커다란 덩치라 멀리서도 눈에 확 띄었다. 예상대로 마주친 하이너와 아넬리가 서로에게 인사했다. 둘은 무어라 대화를 하더니, 하이너가 방향을 틀어 나란히 걸어가기 시작했다. 하이너는 아넬리에게서 서류 상자를 넘겨받으려는 듯 손을 내밀었다. 아넬리는 머뭇거리며 사양하더니, 이내 마지못해 넘겨주었다. 무슨 재미있는 이야기를 하는지 아넬리가 소리 내어 웃었다. 하이너도 옅은 미소를 짓고 있었다. 담장 위에 앉아 있던 새들이 푸드덕 날아올랐다.

물기 없이 고요한 시선이 둘을 응시했다. 아네트는 질투라는 감정을 잘 알지 못했다. 하이너가 자신 외에 다른 여자를 바라보리라는 가정 자체를 해 본 적이 없었다. 스스로 생각하기에도 조금 우습지만, 제 처지가 이렇게 되고서도 마찬가지였다.

"원래 받아들일 생각이 없어서 조용히 거절하려 했으나 기사가 나 버렸고…… 어찌 됐건 번복은 없습니다."

그 말이 거짓이라고는 생각하지 않았다. 하이너가 그런 일로 거짓말을 할 사람은 아니라고, 아니 적어도 바람을 피울 사람은 아니라고 여겼다. 문득 허탈한 웃음이 흘러나왔다.

'그렇게 속아 놓고 믿는다고.'

자신이 알던 하이너가 정말로 하이너가 맞기는 한가? 그에 대해 안다고 생각하던 것 중, 어느 것 하나라도 확신할 수 있는 부분이 있나?

문득 반지가 빠진 빈손이 눈에 들어왔다. 오랫동안 반지가 끼워져 있던 약지는 아랫부분이 약간 갸름했다. 별로 허전하다는 생각은 들지 않았다.

묘한 느낌에 아네트는 창밖으로 눈을 돌렸다. 뒤쪽의 시야가 선명해졌다. 시간이 거의 멈춘 것처럼 느리게 흘러갔다. 하이너가 고개를 들어 이쪽을 바라보고 있었다. 아네트는 딱히 놀라지도 시선을 피하지도 않았다. 너무 멀어서 그가 정말로 자신을 보고 있는 것인지 확신하기도 힘들었다. 하이너는 잠시 후 다시 고개를 돌렸다. 정지했던 시간이 다시 빠르게 흘러가기 시작했다. 나뭇가지가 잘게 흔들거렸다. 약간 열린 창틈으로, 옅은 바람과 아넬리의 웃음소리가 새어 들었다. 둘은 걸음을 옮겼다. 그들의 앞에는 계속해서 길이 이어져 있었다. 아네트는 조용히 창문을 닫았다.

카트린 그로트가 관저를 찾아온 것은 그로부터 나흘 후였다. 정오를 넘길 무렵, 여자는 보닛을 깊숙이 눌러쓴 채 접견 신청을 알렸다. 지난겨울 이후 가장 낮은 기온을 기록한 날이었다.

아네트는 하이너에게 자신과 카트린을 제외한 그 누구도 응접실에 들지 않게 해 달라고 부탁했다. 하이너는 반대했으나 그녀는 전에 없이 강경하게 굴었다. 결국 그는 카트린의 몸수색을 포함한 몇 가지 조건을 걸고 허가했다. 심지어 하이너는 그녀에게 호신용으로 작은 나이프를 하나 소지하도록 했다.

아네트는 품속에 넣어 둔 접힌 칼을 만지작거리며 응접실로 들어섰다. 의자에 앉아 있던 카트린이 일어났다. 여자에게서는 차가운 바깥 냄새가 났다. 카트린은 모자를 벗으며 고개를 숙여 보였다. 흔한 브루넷에 단조로운 이목구비였으나, 왼쪽 눈 밑 두 개의 눈물점이 그녀를 어딘지 쓸쓸해 보이게 했다. 아네트도 고개를 약간 숙였다가 들었다. 고갯짓으로만 인사를 나누고 앉자 적막이 감돌았다.

카트린은 속을 알 수 없는 얼굴이었다. 불편함을 견디지 못한 아네트가 입을 열었다.

"그……."

"저."

음성이 겹쳤다. 아네트는 어색하게 웃으며 말했다.

"먼저—."

"아니에요, 부인 먼저 말씀하세요."

"별건 아니고, 차라도 한 잔…… 어떤 차를 좋아하세요?"

"다 괜찮습니다."

무심히 돌아온 답변에 아네트가 "그래요……." 하며 말끝을 흐렸다.

이 자리가 거북할 정도로 불편하게 느껴졌다. 그녀는 카트린과 좀체 눈을 마주치지 못하고 괜히 다른 곳을 흘끗거렸다. 아네트는 이 상황에 대해 아무것도 아는 것이 없었다. 데이빗이 왜 자신을 해하려 했는지, 카트린은 제게 어떤 감정을 가지고 있는지, 그리고 그녀에 대한 이 잡힐 듯 말 듯한 기억은 무엇인지……. 이 무지한 상황 속에 홀로 놓여 있다는 점이 그녀를 더없이 불안하게 만들었다.

아네트는 사용인에게 따뜻한 레몬그라스 티 두 잔을 내오도록 했다. 차가 준비될 동안 어떤 말을 해야 하나 고민하고 있는데, 카트린이 선뜻 물음을 던져 왔다.

"몸은 괜찮으신가요?"

"많이 좋아졌어요."

"정말 다행입니다."

진심일까. 아네트는 카트린의 말을 곧이곧대로 받아들일 수가 없었다. 시선을 피해 내려온 아네트의 눈이 문득 카트린의 배에 닿았다. 그 눈길을 알아챈 카트린이 배에 손을 가져다 댔다.

"5개월이에요."

"……아."

카트린은 신혼이었다. 임신했을 법도 했다. 그런데 그녀의 임신 사실이 왜 이렇게 낯설고 이상하게 느껴지는지 모를 일이었다.

"축하……해요."

아네트는 모래를 씹은 듯 꺼끌꺼끌한 음성으로 힘겹게 말했다. 스스로 듣기에도 전혀 축하의 기미가 없는 반응이었다.

"감사합니다."

카트린이 담담히 대꾸했다. 아네트는 치마 위에 올려 둔 두 손을 꽉 주먹 쥐었다. 손톱이 살갗을 파고들었다. 자신의 유산 사실은 외부에 밝혀지지 않았다. 카트린이 알고 있을 리가 없었다. 아네트는 그녀에게 모든 사실을 토로하고 싶은 충동을 느꼈다. 나는 유산했어요. 당신 동생 때문에. 11주였대요. 당신 아이는 축복받으며 태어날까요. 내 아이는 축복은커녕 그 누구도 존재조차 알지 못했는데. 소리를 입지 못한 말들은 자조와 함께 목구멍 안으로 삼켜졌다. 아네트의 손에서 힘이 풀렸다. 그렇게 말하면, 뭐가 달라질까. 불쌍한 척을 하는 것밖에 더 될까. 어차피 달라질 것도 없을 텐데. 또한 하이너가 이미 대외비로 규정한 일을 어길 수는 없었다. 그녀 자신에게 일어난 일이지만 아네트는 권한이 없었다. 오래전부터 그랬다.

사용인이 간단한 다과를 내왔지만, 그 누구도 입에 대지 않았다. 공기 중으로 고요히 김이 피어올랐다. 찻물 표면을 주시하던 카트린이 문득 입을 열었다.

"부인께선 제가 선처를 바라고 찾아왔다고 생각하시겠지요?"

"……아닌가요?"

"아니에요."

"사실 아닐지도 모른다고 생각했어요."

"의외의 말씀이군요. 어째서인가요?"

"잘…… 모르겠어요."

당신이 왜인지 익숙하다는, 스스로조차 확신할 수 없는 추측을 내뱉을 수는 없었다. 다행히 카트린은 더 캐묻지 않았다.

"제가 부인을 찾아온 건 전해 드릴 이야기가 있어서입니다."

"……."

"부인께서 몸을 더 추스른 후에 만나 뵙고자 했습니다. 그래서 일부러 조금 늦게 방문했고요. 부인께선 제가 찾아오지 않기를 바라셨을지도 모르지만."

"아뇨, 전……."

아네트는 덜컥 부정해 놓고선 어떻게 말을 이어야 할지 몰라 잠시 머뭇거렸다.

"……딱히 그렇지도 않아요."

"그런가요."

카트린의 입매가 미미하게 올라갔다. 진정성은 없는 미소였다.

"부인께선 제 예상과 조금 다른 분이군요."

아네트의 얼굴에 물음표가 떠오르자, 카트린의 미소가 조금 더 짙어졌다.

"좀 더 오만하고 독선적인 분일 거라고 생각했었습니다."

"왜……."

"외동딸이시잖아요."

'디트리히 후작의' 외동딸. 아네트는 앞에 생략된 단어를 홀로 곱씹었다.

"뭐, 시간이 많이 지났으니까요. 많은 일이 있었고요. 사람은 바뀌기 마련이죠."

묘한 함의를 담고 있는 말이었다. 아네트는 딱히 대답을 찾지 못해 그저 침묵했다. 예전이었다면 스스로가 그런 사람이 아님을 증명하려고 했을 것이다. 하지만 지금의 그녀는 전혀 그런 의지가 없었다. 자신은 정말로 그런 사람일 수도 있다고— 아네트는 내심 생각했다. 자신만 모르고 있었을 뿐이었다.

"부인께선 친척 형제가 있으신가요?"

"……몇몇 있었죠."

"그분들과 친하셨겠군요? 특히 외동이시니까."

"괜찮은 사이였어요."

아네트는 그녀가 왜 이런 질문을 하는지 이해하지 못했지만, 묻는 대로 대답했다.

"아주 가깝진 않으셨나 봅니다."

"친척들은 다른 지방에 거주했던 터라."

"그렇군요. 저는 위로 오빠가 하나, 아래로 남동생이 하나 있어요. 여느 가정들이 그렇듯 함께 자랐죠."

자연스럽게 개인사를 꺼낸 카트린이 물 흐르듯 말을 이어 나갔다.

"오빠는 아카데미를 졸업하고 한 무역 회사에 취직했어요. 야망 있는 사람이었죠. 늘 좀 더 높은 자리에 오르고 싶어 했어요."

천천히 과거를 더듬어 나가는 카트린의 눈동자가 조금 흐릿해졌다. 아네트는 저 눈을 알았다.

"오빠는 더 높은 곳으로 올라가려고 노력했어요. 일 열심히 하고, 상사에게 잘 보이려 아부도 하고, 더러운 짓도 좀 하고. 그 위치에서 할 수 있는 건 전부 했죠."

그리움이었다.

"하지만 오빠는 번번이 승진에 실패했어요. 지부장이 귀족이었는데, 그 사람이 오빠의 공을 싹 가로챘다고 들었습니다. 그리고 자기 아들을 승진시켰다고. 제임스는 전자는 참을 수 있어도 후자는 참을 수 없었나 봐요. 그 기준이 뭔지는 잘 모르겠지만…… 아무튼."

카트린은 자신이 무의식적으로 오빠의 이름을 말했다는 사실을 인지하지 못하고 있는 것 같았다. 아네트는 조용히 그 이름을 되뇌어 보았다. 제임스. 제임스…… 버켈.

"오빠는 그길로 혁명군에 합류했습니다."

카트린이 한숨 같은 웃음을 뱉었다.

"별것 아닌 이유죠?"

그러나 아네트는 아무런 반응도 하지 못했다. '혁명군'이라는 단어가 언급되는 순간부터 그녀는 숨통이 죄어 오는 기분을 느꼈다.

"혁명군이라는 게 이름은 참 그럴싸해 보이지만, 사실 대부분이 오빠 같은 사람들이었습니다. 특별히 대단한 대의나 능력이 있어서 나선 게 아니라, 그냥…… 평범하고, 어쩌면 조금 보잘것없는 사람들."

혁명 이후, 라디오와 신문에서는 혁명군 개개의 영웅적인 면모를 부각시켰다. 그것은 혁명의 정당성을 뒷받침해 주는 동시에 여론을 조성하기 좋은 방법이었다.

"솔직히 저는 혁명군에 대해 잘 모릅니다. 그런 데 엮이고 싶지 않았어요. 하지만 확신컨대, 오빠가 거기서 뭐 중요한 일을 맡은 건 아니었을 거예요. 기껏해야 말단에 불과했겠죠."

아네트는 당장에 자리를 박차고 나가고 싶은 것을 안간힘으로 참았다. 듣기 싫었다. 들어야 했다. 듣기 싫었다. 그래도 들어야 했다. 그래도, 그래도…….

“5년 전, 혁명군 색출이 한창이던 때였어요. 많은 사람이 색출되어 끌려갔고, 제 오빠도 그중 하나였습니다.”

왜 들어야 하더라?

“그때 심문 책임자가 디트리히 후작이었지요. 심문…… 고문이라고 해야 할까요. 아무튼 그 일은 굉장히 빠르게 종결지어졌습니다.”

내가 왜 듣고자 했더라?

“오빠는 파다니아에 내란을 일으키러 온 적대국의 스파이고, 국가보안법에 따라 사형에 처한다는 게 결론이었죠. 빠르게 심문을 마무리한 후작은 곧장 어딘가로 가더군요. 급한 일이라도 있는 사람처럼.”

어째서 나는 이 이야기를…….

“그날 당신의 피아노 연주회가 있었습니다.”

그 순간, 아네트는 여자를 어디에서 보았는지 떠올려 냈다. 아네트의 얼굴이 급속도로 창백해졌다. 그녀는 저도 모르게 두 손으로 입을 막았다. 그러지 않으면 이상한 소리가 튀어나올 것만 같았다.

23살 때의 일이었다. 리사이틀이 성공적으로 끝난 후, 아네트는 꽃다발 몇 개를 품에 안은 채 축하 세례를 받고 있었다. 그녀는 주변에 몰려든 사람들로 인해 정신이 하나도 없었다. 조명은 눈부셨고, 품에 안긴 커다란 꽃다발의 향기가 짙었으며, 사람들의 찬탄이 귓가에서 어지럽게 일렁거렸다.

"여보, 셋이 사진 찍어요."

"이쪽으로 오세요, 아버지!"

"오, 그래. 우리 딸과 당연히 찍어야지…… 아, 잠깐만. 먼저 찍고 있으려무나."

급히 다가온 남자가 디트리히 후작에게 귀엣말로 무어라 속닥였다. 아네트는 고개를 갸웃거리고선 다른 친우들과 사진을 찍었다. 남자의 말에 후작이 낮게 짜증을 냈다. 아네트는 친구들의 농담에 웃음을 터뜨리다 말고 아버지를 돌아보았다.

"……우지 않고…… 당장……."

"기자들은…… 습니다."

길지 않은 대화 끝에, 디트리히 후작은 대충 손을 내저어 남자를 내보냈다. 성가시다는 듯한 태도였다. 의아해진 아네트가 아버지에게 무슨 일인지 물었다. 디트리히 후작은 얼버무렸으나, 딸의 끈질긴 물음에 어쩔 수 없이 뭉뚱그려 대답했다.

"누가 공연장 앞에서 소란을 피우고 있다는구나."

"소란이요? 누가요? 왜요?"

"재판에 불복해서겠지. 법의 엄정함을 모르는 얼간이들은 어디에나 있는 법이란다. 신경 쓰지 말거라."

아네트는 그러려니 고개를 끄덕였다. 아버지의 말대로, 언제나 범죄자들은 모두 자신이 범죄를 저지르지 않았다고 말하는 법이었다. 대수롭지 않게 결론지은 그녀는 부모님과 사진사 앞에 섰다. 얼굴 가득 행복한 미소가 걸려 있었다.

"찍습니다! 하나, 둘, 셋—."

셔터 속도가 느렸기 때문에, 아네트는 꽤 한참을 정지해 있어야 했다. 아름다운 미소에 심혈을 기울이는 동안, 공연장 앞에서 일어났다는 소란은 머릿속에서 사라졌다.

"어머니, 저 잠시만 쉬다 올게요. 꽃 냄새 때문에 머리가 아파요."

"곧 학장님이 오실 텐데. 얼른 와야 한다."

주변을 메운 사람들이 차차 줄어들 무렵, 아네트는 잠깐 숨을 돌리기 위해 창가로 갔다. 수그러들지 않은 긴장감과 공연 직후의 흥분감으로 심장이 쿵쿵 뛰고 있었다. 아네트는 후— 하고 긴 숨을 내쉬며 창틀을 짚었다. 별생각 없이 창밖으로 던진 시선에 무언가가 잡혔다. 공연장 문 앞에서 장정 두 명이 여자를 끌어내기 위해 기를 쓰고 있었다. 갈색 머리의 여자는 가로등을 붙잡은 채 아득바득 버텼다. 저게 아버지가 말한 소란인 모양이었다. 아네트는 희미하게 미간을 찌푸리며 여자를 살폈다. 2층 창가에서는 입구의 상황이 꽤 가깝게 보였다.

"—!"

악을 쓰는 소리가 닫힌 창문 너머까지 전해져 왔다. 몇 차례의 실랑이 끝에, 가로등을 붙든 여자의 팔이 하나 떨어졌다. 힘이 다 빠진 여자 하나를 끌어내는 건 어렵지 않은 일이었다. 이어 양팔이 붙들린 여자가 질질 끌려 나갔다. 여자는 끝까지 버둥거리며 저항했다. 분노와 미련과 절망이 덕지덕지 눌어붙은 얼굴이 2층 창가를 향했다. 아네트는 저도 모르게 한 걸음 물러섰다.

아, 저 얼굴. 이유 모를 오싹함과 불쾌함이 다리를 기어올랐다. 마치 인간의 밑바닥을 본 것만 같았다. 아네트는 찜찜한 기분으로 애써 그 잔상을 떨쳐 냈다.

별안간 누군가 아네트의 양어깨를 잡았다. 놀란 그녀가 튀어 오르듯 뒤돌았다.

"꺄!"

항복하듯 두 손을 든 안스가가 싱글거리며 웃고 있었다. 그는 눈을 접으며 놀리듯 말했다.

"뭐야, 왜 이렇게 놀라? 무슨 이상한 생각 하고 있었어?"

"이상한 생각은 무슨……! 갑자기 잡으니까 그러지."

"미안, 미안. 그나저나 주인공이 왜 여기 있어? 난 또 말 걸어 달라는 줄 알았지."

"아, 밖에 일이 좀 있는 것 같기에."

"일? 무슨 일? 아무것도 없는데?"

"아냐, 그냥 재판에 불복한 사람이……."

아네트는 말끝을 늘이며 뒤를 돌아보았다. 여자는 이미 끌려 나가고 없었다. 밖은 언제 그랬냐는 듯 평화로웠다. 다시 고개를 돌린 아네트가 단조롭게 말했다.

"……소란을 피우고 있었어."

기억 속 여자와 눈앞의 무표정한 얼굴이 겹쳐졌다. 아네트는 입을 틀어막았던 손을 천천히 내렸다. 목이 바짝바짝 말라 왔다. 찻잔으로 손을 뻗었지만 떨림이 심해 달그락거리는 소리가 크게 났다.

"오빠는 다음 날 아침 총살당했습니다. 항소는 못 했어요. 애초부터 그건 재판이 아니었으니까."

아네트는 간신히 목을 축였지만 아무 맛도 나지 않았다.

"왕가가 몰락했다는 소식을 들었을 때 나는 기대했어요. 그 인간이 제대로 사과하고, 합당한 처벌을 받았으면 좋겠다고. 그런데 다음 날 조간에 후작의 사망 소식이 실렸더군요. 저택에서 혁명군에게 총을 난사하다가 즉살당했다는…… 뭐, 그렇게 끝났습니다. 사과 한마디 듣지 못한 채."

카트린의 말이 이어질수록 아네트의 얼굴이 시시각각 질려 갔다. 손대면 깨질 듯 위태로운 낯이었다. 아네트는 힘겹게 신음을 삼켜 냈다. 머릿속 어딘가에서 나는 이명과 카트린의 목소리가 겹쳐 들렸다.

"선처나 합의를 바라고 하는 말이 아닙니다. 폭력만이 유일한 언어가 되는 상황이 있다고 생각하지만, 이번은 그런 상황이 아니었죠. 제 동생은 약자인 부인께 끔찍한 일을 저질렀어요. 그 점에 관해서는 할 말이 없습니다. 동생은 벌을 받아야 해요."

"……."

"하지만 그냥…… 한 번쯤은, 당신께 말하고 싶었습니다. 내 오빠가 어떻게 죽었는지 당신이 알았으면 좋겠다고 생각했어요."

카트린은 잠시 시선을 내렸다가 다시 아네트를 응시했다. 건조한 음성이 고저 없이 흘러나왔다.

"무지는 죄일까요, 아닐까요. 정말 이것을 당신의 탓으로 돌릴 수 있는 걸까요? 나는 아직도 답을 내리지 못했습니다. 어쩌면 평생 답을 찾지 못할지도 모르지요. 그러니 부인께 죄가 있다고 생각해서 이런 말을 하는 건 아니에요."

"……."

"제가 하고 싶은 말은 이게 다입니다. 더 이상의 사감은 없어요. 이번 일에 대해선 진심으로 깊은 유감을 표합니다. 부디 몸과 마음이 어서 회복되길 바랄게요. ……그럼."

카트린은 짧게 묵례한 후 자리에서 일어났다. 투박한 신발 소리가 응접실 바닥을 울렸다. 아네트는 그때까지도 숨을 쉬지 못하고 있었다.

"아네트!"

내가, 이 이야기를 왜 들어야 하더라.

"도망가야 한다!"

왜 듣고자 했더라.

"어서 도망—!"

어째서 나는 이 이야기를…….

문에 다다른 카트린이 손잡이를 잡았다. 차가운 금속의 느낌이 피부로 전해졌다. 그녀가 손잡이를 돌리려는 순간.

"죄송……."

가느다랗게 흘러나온 말에 카트린의 움직임이 뚝 멈추었다.

"죄송합니다……."

꽉 멘 목소리가 형편없이 갈라져 나왔다. 아네트는 잠시 말을 멈추었다가, 고개를 수그렸다. 치맛자락을 쥔 손등에 푸릇한 핏줄이 돋았다.

"정말로, 죄송합니다……."

후드득 떨어진 눈물이 옷자락 위에 젖은 자국을 남겼다.

"죄송합니다……."

아네트는 눈물을 쏟으며 계속 그 말을 반복했다. 다른 어떤 말을 해야 좋을지 알 수가 없었다. 그저 고장 난 기계처럼 덧없는 사죄를 거듭할 뿐이었다.

죄송합니다. 죄송합니다. 죄송합니다. 정말 죄송합니다…….

카트린은 고개를 돌려 아네트의 뒷모습을 바라보았다. 언뜻 무감각한 얼굴이었지만 그 위에는 낡은 설움이 일렁거리고 있었다.

"……그래요."

흐느끼는 목소리가 서서히 잦아들 즈음, 카트린이 조용히 중얼거렸다.

"누군가에게 그 말이 듣고 싶었어요."

언젠가 하이너에게 말한 적이 있었다.

"모든 신문이 독재의 잔재를 모조리 궤멸해야 한다고 말하더군요. 나의 어떤 부분을 궤멸해야 하는 건지는 잘 모르겠지만, 원한다면 그렇게 해도 상관없어요."

그것은 그저 체념에 가까운 말이었다. 진정으로 그들을 이해해서, 죄책감을 느껴서, 사죄하고 싶어서 했던 말이 아니었다. 되짚어 보건대 자신은 단 한 번도 그들을 이해해 보려고 했던 적이 없었다. 이해해야 한다고 생각해 본 적조차 없었다. 사람이 사람을 이해하기 위해서는— 삶에서 공유되는 지점이 있어야만 한다. 아네트는 혁명군과 자신의 삶에는 그런 지점이 전혀 없다고 생각했다. 비록 현재 그들과 얽혀 있다고는 하지만, 그건 그녀가 몰랐던 일들이었기에 '공유되는' 종류의 것이 아니었다.

"그날 당신의 피아노 연주회가 있었습니다."

그러나 완전히 반대편의 지점에서, 그들은 삶의 어느 순간을 공유했었다. 아네트는 여전히 카트린의 삶을 이해할 수 없었다. 감히 이해한다고 말할 수도 없었다. 오만이고 기만이었다. 왕실의 혈통을 이은 귀족과 평민. 고등 교육을 받으며 피아니스트를 꿈꾸던 여자와 시장 바닥에서 과일 장사를 하는 여자. 혁명군을 잡아들이던 군부 대장의 가족과 처형당한 혁명군의 가족. 남은 평생 과거의 조각들을 끼워 맞춰 보아도, 아네트는 결코 그들을 다 이해할 수 없을 것이다. 그건 이미 살아온 발자취에서 갈라져 버린 바꿀 수 없는 사실이었다.

다만 자신이 그녀의 이야기를 듣고자 했던 것은, 과거를 마주 보기 위해서였다.

알고 판단하기 위해서였다. 그들을 이해하기 위해서였다. 그게 비록 스스로를 상처입힌다고 해도…….

오후의 햇살로 환한 응접실을 구름이 한차례 쓸고 지나갔다.

어쩌면 마음속 깊은 곳에서는 알고 있었을지도 몰랐다. 그들을 조금이라도 이해하게 되는 순간, 정말 아무것도 돌이킬 수 없게 되리라는 것을.

텅 빈 방 안에서 아네트는 한참을 울었다.

아네트는 물건들을 정리하고 금고에서 장부와 서류를 꺼냈다. 시민단체의 기부 및 후원에 관한 자료였다. 그녀는 최종 재무제표를 작성한 후, 후임자가 쉽게 볼 수 있도록 정리했다. 꽤 예전부터 차근차근 준비해 오던 것이라 일은 오래지 않아 끝났다. 아네트는 종이를 한 장 꺼내, 데이빗 버켈에 대한 선처서를 썼다. 그리고 하이너의 퇴근 시각에 맞추어 그의 집무실로 갔다.

퇴근 시간이 약간 지났음에도 하이너는 여전히 업무를 보고 있었다. 아네트가 집무실 안에 들어서자, 그녀의 걸음 소리를 알아챈 하이너가 고개를 들었다.

"……부인."

평소 서류에서 눈조차 떼지 않던 것과는 달랐으나 아네트는 굳이 깊게 생각하지 않았다. 그녀는 책상 가까이 다가가 종이를 한 장 내밀었다. 하이너의 미간이 좁혀졌다.

"뭡니까?"

"선처서예요."

"당신이 이걸 왜 씁니까?"

"내 권리니까요."

"제 말은 쓸 필요가 없다는 겁니다. 카트린이 당신에게 무슨 말을 했죠?"

"하이너, 이건 내 권리예요."

"……."

"내 선택이고요."

앞뒤 정황을 배제한다면, 적어도 이 사건에서만큼은 아네트는 피해자였다. 아네트에게는 그를 용서할 권리가 있었다. 그러나 하이너는 여전히 이해할 수 없다는 얼굴이었다. 그가 기가 찬다는 듯 말했다.

"성녀가 되기라도 할 겁니까?"

그에 아네트는 나직이 웃음을 터트렸다.

"난 그런 건 못 돼요, 알잖아요."

우스운 소리였다. 파다니아에서 성녀가 되기에 가장 부적합한 여자를 꼽으라면 단연 자신일 것이기 때문이었다.

"카트린은 내게 선처서를 요구하지 않았어요. 그냥 내가 스스로 결정한 거예요. 그리고……."

문득 느껴지는 시선에 아네트가 말을 멈추었다. 웃음기가 약간 남아 있는 얼굴 그대로 눈이 마주쳤다. 공기가 고요해졌다. 하이너는 눈을 피하지도 않은 채 계속해서 그녀를 빤히 쳐다보았다. 얼마간의 정적 후에, 그가 가라앉은 표정으로 중얼거렸다.

"……당신이 그렇게 웃는 건 오랜만에 보는 것 같아."

순식간에 아네트의 얼굴에서 웃음기가 걷혀 나갔다. 그녀는 반쯤 무의식적으로 손을 들어 제 입매를 가렸다. 다시 눈이 마주쳤다. 아네트는 천천히 손을 내렸다. 조용한 음성이 흘러나왔다.

"미안해요."

"……."

"당신을 원망하지 않아요."

"무슨 말인지 모르겠습니다."

아네트는 그에게 다시 미소 지어 보이려고 했지만, 어째서인지 뜻대로 되지 않았다.

"단지 모든 게……."

"……."

"미안해요, 하이너. 내가 알지 못하는 것까지 전부."

아네트는 더없이 솔직하게 이야기하면서도, 스스로의 마음이나 내뱉는 말에 전혀 동요되지 않았다. 그녀는 그저 있는 그대로의 사실을 이야기하는 것처럼 덤덤했다. 마치 내보일 최소한의 감정조차 소진한 사람 같았다. 동요하는 쪽은 오히려 하이너였다. 그의 턱에 힘이 들어갔다. 하이너는 어금니를 지그시 사리물었다가, 헛웃음 지으며 말했다.

"뭘 사과해야 하는 건지 알고 있기나 합니까?"

아네트는 대답하지 않았다. 정확히 어떤 대답을 해야 할지 몰랐기 때문이다. 하이너가 그녀를 증오하는 것은 알고 있었지만, 그게 단지 후작의 딸이어서인지 아니면 개인적인 다른 원한이 있어서인지는 알지 못했다.

대답하지 못하는 아네트를 보며 하이너는 반쯤은 비웃듯, 그리고 반쯤은 씁쓸한 듯 웃었다.

"그냥 내게 평생 사과하지 마십시오."

그의 목소리는 조금 갈라져 나왔다.

"그편이 나으니까."

아네트는 입술을 약간 달싹였다. 무언가를 잘못 삼킨 것처럼 말이 잘 나오지 않았다. 몇 번의 시도 끝에 그녀는 간신히 속삭였다.

"……그럴게요."

아네트는 욕조에 물을 받으며 생각했다. 그가 이혼을 바라지 않는 이유는 여전히 복수에 생을 매어 두고 있기 때문이라고.

어느 한 가지 목표를 위해 삶을 매진하다 보면 사람은 종종 길을 잃는다. 저 목표가 '정말 자신이 원하는 것'이라고 착각하게 되는 것이다. 그런 사람들은 으레 아주 멀리까지 온 후에서야 깨닫곤 했다. 이건 사실 내가 진정으로 원했던 것이 아니라고. 아네트는 하이너가 그런 상태라고 생각했다. 그는 여전히 과거에서 벗어나지 못했다. 그녀가 있는 한, 하이너는 평생 그 자신을 불행하게 만들 것이었다.

욕조 안에서 김이 모락모락 피어났다. 아네트는 물에 손을 넣어 보았다. 조금 지나치다 싶은 온기가 손끝에 스며들었다.

아니, 사실 아니라도 상관없었다. 함께 불행에 얽매인 채 기형적인 삶을 유지해 나가는 게— 그가 진정으로 원하는 바라고 해도 상관없었다. 그녀는 지쳤고 망가졌다. 하이너가 바라는 것은 이미 이루어졌다. 다만 그 기간이 좀 더 짧을 뿐이었다.

아네트는 뜨거운 물에 장미수를 가득 부었다. 너무 과하게 부은 탓에, 장미 향이 향기롭다 못해 지독한 수준이었으나 그녀는 신경 쓰지 않았다. 아네트는 옷을 입은 그대로 욕조 안으로 들어갔다. 몸이 가라앉을수록 수면이 높아졌다. 긴장했던 근육이 부드럽게 이

완되며 눈앞이 흐릿해졌다. 그녀는 고개를 뒤로 젖히고 천천히 눈을 감았다. 머릿속에 어둡고 오래된 잔상들이 스멀거렸다.

"아무 생각도 하지 마십시오, 아네트. 그냥 흘러가는 대로 살아요."

어떻게 그럴 수 있을까.

"당신이 잘하는 거잖아."

어떻게 아무 생각도 하지 않을 수 있을까. 모든 소란에서 등 돌리려 해도 그럴 수 없다. 눈을 감고 귀를 막고 스스로의 결백을 자위하려 해도 그럴 수 없다. 삶의 경중을 생각한다. 죄의 유무를 생각한다. 과거를 생각하고 미래를 생각하고 책임을 생각하고 대가를 생각한다. 생각을 거듭하고 거듭한 끝에 도달한 결론은 명료했다. 잘못 태어나서 잘못 자란 삶이라면, 생을 이어 나가는 것 자체가 누군가에게 상처가 된다면, 버리는 것이 옳지 않은가.

아네트는 욕조 옆에 올려 두었던 나이프를 잡았다. 길지 않은 날이 수증기 속에서 흐리게 빛났다. 카트린을 만날 때, 하이너가 호신용으로 주었던 나이프였다. 그녀는 수도 없이 죽는 생각을 했었다. 높은 곳에서 떨어질지, 물속에 머리를 처박을지, 약을 먹을지, 권총으로 머리를 쏠지, 손목을 그을지 등등 상황을 가늠해 보기도 했다.

첫 번째의 경우, 떨어져 죽을 만큼 높은 건물이 주변에 없었다. 조금 더 나가면 종탑이 있기는 했으나 난간 출입이 막혀 있었다. 두 번째는 스스로 참지 못하고 포기할 것 같았고, 세 번째는 모아 둔 약을 이미 빼앗겨 버렸다. 그리고 네 번째는 민간에서 총기 사용이 제

한되어 있기에 실행이 어려웠다. 갑자기 총을 구하는 것도 수상해 보일 것 같았다. 그래서 선택한 것이 마지막이었다.

아네트는 정확히 어디를 얼마나 깊게 그어야 죽을 수 있는지 알지 못했다. 살면서 그런 것은 한 번도 들어 본 적이 없었다. 그래서 그냥 할 수 있는 한, 가장 깊게 찔러 넣을 작정이었다. 물론 두려웠다. 무서웠다. 지난 총기 사건으로 인해 아네트는 피를 보는 것이 얼마나 아픈 일인지 알고 있었다. 하지만 주저되지는 않았다.

지독한 장미 향이 코를 찔러 왔다. 머리가 아팠지만 도리어 개운한 기분이었다. 그녀는 나이프를 쥔 손에 지그시 힘을 주었다. 호흡이 차분히 가라앉았다. 오래도록 이어진 고뇌와 갈등과 고통에 마침표를 찍은 느낌이었다. 아네트는 홀가분하게 미소 지었다.

축하해요, 하이너.

당신 복수는 성공했어요.

어둑해진 방 안에 백열등 하나만이 켜져 있었다. 하이너는 시가를 꺼내 물었다. 불을 붙이지 않은 시가의 표면이 희끄무레하게 빛났다. 이미 근무 시간이 훌쩍 지나 있었으나 일어날 마음이 들지 않았다. 혹여라도 관저에서 아네트를 마주치게 된다면, 어떻게 행동하고 반응해야 할지 결정하지 못했다. 어차피 방 안에서 나오지도 않는 여자였지만.

열어 놓은 창문 안으로 찬바람이 흘러들었다. 하이너는 아네트가 올려 두고 간 선처서를 멀거니 바라보았다. 서서히 초점이 잡히며 흐릿하던 글씨가 선명해졌다. 선처서의 내용은 형식 그대로였다. 별다를 것은 없었다. 그러나 마치 왼손으로 쓴 것처럼 글씨체가 흐트러져 있었다. 눈살을 찌푸린 채 그것을 읽던 하이너가 손을 뻗어 아래쪽 서랍을 열었다. 그곳에는 편지 묶음과 소소한 물건들이 가득히 들어 있었다. 그는 편지 묶음의 끈을 풀고 봉투 하나를 꺼내 열었다. 어느 시절에 박제된 필체가 눈에 박혀 들었다. 선처서에 적힌 엉망인 필체와는 확연히 다른 모양새였다. 처음에는 단순히 필체만 비교하던 하이너는 어느새 편지를 읽기 시작했다.

「자기 말이 다 맞는 하이너에게

그렇게 헤어져 놓고 편지 한 통 없이 선물만 보내면 내가 기뻐할 것 같았나요? 선물을 주면서 짧은 쪽지 하나라도 보냈어야 하는 거 아닌가요?

목걸이는 예쁘네요. 당신은 여자 보는 안목만큼이나 보석을 보는 안목도 뛰어나군요. 다만 여자 마음을 좀 더 공부할 필요가 있어요.

이런 얘길 하면 시답잖은 여자라고 생각할지도 모르지만, 나는 신문이나 잡지에 실린 연애 운세나 건강한 연애를 하는 법 따위의 기사를 아주 꼼꼼하게 보고 있답니다…….」

하이너는 저도 모르게 픽 웃었다. 그는 단 한 번도 그녀를 시답잖은 여자라고 생각한 적이 없었다. 차라리 그랬다면 혁명 때 진작 처형시켜 버렸겠지. 참 쓸데없는 이야기라고 생각하면서도 그의 눈은 착실히 글자를 훑어 내려갔다.

「있잖아요, 나는 거리를 걷다가도 진열장에 놓인 옷을 보면 당신과의 다음번 만남을 생각해요. 이걸 입고 데이트를 하면 참 좋겠다, 하고. 당신도 그런 적이 있나요?

(……중략……)

그제는 코코 양과 카페에서 차를 마셨는데, 당신과 한차례 말싸움을 한 뒤라 너무 피곤해서 그녀의 이야기가 귀에 잘 들어오지 않았어요. 그러다 갑자기 코코 양이 남녀 관계에 대한 몇 가지 유형의 이야기를 꺼내더군요. 그제야 나는 대화에 집중하기 시작했어요. 우리가 어떤 유형에 속하는지 궁금했거든요…….」

하이너 자신도 그랬었다. 군대에 있을 적, 얼마나 많은 여자들을 자빠뜨렸는지가 최대 무용담이었던 얼간이들은 남녀 관계에 대해 이런저런 이야기들을 지껄이곤 했다. 하이너는 그것들을 불쾌한 헛소리라고 여기면서도 무의식적으로 귀담아들었다. 그리고 동시에 언제나 아네트를 떠올렸다. 저런 저속한 이야기와 그녀는 전혀 어울리지 않는다는 걸 알았지만, 그래도 그녀를 생각하는 일을 멈출 수는 없었다.

「이런 자존심 상하는 이야기를 구구절절하게 늘어놓는 이유는…….

나도 어느 정도는 미안하다는 말이에요, 하이너.

그리고 당신을 그만큼 좋아하고 있다는 뜻이에요.

AU 714년 초여름

당신의 연인, 아네트 로젠베르크」

4장

당신이 바라던 대로 (1)

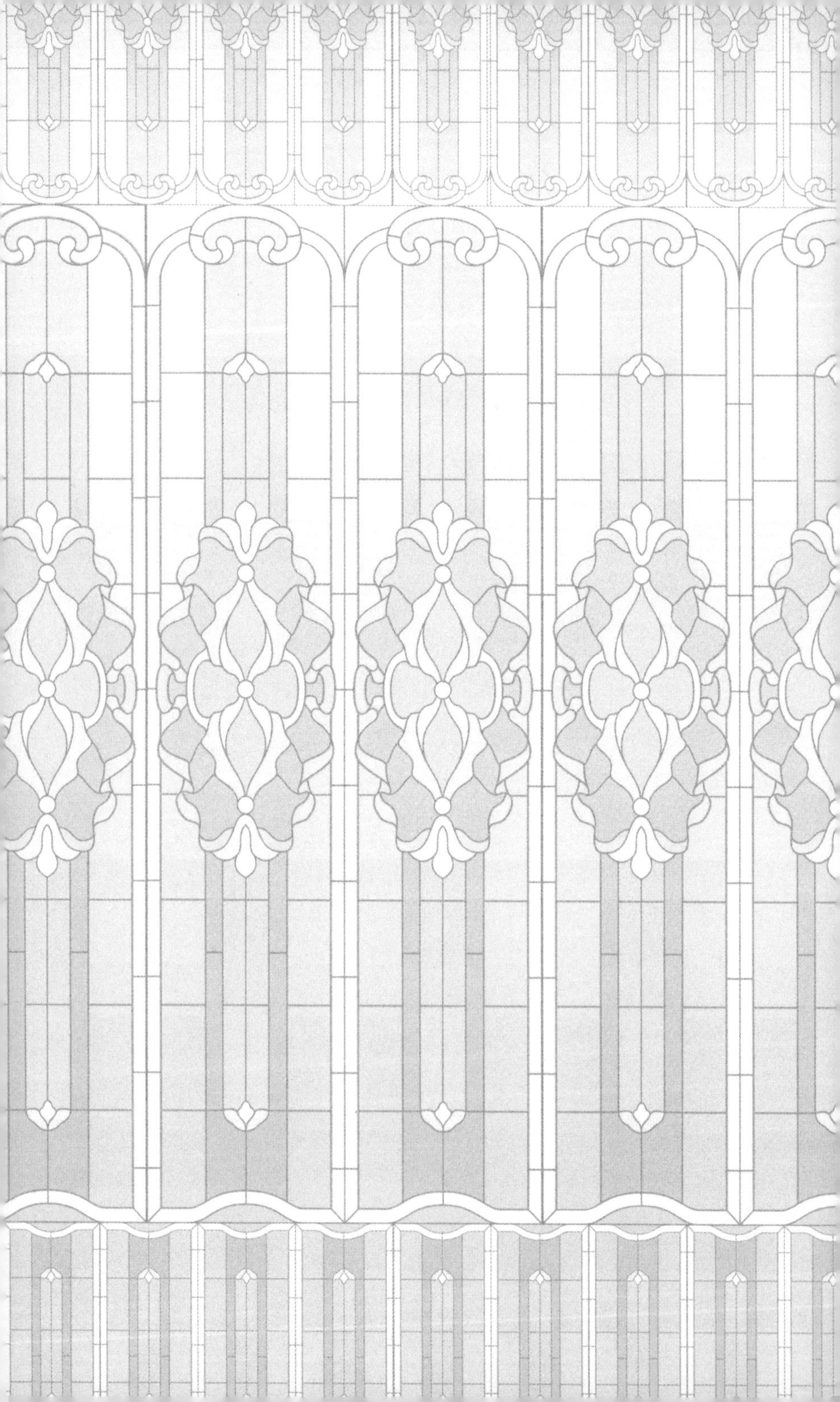

하이너는 마지막 문장에서 한참 동안 눈을 떼지 못했다. 그는 제 입가에 옅은 미소가 그려져 있는 것을 뒤늦게 깨달았다. 하이너가 떨리는 손으로 제 입매를 매만졌다. 그는 참지 못하고 편지 봉투를 몇 개 더 열어 보았다. 애써 덮어 두었던 기억의 파편들이 하나하나 떠올랐다. 모든 것이 거짓이었지만 생에 가장 행복했던 시절. 전부 다 잊고 이대로 안주하고 싶었던 순간들. 차라리 영영 미래가 오지 않기를 바랐던…….

"미안해요."

불현듯, 뒤통수를 한 대 맞은 것처럼 그녀의 말이 떠올랐다.

"단지 보는 게……."

아네트는 사과에 익숙한 여자가 아니었다. 싸우고 난 이후에도 직접 말하지는 못하고 이런 식으로 뒤늦게 편지를 전하던 여자였다.

"미안해요, 하이너."

그마저도 앞부분은 대개 그에 대한 핀잔으로 시작했고, 미안하다는 말 앞에 '나도 어느 정도는'이라는 수식어를 붙이고는 했다.

"내가 알지 못하는 것까지 전부."

적어도 그런 식으로 사과할 여자가 아니었다.

하이너는 잔뜩 얼굴을 굳힌 채, 책상의 편지 더미에서 선처서를 찾았다. 고르지 않은 글씨체와 행간은 그녀의 내면을 대변하는 듯했다. 그 흐트러진 필체를 더듬어 보던 그의 얼굴에서 서서히 핏기가 가셨다. 몇 달 치를 모아 두었던 수면제. 삐뚤빼뚤 엉망이던 손수건의 자수. 차가운 바다로 걸어가던 뒷모습. 의사를 바꿀 필요가 없다는 대답. 그럴 리 없다고, 그럴 만한 여자가 아니라고 자위하며 묻어 두었던 흔적들이 조각조각 맞추어졌다. '그럴 만한 여자'가 아니라고—. 아. 언제부터 그녀가 제가 알던 여자가 아니게 되었더라.

소름 끼치는 예감이 등줄기를 훑어 내렸다. 이성적으로 더 되짚어 볼 여유도 없이, 하이너는 자리에서 벌떡 일어났다. 의자가 요란한 소리를 내며 밀려났다. 그는 집무실 문을 닫지도 않고 복도로 나섰다. 널찍한 복도에 신발 굽 소리가 무겁게 울려 퍼졌다. 확신할 수 없었다. 기우일 수도 있었다. 그저 과민한 것일 수도 있었다. 그러나 그의 발걸음은 멈추지 않고 더욱 빨라졌다.

늦은 퇴근길에 있던 유겐 소령이 놀란 얼굴로 그를 불렀다.

"각하……?"

무슨 일이냐는 물음이 덧붙여졌지만, 하이너는 눈길조차 주지 않고 그를 지나쳤다. 아네트의 방으로 향하는 내내 무서울 만큼 심장이 뛰었다. 그는 결코 확신 없이 경거망동하지 않는 종류의 인간이었으나, 좀처럼 불안감을 달랠 수가 없었다.

동쪽 관청을 나와 정원을 지나친 하이너가 본관으로 들어섰다. 심상치 않은 총사령관의 기색에, 사용인들이 흠칫하며 인사를 해 왔다. 계단을 오르자 안쪽에 그녀의 방문이 보였다. 하이너는 그 앞을 지나가는 사용인 한 명을 붙잡고 물었다.

"부인은 어디 계시지?"

"네? 아, 아마 방 안에 계실 텐데요. 피곤해서 주무시겠다고……."

그는 더 캐묻지 않고 방 쪽으로 몸을 틀었다. 한 걸음 두 걸음 가까워질 때마다 불안한 예감은 더욱 선명해졌다. 방문 앞에 선 하이너가 두 번 노크하며 그녀를 불렀다.

"부인."

대답이 돌아올 새도 없이, 그는 참지 못하고 다시 노크했다.

"부인. 안에 있습니까?"

하이너는 여느 때의 가느다란 목소리가 들려오기를 기다렸다. 특유의 힘없고 속삭이는 듯한 대답이 돌아오기를 바랐다. 그러면 그는 멍청한 짓거리였다고, 역시 그럴 만한 여자는 못 된다고 조소하며 돌아갈 수 있을 것이다. 그러나 안에서는 아무 인기척이 없었다. 하이너는 곧장 방문을 열어젖혔다.

방 안은 소름 끼칠 만큼 고요했다. 물건들은 말끔히 정리되어 있었고, 침대 역시 누운 흔적 없이 가지런했다. 그 기이한 적막에 일순간 가슴이 덜컥 내려앉았다.

"아네트!"

하이너는 그녀의 이름을 부르며 서슬 같은 눈으로 방 안을 헤집었다. 방 안의 소란에 사용인이 불안한 눈으로 따라 들어왔다. 옷방과 파우더룸까지 닥치는 대로 확인했지만 어디에도 그녀의 흔적은 없었다. 마지막으로 그는 욕실로 걸어갔다.

"아네트!"

그에게는 욕실 문을 노크할 만큼의 이성이 남아 있지 않았다. 하이너는 문고리를 벌컥 잡아당겼다.

문틈이 열리는 순간, 희뿌연 김과 함께 지독한 장미 향이 코를 찔러왔다. 그 사이에서 하이너는 희미하게 풍겨 오는 무언가를 잡아냈다.

진저리 날 만큼 익숙한 냄새였다. 뒷덜미가 서늘해졌다.

이것이 피 냄새라는 걸 머리로 채 인지하기도 전에, 욕실 안의 광경이 눈앞에 들이닥쳤다.

하이너는 우뚝 멈추어 섰다. 일순간 시간이 멈춘 듯했다. 찰나의 간격을 두고, 그의 동공이 서서히 확장되었다.

거대한 바늘이 머릿속을 관통한 것처럼 날카로운 고통이 스쳐 지나갔다.

그녀의 이름을 외치려고 했지만 목소리가 나오지 않았다. 하이너는 다급히 달려가 물속에 잠긴 손목을 빼내고 상태를 확인했다.

창백하게 질린 얼굴이 아프도록 망막에 박혀 들었다. 다행히 아직 숨은 붙어 있었다. 그러나 금방이라도 꺼질 것처럼 위태로웠다.

뒤이어 욕실 안을 확인한 사용인이 헉 소리를 내며 입을 틀어막았다. 하이너는 뒤를 돌아보지도 않고 사납게 외쳤다.

"의사 불러! 당장!"

뒤늦게 정신을 차린 사용인이 허겁지겁 의사를 부르기 위해 달려 나갔다.

하이너는 물속에서 그녀를 건져 올렸다. 붉게 물든 물이 후드득 떨어졌다. 그의 옷이 척척하게 젖어 갔다.

고장 난 관절 인형처럼 품속에서 늘어진 몸이 섬뜩했다. 고문실에서 고문관을 기다리던 때보다도 더한 불안감이 그를 덮쳐 왔다.

"아니야, 아니야, 아네트, 아니야……."

하이너는 미친 사람처럼 중얼거리며 아네트를 침실로 옮겼다. 품 안의 몸을 꽉 끌어안으려다가도, 부서질 것 같아서 그럴 수가 없었다.

아네트를 침대에 눕힌 그가 안주머니에서 손수건을 꺼냈다. 손수건을 찬물에 적시기 위해 손을 뻗어 물통을 잡았다.

잘못 건드린 유리컵이 떨어지며 와장창 소리를 냈다. 그는 아랑곳하지 않고 손수건에 물을 부었다. 손이 미친 듯이 떨리는 탓에 물줄기가 자꾸만 이상한 곳에 떨어졌다.

젖은 손수건을 아네트의 손목에 감고, 팔을 심장보다 높게 들어 올렸다. 순식간에 손수건이 붉게 물들었다. 하이너의 눈동자가 흔들렸다. 피가 너무 많았다. 그녀의 몸에서 나온 피라고 생각하기엔 양이 너무 많았다.

하이너는 이런 상처를, 아니 이보다 더한 상처도 많이 봐 왔었다. 그러나 전혀 다른 느낌이었다. 그는 처음 사람을 죽였을 때도 이만한 공포를 느껴 본 적이 없었다.

"괜찮아, 괜찮을 거야…… 아네트……."

하이너는 그녀에게 말하는 것인지 스스로에게 말하는 것인지 모를 중얼거림을 연신 되뇌었다.

그러는 사이 의사가 방 안으로 뛰어들어 왔다. 방 안의 사태에 잠시 말을 잇지 못하고 있는 사이, 하이너가 입을 열었다.

"살려."

음산하게 흘러나온 중얼거림에 의사는 무심코 몸을 움찔했다.

"살려!"

하이너가 쇳소리로 외쳤다.

그의 말은 협박처럼 들리기도 했고, 벼랑 끝에 몰린 이의 애원처럼 들리기도 했다.

의사가 급히 아네트의 상태를 살피고 처치를 준비했다. 다른 이들은 치료를 돕거나, 아네트의 몸에 이불을 덮어 체온을 유지하도록 했다.

응급 처치가 진행되는 동안 하이너는 미동도 없이 자리를 지키고 서 있었다. 그의 얼굴은 아네트만큼이나 창백하게 질려 있었다.

기도까지 물이 차오른 것처럼 숨을 쉬기가 힘들었다. 하이너는 공기가 희박한 듯 숨을 헐떡거렸다. 그의 눈동자가 왼쪽에서 오른쪽으로 천천히 굴러갔다.

미동 없이 누워 있는 마른 몸, 붉은 물에 젖은 시트, 피로 물든 손수건, 의사의 움직이는 손, 힘없이 늘어진 가느다란 손가락…….

일련의 모든 장면이 매끄럽게 이어지지 않고 조각조각 분해되어 보였다. 그 부조화 속에서, 하이너는 멍하니 입술을 달싹였다.

'어떻게…….'

어떻게 이럴 수가 있어.

나한테 이러면 안 되는 거잖아.

당신이 나한테 이러면 안 되는 거잖아.

내가 절망했던 만큼 당신도 절망해야지. 내가 잃었던 만큼 당신도 잃어 봐야지. 내 불행한 순간들에는 늘 당신이 있었으니까, 당신의 불행한 순간들에도 내가 있어야지.

내 삶이 너무 오래 어두웠던 만큼, 당신의 삶도…….

당신의 삶도…….

머릿속 어딘가가 우두둑 뜯겨 나갔다. 의사가 보조에게 무어라 외쳤다. 하이너는 멀거니 그것을 듣다가, 저도 모르게 한 걸음 물러났다.

그리고 그는 오랫동안 움직일 수 없었다.

꿈속에서 하이너는 장미 정원 한가운데 서 있었다.

그의 옆에는 아네트가 함께였다. 물결치는 금발에 초록색 보석 핀이 꽂혀 있었다. 선에 맞게 떨어지는 하늘색 드레스와 푸른 에메랄드 목걸이가 햇살 아래에서 빛났다.

하이너는 이때를 분명히 기억했다. 처음으로 그녀와 정식으로 만나게 된 순간이었다.

하지만 아네트의 얼굴은 붉은 크레파스로 마구 문질러져 있었다. 그 아래로 미소 짓고 있는 입매만이 보일 뿐이었다.

아네트는 하얀 양산을 살짝 기울여 든 채 그에게 물어 왔다.

하이너. 무슨 생각을 그렇게 하고 있어요?

역시 꿈이었다. 그때 아네트는 이런 말을 하지 않았다. 하이너는 다소 괴기스러운 모습의 그녀를 빤히 내려다보며 대답했다.

당신 생각을 하고 있습니다.

내 생각? 무슨 생각이요?

당신을 처음 만났을 때…….

이곳이잖아요. 로젠베르크 저택의 장미 정원. 아버지가 당신을 소개해 주셨죠.

아니, 그보다 전에.

그보다 전에?

그보다 전에.

아네트는 전혀 모르겠다는 듯 고개를 갸웃거렸다.

어디선가 바람과 함께 피아노 선율이 들려오기 시작했다. 아네트의 형상이 바람에 지워지듯 쓸려 나갔다. 이윽고 그녀는 먼지가 되어 완전히 사라졌다. 하이너는 소리의 근원지를 따라 천천히 뒤를 돌아보았다. 열린 창틈으로, 저택 안에서부터 피아노 소리가 흘러나오고 있었다. 그는 홀린 것처럼 그쪽으로 걸음을 옮겼다. 한 걸음 두 걸음 가까워질수록 피아노 소리가 선명해졌다. 창가에 도달한 하이너는 망연히 선 채 안을 응시했다. 하얀 드레스를 입은 여자아이가 방 안에서 피아노를 치고 있었다. 작은 손이 건반 위를 물결처럼 오갔다. 부드럽게 일렁거리는 햇살 속에서 나긋한 선율이 오르내렸다. 기억 속에서 도무지 지워지지 않던 그 모습이었다.

하이너는 문득 아래를 내려다보았다. 스타티스와 수국을 엮어 만든 풍성한 꽃다발이 창가에 놓여 있었다.

쏴아아—.

먼 곳에서부터 다시 바람이 불어왔다. 꽃다발의 꽃잎이 흔들거렸다. 불현듯 피아노 소리가 뚝 멈추었다. 소녀가 창가 쪽으로 고개를 돌렸다.

그는 꿈에서 깨어났다.

아네트는 며칠째 깨어나지 않았다. 빛이 거의 들지 않는 방 한편에 하이너는 우두커니 앉아 있었다. 어두운 회색 눈동자는 누워 있는 여자의 얼굴 위에 고정된 채였다. 창백하게 감긴 눈이 영영 뜨이지 않을까 봐 두려웠다. 이렇게 자리를 지킨다고 해서 달라지지 않는다는 걸 머리로는 알지만, 몸은 이성을 따르지 않았다. 하이너는 제대로 자지 못해 까칠해진 낯을 한 손으로 쓸어내렸다. 언제나 반듯하던 행색이 잔뜩 흐트러져 있었다.

"다행히 상처가 죽을 만큼 깊은 건 아닙니다."

의사는 그렇게 말했다. 애초에 손목을 그어서는 사망까지 가기 어려웠다. 그건 하이너도 알고 있는 부분이었다. 그러나 아네트는 깨어나지 않았다. 그런 결로는 죽지 않는다느니 하는 말 따위는 다 필요 없었다. 그녀가, 깨어나지 않았다. 그것만이 남겨진 결론이었다. 이에 대해 의사는 여러 이유를 들었다. 우선 이전 총상과 유산의 후유증이 아직 완전히 회복되지 않은 상태였다. 그러지 않아도 회복 기간이 더 필요한 시점에, 이번 일까지 겹쳐서 완전히 쇠약해져 있었다. 또한 '죽을 만큼'이 아니었을 뿐, 상처 자체는 꽤 깊었기 때문에 과다 출혈로 인한 쇼크가 왔다고 했다. 마지막으로는, 환자 스스로의 의지 문제일 수도 있다고 했다. 환자가 깨어나길 원치 않아서일 수도 있다고.

"아네트."

하이너는 다 갈라진 목소리로 읊조리듯 말했다.

"아네트 발데마르."

수없이 발음해 보았음에도 여전히 생소하게 느껴지는 이름이었다. 짧게 실소한 그가 천천히 고개를 숙였다.

"당신이 이러고 있는 게 말이 안 돼. 당신이 그런 짓을 했다는 게…… 말이 안 돼."

하이너는 차마 그녀의 얼굴을 바라보지 못하고, 바닥에 시선을 떨군 채 느릿느릿 말을 이어 나갔다.

"당신은 무서워하는 게 많잖아. 어두운 곳도 무서워하고, 높은 곳도 무서워하고…… 물도 무서워하고…… 피를 보는 것도……."

목이 울컥 메어 왔다. 하이너는 이를 악물었다.

무서운 게 많은 여자였다. 겁 많고 나약한 여자였다. 진정으로 불행하고 두려운 것 따위는 전혀 알지 못한 채, 그냥 그렇게 고이 길러진 여자였다. 지금에 와서도 그 생각엔 변함이 없었다. 아네트가 죽음을 결심한 건— 난데없이 죽을 용기가 생겨났기 때문이 아니었다. 다만 이제는 죽음보다 생이 더 끔찍하기 때문이었다.

'원하는 대로 됐잖아.'

귓속에서 희미한 속삭임이 울려 퍼졌다.

'그 여자는 죽을 만큼 불행해. 네가 바랐던 것처럼.'

맞다. 그랬다. 온갖 아름답고 좋은 것들만 누리며 살아온 그 여자가, 한 번쯤은 지독하게 불행했으면 했다. 자신이 그랬던 것처럼.

'차라리 죽어 버리기를 바란 적도 있었잖아. 아예 세상에서 사라지면 마음이 편할 테니까.'

한때는, 그걸 바라기도 했었다. 몇 번이고 그냥 죽여 버릴까 생각했었다. 하지만 결국은 그러지 못했다. 결국은 그러지 못했다. 그런데 이 꼴이었다.

침대 위로 커다란 상체가 서서히 구겨졌다. 무너지듯 고개 숙인 그가 두 손에 얼굴을 묻었다. 생각하고 돌이킨다. 돌이키고 반추한다. 어디서부터 잘못되었을까. 어떻게 해야 했을까. 나는 대체 무엇을 바라고 있나. 결론이 나지 않는 물음 끝에서 그는 위태롭게 웅얼거렸다. 아니야. 적어도 이렇게는 안 돼. 이런 식으로 나를 떠날 수는 없어. 내가 원했던 건 이런 게 아니야. 내가 원했던 건…….

머릿속 어딘가가 고장 난 것처럼 생각이 뚝 멈추었다. 속삭임은 어느새 사라지고 귓속에선 멍한 이명만이 울렸다. 하이너는 두 손에 얼굴을 파묻은 채 한참을 꼼짝 않았다.

아네트의 자살 시도 소식은 신문에 대대적으로 보도되었다. 시도 당일, 관저 전체가 난리였기 때문에 하이너가 손쓸 새도 없이 소문이 퍼져 버렸다. 수도가 이 이야기로 떠들썩했다. 동정 여론도 있었지만, 관심과 동정을 받기 위한 쇼에 불과하다는 의견이 주류였다.

관저 앞은 아침부터 기자들로 바글바글했다. 창가에 선 하이너는 완전히 가라앉은 눈으로 그들을 내려다보았다. 늘 언론의 자유를 중시했던 그였지만, 지금만큼은 이리 떼처럼 몰려든 기자들에게 총을 쏴 갈기고 싶은 심정이었다. 하이너의 흉흉한 기색에, 잠시 망설이던 집사가 조심스레 다가왔다.

"사령관님, 부인의 손님이 찾아오셨는데…… 어떻게 할까요?"

하이너는 여전히 밖에 시선을 고정한 채 대꾸했다.

"지금 만날 수 있는 상태가 아니라고 하고 돌려보내요."

"그게, 혹시 부인을 뵐 수 없다면 사령관님이라도 만나 뵙고 싶다고……."

"누굽니까?"

"안스가 슈테터 님입니다. 지난번에도 부인을 찾아오신 적이 있습니다."

"그냥 돌려……."

돌려보내라고 말하려던 하이너가 잠시 말을 멈추었다. 그는 소리 없이 한숨을 삼켰다.

안스가 슈테터는 지금 가장 만나고 싶지 않은 사람 중 하나였다. 하지만 괜히 아네트가 깨어난 이후에 소란을 만드는 것보다는, 뭐가 됐든 지금 해결하는 게 나았다.

"……본관 응접실로 들여 주십시오."

집사는 고개를 숙여 보이고선 뒤돌았다. 하이너는 그 노쇠한 뒷모습을 잠시 바라보았다. 그는 백작가의 집사직을 대대로 맡아 보았던 가문의 장남이었다. 혁명 이후, 귀족가에서 근무하던 많은 이들이 일자리를 잃었다. 현재 관저의 총괄 집사도 그중 하나였다. 혁명의 주도 세력이었던 하이너는 귀족들에게서 압수한 사업체와 신설되는 공공기관에 일자리를 만들었다. 그리고 귀족가의 고용인이었던 이들에게 우선적으로 제공하도록 했다.

그러나 그것 역시 충분하지 않았다. 다른 문제들도 산재했다. 혁명의 모든 부분이 좋을 수는 없었다. 어느새 영웅이 되어 있는 하이너에게 모든 책임과 의무가 지워졌다. 이따금 그는 모든 것을 내던지고 싶었다. 하지만 그러지 못했다. 대의? 정의? 신념? 그런 것들 때문이 아니었다. 그런 거창한 단어들은 자신과 어울리지 않는다는 걸 하이너는 알았다. 오로지 그녀 때문이었다. 저열한 열등감과 복수심 때문에.

하이너의 회색 눈동자가 한층 짙어졌다. 1층에서는 여전히 기자들이 웅성거리고 있었다. 그는 창틀을 꽉 쥐었다가, 이내 손에 힘을 풀었다.

안스가는 하이너를 보자마자 멱살을 잡아챘다.

"개자식……!"

하이너는 충분히 그를 뿌리칠 수 있었음에도 묵묵히 서 있었다. 안스가가 으르렁댔다.

"이제 속이 시원한가? 아네트를 저 지경으로 만들었으니 이제 속이 시원해!"

"……."

"피도 눈물도 없는 인간 말종 새끼."

"……."

"왜, 쓰레기 같은 귀족에게 이런 말을 들으니 기분이 상하나? 기분이 더러워? 귀족들 가문을 짓밟을 땐 아주 재미 좋았지?"

"……."

"무슨 말이라도 지껄여, 개새끼야."

"입이 거칠어졌군."

하이너는 안스가의 손을 탁 털어 내고 옷깃을 정리했다. 허무할 정도로 손쉽게 뿌리쳐진 손에 안스가의 목덜미가 시뻘게졌다. 아네트만큼은 아니었지만, 안스가 슈테터도 귀족다움의 전형을 자랑하던 괜찮은 신랑감이었다. 그러나 수년의 시간 동안 아네트가 변했듯, 그 역시 변해 있었다.

하이너는 그에게서 한 걸음 물러나며 건조하게 물었다.

"왜 왔지?"

"너 같은 자식한테 아네트의 목숨을 맡길 수가 없어서 왔다, 왜."

"……."

"네가 이 기회에 아네트를 죽일 수도 있는 거잖아? 그녀가 죽으면 네가 범인인 거야."

"죽일 거였으면 진작 죽였어."

하이너는 작게 조소했다. 자신을 비웃는다고 생각한 안스가가 무어라 말하려는 순간, 하이너는 웃음기가 완전히 지워진 얼굴로 입을 열었다.

"그래서, 네가 그녀를 데려가겠다고?"

"그래."

"어디로, 프란체로?"

"그래."

"왕정복고 세력이 있는 곳에 내가 아네트를 넘겨줄 거라고 생각하나?"

"그래서 평생 이혼하지 않고 이렇게 사시겠다?"

"……."

"그쪽한테도 손해잖아, 아네트를 데리고 있는 건. 프란체로 데려간다 해도 위협될 건 전혀 없다는 것도 알고 있을 테고."

틀린 말은 아니었다. 적어도 지금의 파다니아에서는 왕정복고 세력이 힘을 쓰지 못했다. 그들 세력끼리 따로 왕조를 세운다면 모를까. 그리고 그러기 위해서는 아네트가 필요했다. 그녀는 왕가 혈통이었고, 현재 생존한 구귀족 중 가장 지체가 높았으며, 대를 생산할 수 있을 만큼 충분히 젊었다. 즉 아네트의 후손은 왕실의 대를 이을 수 있었다.

'……어디까지나 표면적으로는.'

아네트가 불임이라는 건 외부에 알려지지 않은 사항이었다. 왕정복고 세력이 바라는 효용 가치가 그녀에겐 더 이상 없다는 소리였다. 이 사실을 알게 된다면 안스가 슈테터는 그녀를 데려가지 않으려고 할까. 알 수 없었다.

"네 말이 그르지는 않지만, 안스가 슈테터."

하이너는 잠시 호흡을 멈추었다가, 천천히 숨을 뱉어 내며 말했다.

"그녀를 넘겨줄 순 없어."

"……하."

안스가는 믿을 수 없다는 얼굴로 고개를 가로저었다.

"아직도 부족해? 얼마나…… 얼마나 더 아네트를 불행하게 만들 셈이지?"

하이너는 대답할 수 없었다. 그조차도 대답을 알지 못했기 때문이다. 그는 느리게 눈을 감았다가 떴다. 일순간 핏빛 장면이 눈꺼풀 안쪽을 스쳐 지나갔다. 그 여자는 나를 떠날 수 없어. 그 문장은 앞뒤가 제거된 정언명령처럼 머릿속을 맴돌았다. 하이너는 세뇌하듯 되뇌었다. 그 여자는…… 나를 떠날 수 없어. 하이너는 그녀가 '자신을 떠나지 않은 이유'의 상황 같은 건 진히 생각하지 않았다. 의시적으로 그에 대한 구상 자체를 회피했다. 언제나 미래를 읽고 대비하는 하이너로서는 이례적인 일이었다. 언제나 그녀만이 달랐다. 그는 언제나 그녀

앞에서 미숙했고 어리석었다. 언젠가 동료가 이런 말을 한 적이 있었다. '사랑은 나를 더 나은 사람으로 만들어.' 하이너는 그 말이 틀렸다고 생각했다. 그녀는 언제나 그를 더 못한 사람으로 만들었기 때문이다.

"아네트도 이혼을 원했다고 들었어."

그 말에, 하이너의 눈동자에 혼탁한 빛이 감돌았다.

"아네트의 재판 이혼을 도울 거야. 아내를 자살까지 내몰았으니 유책 사유는 충분하겠지. 그 후엔 그녀가 프란체로 망명한다 해도 너는 권리를 행사할 수 없어."

"……뜻대로는 안 될걸."

"왜, 총사령관의 권력을 휘두르기라도 하려고? 네가 그렇게나 혐오하던 짓거리를?"

안스가는 말도 안 된다는 듯 코웃음을 쳤다. 그 정의롭고 청렴하다고 정평이 난 하이너 발데마르가, 여자 한 명 때문에 그런 짓을 할 리 없다고 생각하는 듯했다. 그러나 안스가는 핵심부터 잘못 짚고 있었다. 애초에 하이너가 혁명에 참여한 것 자체가 아네트 하나 때문이었다. 그녀는 그의 원인이었다. 결과이기도 했다.

"……글쎄."

하이너는 애매모호한 대답을 중얼거리며 버석하게 웃었다.

"그런 짓거릴 하기만 해 봐. 네 권력 남용에 대해 국제적으로 망신을 줄 테니까. 잊고 있나 본데 난 여기에 프란체의 대사 자격으로 왔어."

하찮기 짝이 없는 협박이었지만 하이너는 딱히 반응하지 않았다. 씩씩거리며 하이너를 노려보던 안스가가 몸을 반쯤 돌리며 말했다.

"어쨌든 협상은 결렬이군. 재판에서 보지."

"프란체로 가면."

메마른 음성에 안스가가 우뚝 멈추었다.

"아네트와 결혼하려고?"

"네놈 자식이 신경 쓸 바 아니야."

"그녀를 아직 사랑하나?"

안스가는 그가 진심으로 묻는 것인지 가늠하려는 듯 인상을 찡그렸다.

해를 가리고 있던 구름이 흩어지며, 하늘이 어느 한순간 확 밝아졌다. 응접실 안으로 햇살이 쏟아졌다. 창을 등진 하이너의 얼굴은 그림자에 잠겨 잘 보이지 않았다. 한참 생각하던 안스가는 도저히 답이 나질 않았는지 되물었다.

"……무슨 뜻이야?"

"말 그대로다."

"그런 게 왜 궁금한 거지?"

"그녀가 너와 프란체로 가면……."

비록 아네트가 후계 생산이 불가능한 불임이더라도.

"더 행복할까 싶어서."

음성의 끄트머리가 사포로 긁은 듯 거칠거칠했다. 안스가는 그가 대체 왜 저런 질문을 하는 것인지 이해할 수가 없었다. 잠시 침묵이 흘렀다. 엷고 넓은 구름이 천천히 흘러갔다. 방 안을 가득히 채우던 빛이 약간 거두어졌다. 그제야 안스가는 상대의 얼굴을 확인할 수 있었다. 그의 눈이 약간 커졌다. 아. 입술 사이로 작은 신음성이 흘러나왔다.

안스가는 저도 모르게 솔직한 답변을 내놓았다.

"……적어도 죽을 반금 불행하진 않겠지."

"총사령관 각하."

두꺼운 서류철을 든 유겐 소령이 열린 문을 노크했다. 필요한 짐을 챙기던 하이너가 문 쪽을 돌아보았다. 소령이 꾸벅 고개를 숙였다.

"죄송합니다. 휴가 중이신 건 알지만 급하게 결재받을 서류가 있어 부득이하게 찾아뵙게 되었습니다."

하이너가 고개를 까닥여 들어오라는 신호를 했다. 유겐 소령은 과하다 싶은 정중함으로 들어와 서류를 내밀었다. 하이너는 책상 옆에 선 채로 서류를 읽어 보고, 소령에게 몇 가지를 물어본 후 사인했다. 유겐 소령은 감사하다고 말하며 재차 고개를 숙였다. 그를 잠시 바라보던 하이너가 무뚝뚝하게 말했다.

"그렇게까지 할 것 없다, 소령. 이건 마땅한 자네 업무야."

"그래도 휴가이신데 방해하는 게 죄송해서. 피곤해 보이시고……."

하이너는 눈을 약간 찡그린 채 소령의 말을 듣다가, 뒤늦게 자각하고선 한 손으로 눈가를 쓸어내렸다. 부쩍 퀭해진 눈가가 움푹 들어가 있었다. 현재 그는 흡사 유령 같은 몰골이었다. 하이너도 그것을 알고 있었다. 근래 그는 거의 최소한의 수면과 식사로만 겨우 연명하고 있었다. 몰골이 말이 아닌 제 상관을 보며, 유겐 소령이 답답하다는 듯 한숨을 내쉬었다.

"부인 때문에 이게 다 무슨 일인지."

'때문에'. 그 단어가 몹시 거슬렸다. 하이너의 침묵을 긍정으로 받아들였는지 유겐 소령은 조금 더 열성적으로 말하기 시작했다.

"심지어 몇몇 기자들은 은근슬쩍 각하께서 부인을 자살로 몰고

간 것처럼 추측성 기사를 내놓더군요. 물론 당연히 거기에 동조하는 이들은 없습니다만.”

“…….”

“어차피 관심받으려는 쇼에 불과한 것 가지고 뭐 이렇게들 말이 많은지…….”

평소의 하이너라면, 귀족을 뼛속까지 증오하는 유겐 소령의 말을 구태여 제지하지 않았을 터였다. 성격상 말을 더 얹지는 않더라도 침묵으로 동조했을 것이다. 그러나 지금의 그는 평소처럼 좌시하고 넘어갈 수가 없었다.

“유겐 소령.”

하이너가 소령의 말을 조용히 끊었다. 그 고저 없는 음성에 담긴 이유 모를 무게감에, 유겐 소령은 저도 모르게 흠칫했다.

“그 여자는…… 정말로 죽으려고 했어.”

그 말을 하며 하이너는 새삼스레 깨달았다. 쇼가 아니었다. 단순한 자해도 아니었다. 그는 그 사실을 입 밖으로 다시 내어 보았다.

“아네트는 정말로 죽으려고 했어.”

그 말은 철퇴처럼 그에게 다시 돌아왔다. 왜인지 목이 끔찍하게 메었다. 문득 하이너는 자신이 종이 위에 내내 펜촉을 대고 있었음을 깨달았다. 뒤늦게 펜을 떼었지만 이미 잉크는 곰팡이처럼 검게 퍼져 있었다.

그녀의 자살 시도 이후, 하이너는 단 한 번도 아네트가 남긴 흔적을 돌아볼 생각을 하지 않았었다. 아네트가 자살을 시도했던 이 방에 들어오고 싶지 않아서이기도 했고, 그녀가 '정말 죽기 위한' 준비를 했으리란 걸 인정하고 싶지 않아서이기도 했다. 하이너는 반쯤 정신을 놓은 채 그녀의 방으로 걸어갔다. 현재 아네트는 외부인의 출입이 제한된 별관으로 옮겨져 있었다.

방문을 열자 그녀 방 특유의 따뜻하고 익숙한 냄새가 흘러들었다. 아네트가 장기간 머무는 곳에는 언제나 이런 내음이 났다. 피 냄새, 땀 냄새, 쇠 냄새, 부패한 냄새, 그러한 것들이 아니라— 마냥 부드럽고 싱그러운 향기.

한참을 안에 들어서지 못하고 망설이던 하이너가 머뭇머뭇 걸음을 옮겼다. 언제 끔찍한 일이 일어났었냐는 듯 방 안은 여느 때의 그대로였다. 핏물 범벅인 그녀를 눕혔던 침대도 시트와 이불이 말끔히 갈아져 있었다. 하이너는 침대 위를 한번 쓸어 보았다. 이불의 표면은 온기 없이 차가웠다.

하이너는 불안한 개처럼 방 안을 서성거렸다. 책장의 책을 괜히 들춰 보았다가, 의자가 삐걱거리는지 확인해 보았다가, 화장대 위의 화장품들을 하나하나 살펴보았다. 책상 밑 서랍장을 열어 보았으나 딱히 특별한 것은 들어 있지 않았다. 맨 마지막 서랍을 열자 안에서 잘그락거리는 소리가 났다. 끈으로 묶인 작은 천 주머니에서 나는 소리였다. 하이너는 그것을 꺼냈다. 주머니를 열어 보자 안에서 푸른색의 무언가가 반짝였다.

'보석……?'

그렇게 생각하기 무섭게 조개껍데기가 눈에 들어왔다. 하이너는 미간을 좁히며 그것들을 손바닥에 털어 보았다. 군데군데 깨진 조개껍데기와 소라고둥 껍데기, 표면이 닳은 유리 조각 같은 것들이었다. 보석은커녕 동전 한 닢만큼의 가치도 없는 것들. 하이너는 이것들을 알고 있었다. 글랜포드의 해변에서 그녀가 주웠던 것들이었다.

'분명…… 호텔 쓰레기통에 버렸었는데.'

최근 3년간 아네트가 바다에 갔던 건 그때뿐이었다. 혁명 이후 관저로 옮겨 오며, 아네트의 짐 검사를 직접 했었으나 당시엔 이런 게 없었다. 그러니까 이건 분명 자신이 쓰레기통에 버렸던 것들이 맞았다.

'대체 왜?'

그녀의 카디건 주머니에서 이것들을 처음 발견했을 때처럼, 심기가 불편해져 왔다. 아무짝에도 쓸모없는 것들을 대체 왜. 그것도 쓰레기통에서 다시 주워 오면서까지. 하이너는 얼마간 그것들을 손바닥에 들고 있다가 다시 주머니에 넣었다. 그리고 제자리에 둔 후 서랍을 닫았다. 수평선으로 걸어가던 여자의 뒷모습이 머릿속에 아지랑이처럼 피어올랐다. 거대한 바다 앞에 너무도 작고 위태롭던 인영.

"글쎄요. 아마 그 사람은…… 제가 죽어도 아무렇지도 않아 할 거예요."

덜컹덜컹 흔들리는 기차 안에서 쓸쓸히 흩어지던 목소리.

하이너는 눈을 꾹 감았다가 뜨고선, 자리에서 벌떡 일어났다. 그리고 그녀의 방을 마저 찾아보기 시작했다.

옷장을 열자마자, 아래에 부자연스럽게 금고가 튀어나와 있었다. 안쪽에 있던 것을 빼낸 듯했다. 하이너는 한쪽 무릎을 꿇고 앉아 그것을 확인했다. 금고문은 잠겨 있지 않았다. 그는 문을 당겨 열어 보았다. 금고 안에는 파일철과 보석함 하나가 들어 있었다. 하이너는 파일철을 꺼내 넘겼다. 그녀가 결혼한 이후 맡게 되었던 시민단체의 기부 및 후원의 회계 총괄 건이었다. 혁명 이후, 이 일에서 아네트의 이름은 공식적으로 제외되었다.

하이너조차 그녀가 이 일을 계속해서 맡고 있었다는 걸 몰랐다. 장부는 투명하고 꼼꼼했으며, 후임자를 위한 인수인계서까지 깔끔히 정리되어 있었다. 그는 숨 쉬는 법도 잊은 채 그것들을 한참 읽고 또 읽었다. 도대체 이해할 수가 없었다. 누구도 알아주지 않는 짓 따위를, 왜 계속해서 하고 있었단 말인가. 아무짝에도 쓸모없는 해변의 쓰레기 따위를— 왜 계속해서 간직하고 있었단 말인가.

하이너의 턱에 힘이 들어갔다. 그는 장부를 내려놓고 보석함을 꺼냈다. 연애 시절, 이 보석함을 몇 번 본 적이 있었다. 하이너는 그것을 천천히 열었다. 그녀가 소유했던 수많은 보석이 들어 있을 것이라는 예상과 달리, 안은 텅 비어 있었다. 다이아몬드 반지 하나만이 덩그러니 놓여 있을 뿐이었다. 그들의 결혼반지였다. 하이너는 멍하니 그것을 바라보았다. 어둠 속에서 커다란 다이아몬드가 반짝거렸다. 방 안에서 다른 보석들은 찾지 못했다. 현재 아네트가 소지한 보석은 이것 하나라는 소리였다.

'총기 사고가 일어난 날, 아네트가 몇몇 보석들을 처분했다고 했지.'

하지만 전해 들은 바에 의하면 그리 많지 않은 양이었다. 그렇다면 그게 아네트가 가진 보석의 전부였단 말인가. 처분한 금액이 그렇게 크지도 않았고, 툭하면 보석을 갈아치우는 게 그녀의 처녀적 취미였기 때문에 크게 신경 쓰지 않았었다. 그러나 이제 와 생각해 보건대, 그건 그녀의 소지품들을 정리하는 일이었다. 하이너는 떨리는 손으로 다이아몬드 반지를 집어 들었다.

"반지는 어디 갔습니까?"
"그냥 뺐어요."
"그냥?"
"의미 없잖아요, 이제."

하이너는 제 손을 내려다보았다. 그의 약지에는 여전히 그들의 결혼반지가 끼워져 있었다. 그는 단 한 번도 이 반지를 빼 본 적이 없었다. 그녀를 가슴 깊이 증오하던 때에도. 이따금 그냥 죽여 버리고 마음 편해지고 싶던 때에도. 얼굴 한 번 보기 위해 쓸데없는 핑계를 대어 가며 방을 찾아가던 때에도. 그녀의 방이 보이는 정원에서 수많은 밤을 서성거리던 때에도. 하이너는 단 한 번도 이 반지를 빼 본 적이 없었다.

침대 위에 죽은 듯 누워 있는 여자는 창백했으나 여전히 아름다웠다. 간병인들이 꾸준히 그녀를 관리해 주었기에 아네트는 평소와 크게 다를 것이 없어 보였다. 아네트, 하고 부르면 금방이라도 눈을 뜰 것만 같았다. 하이너는 그녀의 팔목에 감긴 붕대를 망연히 응시했다. 작고 마른 팔에 감긴 붕대는 이상하리만치 두꺼워 보였다.

그는 손 안의 반지를 만지작거렸다. 다시 끼워 주려고 했는데, 하필이면 붕대가 감긴 쪽이 왼손이었다. 또한 그녀는 약하게 주먹을 쥐고 있었다. 너무 위태해 보여서 함부로 건드리기가 무서웠다. 그게 단지 반지 하나를 끼워 주는 일일지라도, 도저히 손을 댈 수가 없었다. 고민하던 하이너는 결국 반지를 다시 주머니에 넣었다.

철제 의자가 삐걱거렸다. 그는 양 무릎 위에 팔꿈치를 기댄 채 그녀의 얼굴을 빤히 바라보았다. 아주 오랜 세월 훔쳐보고 갈망해 왔던……. 오래된 기억들이 분수의 물줄기처럼 치솟아 올랐다. 화단 구석에 앉아 서럽게 훌쩍이던 작은 여자아이. 질 좋은 드레스와 길게 길러 곱게 땋은 금발과 유리 같은 눈동자.

"아네트."

너무나 눈부시고 고귀해서, 바라보는 것만으로 죄악처럼 느껴지던 상대.

"나는 여전히…… 어떻게 해야 좋을지 모르겠습니다."

당신은 여전히 결백하지 않지. 설령 당신이 죽음을 선택했다고 하더라도, 그것이 당신의 결백을 대신하지는 못해. 그러니 우리 사이에 해결된 것은 아무것도 없다. 이대로 당신이 다시 깨어난다면, 나는 대체 어떻게 해야 할까. 하이너는 두 손을 깍지 껴 맞잡은 후 그 위에 턱을 기댔다. 가슴속이 온통 산란해서 똑바로 앉아 있기조차 힘들었다.

"당신이 깨어나면……."

목이 약간 메어 왔다. 그는 떨리는 숨을 한 번 뱉고선 힘겹게 말을 이었다.

"글랜포드에 갑시다."

행복했던 때로 돌아가자고 말할 수는 없었다. 모든 게 이전보다 나아질 거라고 확신할 수도 없었다. 그러기엔 너무 멀리 왔다.
"바다가 보고 싶다면 보게 해 주겠습니다."
그럼에도 불구하고 하이너는 그렇게 말했다.
"당신이 가고 싶은 곳에 가게 해 줄게."
기차를 타고 싶다면 함께 타고, 해변을 걷고 싶다면 함께 걷고, 화가의 그림을 보고 싶다면 함께 보고, 해변의 조개껍데기를 줍고 싶다면 함께 줍고.
"그러니 나랑 같이……."
하이너는 그녀의 뺨을 만질 듯 손을 뻗었다. 그러나 허공에서 머뭇거리던 손은 차마 닿지 못하고 이내 거두어졌다. 여전히 그녀를 증오했다. 여전히 그녀를 용서할 수 없었다. 여전히 복수하고 싶었고 여전히 그녀를 불행하게 둔 채로 제 옆에 매어 두고 싶었다.
"그러니 나랑 같이 갑시다."
그럼에도 불구하고 하이너는 그렇게 말했다.

아네트가 깨어난 것은 나흘째가 되던 날 저녁이었다. 침대 옆을 지키고 앉은 채 자료를 넘기고 있던 하이너는 그녀의 작은 움직임을 기민하게 포착했다. 속눈썹과 손끝이 가느다랗게 움직이고 있었다. 벌떡 일어난 하이너가 떨리는 목소리로 이름을 토해 냈다.
"아네트?"
그에 반응하듯 그녀의 눈꺼풀이 파르르 떨렸다. 하이너는 곧장 의사를 호출했다.

"아네트, 정신이 듭니까?"

아네트의 눈이 천천히 열렸다. 흐릿한 동공에는 초점이 없었다. 하이너는 그 눈이 다시 감길까 봐 두려워 끊임없이 말을 걸었다.

"내 말이 들립니까? 내가 보여요?"

푸른 눈동자에 조금씩 빛이 돌아왔다. 눈이 두어 번 더 깜빡였다. 하이너는 안도와 불안이 뒤섞인, 애타는 음성으로 그녀의 이름을 다시 불렀다.

"아네트……!"

허공 어디쯤을 더듬던 아네트의 시선이 그에게 닿았다. 찰나 그녀의 모든 동작이 뚝 멈추었다. 까칠한 입술이 열렸다가 다시 닫혔다. 다음 순간, 아네트의 눈이 절망과 낙담으로 물들었다. 침대 위에 늘어져 있던 손과 어깨가 가늘게 떨려 오기 시작했다. 고요하던 호흡도 조금씩 가빠졌다. 어린 동물처럼 슬픔으로 축축해진 눈은 왜, 라고 묻고 있는 듯했다. 하이너는 그 일련의 변화들을 보고 있으면서도 제대로 인지하지 못했다.

벌컥 문이 열렸다. 간호사 몇과 의사가 급히 방 안으로 들어왔다. 의사는 멀거니 침대맡에 서 있던 하이너에게 양해를 구했다.

"환자분 상태 좀 확인하겠습니다."

하이너는 멍한 상태로 물러섰다. 의사가 아네트의 상태를 점검하는 내내 그는 그녀의 얼굴에서 눈을 떼지 못했다. 아네트의 눈꼬리를 타고 눈물이 주룩 흘러내렸다. 그녀는 어깨를 들썩이면서 잠긴 목소리로 흐느꼈다.

"부인, 고개 한번 끄덕여 보시겠어요? ……부인, 제 말이 들리세요? 고개 한 번만 끄덕여 보시겠어요?"

의사의 침착한 음성이 머릿속을 왱왱 맴돌았다. 하이너는 주먹을 꽉 쥐었다가 힘을 풀었다. 피로 물든 침대. 밀랍 인형처럼 누워 있던 몸. 축 늘어진 팔. 응급 처치를 하던 급한 손길……. 그날이 재현되는 듯했다.

몇 가지 점검을 마친 의사가 하이너에게 다가왔다.

"음, 의식은 드신 것으로 보이는데, 정신이 많이 불안정한 상태입니다. 조금 휴식을 취하게 두어야 할 것 같습니다."

"……."

"……저…… 사령관님. 부인께서 휴식을 좀 취하셔야 할 것 같습니다."

하이너는 그제야 삐걱삐걱 의사에게로 고개를 돌렸다. 뒤늦은 대답이 흘러나왔다.

"아, 예."

"간병인 한 명만 두고 방을 비우는 것이 좋을 듯합니다."

"……예."

하이너는 스스로 생각하기에도 얼이 빠진 것 같은 얼굴로 고개를 끄덕였다. 의사의 말을 머리로 이해하기까지 시간이 몇 초 소요되었다. 아네트는 눈을 꾹 감은 채 몸을 떨고 있었다. 관자놀이를 타고 끊임없이 눈물이 흘러내렸다. 그는 천천히 걸음을 돌렸다. 방을 나갈 때까지도 하이너는 그녀 쪽을 계속 바라보았다. 아네트의 눈꺼풀이 열리고, 드러난 눈동자가 어둡게 물들고, 끝내 눈물이 차오르던 장면 장면들이 끊임없이 재생되었다. 좁아지는 문틈으로 하얀 얼굴이 어른거렸다. 이윽고 문이 완전히 닫혔다. 그는 문 옆의 벽에 주춤주춤 기대어 섰다. 고개를 약간 들고 눈을 감았다. 피곤했다.

'그녀와…… 이야기를 해야 해.'

혼란스러운 와중에도 하이너는 그렇게 생각했다. 무슨 이야기부터, 어떻게 해야 할지는 몰랐다. 그냥 그래야만 했다. 할 말이 많을 것 같았다. 물을 것도 대답을 들을 것도 많았다. 그녀가 정신적으로 불안정한 상태라는 건…… 그래, 깨어난 지 얼마 되지 않았으니 그럴 수 있었다. 정신을 차리고 나면 괜찮아질 것이다. 하이너는 그녀와 대화를 해 볼 작정이었다. 아주 오랫동안 그가 회피해 왔던 것을.

어쩌면 아네트는 자살을 시도했던 걸 후회할지도 몰랐다. 손목을 그을 때 분명 아팠을 것이다. 아픈 걸 싫어하는 여자니까. 고통이라는 건 익숙해지는 종류의 것이 아니다. 하이너는 그걸 아주 잘 알았다. 그녀같이 나약한 여자가 고통을 견딜 수 있을 리 없었다. 그녀같이…….

두서없이 가지를 뻗던 생각이 문드러졌다. 입술 사이로 실소가 흘러나왔다. 벽에 기댄 커다란 몸이 주르륵 미끄러졌다. 그는 두 손으로 머리칼을 쥐어뜯듯 잡은 채, 무릎 사이로 고개를 숙였다. 이게 다 멍청한 생각이라는 건 알고 있었다. 아네트가 자살을 시도했다는 이유로 모든 것을 옛날처럼 되돌릴 수는 없다.

'하지만 그렇다고, 계속 그녀를 나락으로 몰아넣고 싶은가?'

모르겠다. 그 자신도 답이 안 나오는 상황에서, 아네트와 대화를 한다고 해서 달라질 리가 없었다. 또 아네트가 자살을 시도했던 걸 후회할지도 모른다는 것 역시 우스운 생각이었다. 하이너는 그녀의 깨어난 눈에서 모든 것을 읽어 낼 수 있었다. 아네트는 살아난 것에 절망하고 있었다. 모든 것이 안개처럼 불분명한 와중, 그것만이 확실했다. 그것만이 남겨진 현실이었다.

의식이 수면 위를 비스듬히 자맥질했다. 고요한 어둠 속에서, 아네트는 손가락으로 침대 위를 천천히 두드렸다. 세계가 온통 C단조로 이루어진 것 같았다. 아네트는 로바노프의 교향곡 2번, C단조 1악장을 소리 없이 흥얼거렸다. 머릿속의 화음을 따라 손가락이 움직였다. 암울한 느낌의 피아노 서주가 손끝에서 피어났다. 적막하던 세계가 곧 피아노 연주로 가득 채워졌다. Adagio(무겁고 느린)C장조의 서주, Piu andante(조금 더 느린) 이행부, Piu allegro(더 빠른)……. 끊임없이 움직이던 그녀의 손은 피카르디 종지(단조로 진행되던 음악을 맨 마지막에 장조로 끝내는 것) 직전에 뚝 멈추었다. 세계가 한순간에 조용해졌다. 아네트는 검은 허공을 응시하며 눈을 한번 깜박였다.

'왜 살았을까.'

다시 찾아든 적요 속에서 그녀는 의문했다. 죽으라고 찔렀다. 그런데 죽지 못했다. 병뚜껑 하나 따는 것도 사용인에게 맡겼던, 힘 쓸 일 없는 생을 살아왔기 때문일까. 그래도 그냥 두면 죽었을 텐데. 나는 왜 살아났을까. 대체 누가 날 살렸을까. 입속에서 같은 물음들이 끊임없이 꼬리를 물며 반복되었다. 그녀는 미친 사람처럼 스스로에게 묻고 또 물었다. 왜 살았을까. 뭐가 문제였을까. 대체 어떻게 해야 죽는 걸까.

부스럭. 발치에서 움직임 소리가 났다. 방 안에 남아 있던 간병인이었다. 간병인은 졸다가 깼는지 약간 멍한 얼굴이었다.

"저기요."

아네트의 부름에 간병인이 깜짝 놀라 일어섰다. 간병인은 약간 허둥지둥하며 물었다.

"부인, 네, 필요하신 거 있으세요?"

"혹시…… 잠시 나가 주실 수 있을까요?"

"네?"

아네트는 입가에 약간의 미소를 띤 채 재차 말했다.

"나가 주실 수 있을까요."

"부인, 저……."

"혼자 있고 싶어요."

"죄송하지만 부인, 부인을 혼자 두지 말라는 말씀이 있어서요……."

간병인은 곤란한 낯 위에 최대한 친절한 미소를 띠었다. 아네트도 따라 미소 지어 주었다.

"그래도 제 뜻이 먼저 아닐까요?"

"부인께서는 정신적으로 불안한 상태세요. 제가 옆에 있어 드릴게요. 필요한 게 있으면 제게 말씀하세요."

"저는 괜찮아요."

"하지만 의사가……."

"나가 주세요."

아네트가 단호하게 일축했다. 간병인은 음, 음, 하는 소리를 내며 고민하더니 이내 한숨을 내쉬었다.

"일단 보호자분을 불러올게요."

"부를 필요 없어요."

"그래도 보호자분과 상의를 해야 할 것 같…… 어머나."

병실 문을 열던 간병인이 화들짝 한 걸음 물러났다. 아네트는 인상을 찡그린 채 문 쪽을 주시했다. 하지만 어둠에 적응되어 있던 눈이라 잘 보이지 않았다. 간병인이 놀란 목소리로 중얼거렸다.

"사령관님, 왜 여기……."

"무슨 일 있습니까?"

익숙한 저음의 목소리가 방 밖에서 들려왔다. 아네트는 한동안 잊고 있던 두통이 밀려드는 것을 느꼈다.

"……은 아니고…… 부인께서……."

간병인이 하이너에게 상황을 전달했다. 하이너는 짧게 대꾸하더니 방 안으로 한 발자국 들어왔다. 걱정스러운 눈으로 아네트를 곁눈질한 간병인이 고개를 끄덕였다. 하이너의 등 뒤로 문이 닫혔다. 희미하게 비쳐 들어오던 빛이 완전히 유리되었다. 방 안은 다시 어둠과 침묵에 잠겼다. 제자리에서 잠시 망설이는 듯하던 하이너가 저벅저벅 이쪽으로 걸어왔다. 그가 다가올수록, 음표들이 맴돌던 그녀의 세계가 조금씩 밀려났다. 하이너는 간병인이 앉아 있던 의자를 침대 머리맡 가까이 끌고 왔다. 의자에 걸터앉은 그가 조심스러운 눈길로 그녀를 응시했다. 아네트는 눈을 내리깐 채 묵묵히 있었다.

"아네트."

그의 음성으로 발음되는 제 이름이 참 낯설다고 아네트는 생각했다.

"좀…… 괜찮아졌습니까?"

"……."

"당신은 지금 불안정한 상탭니다. 누군가 옆에 있어야 해요."

"……."

"그러니까…… 혼자는…… 당신이 어떻게 될지 모르니까."

하이너는 어떤 말을 꺼내야 할지 모르는 사람처럼 주저했다. 아네트는 그의 말을 무시한 채 대뜸 물었다.

"당신이 나를 발견했나요?"

"……그렇습니다."

"그래서 날 살렸고요?"

"그렇습니다."

"왜요?"

아네트의 목소리는 딱히 날카롭지도 공격적이지도 않았다. 되레 순진무구하게까지 들리는 어투였다. 마찬가지로, 평소와 다름없는 얼굴로, 아네트는 하이너의 눈을 마주하며 다시 물었다.

"왜 나를 살렸어요?"

하이너는 말문이 막힌 듯 멀거니 그녀를 응시했다.

"하이너, 나는 이미 죽을 만큼 불행해요."

"……."

"정말로 '죽을 만큼' 불행해요. 당신이 바라던 대로 됐어요. 나는 이제 당신한테 더 줄 것이 없어요."

"……."

"이게 당신이 바라던, 그리고 내가 바라는 내 끝이었어요. 그런데 당신이 다 망쳤어."

톤이 조금 높고 선명한 음성이 그렇게 결론지었다. 아네트는 속삭이듯 되뇌었다.

"당신이 다 망쳤어요."

"……내가."

하이너는 웃는 듯 우는 듯한 표정으로 입술을 달싹이다가, 토해내듯 말했다.

"내가 망쳤다고? 대체 뭘? 그럼 당신이 죽게 내버려 두기라도 했어야 한다는 겁니까?"

"그랬어야죠."

"나는 이런 끝을 바란 적이 없어."

"그럼 대체 뭘 바랐나요?"

아네트가 힘겹게 몸을 일으켰다. 하이너는 그녀의 어깨를 약하게 잡아 제지했다.

"일어나지 마십시오."

그의 손을 털어 낸 아네트가 기어코 몸을 일으켜 앉았다. 왼팔 전체에 욱신거리는 고통이 퍼졌으나 신경 쓰지 않았다.

"그러면, 하이너, 대체 뭘 바랐어요?"

아네트는 담담히 말을 이어 나갔다.

"지난 3년 동안의 시간을 죽을 때까지 반복하는 것? 거기에 무슨 의미가 있나요? 당신도 나도 고통뿐인데."

"적어도 이런 걸 생각하지는 않았습니다."

"진심으로, 단 한 번도 이런 결론을 생각해 본 적이 없었다고요."

그건 정말이지…… 기이한 소리였다. 어떤 인간의 바닥없는 불행을 바라면서, 그 인간이 죽음을 택하리라는 가정은 하지 않는다니.

"당신은 나를 제대로 된 인간으로 보지 않았던 거네요."

하이너는 아네트에게도 생사의 선택권이 있음을 완전히 간과하고 있었다. 아네트는 쓰게 웃었다.

"그건 내가 죽기를 바라는 것보다도 더 최악이에요, 하이너."

그의 눈이 약간 커졌다. 하이너는 무언가를 말할 듯 입을 열었다가, 불안정한 숨만 내뱉고선 다시 다물었다. 정적이 흘렀다. 하이너의 맞잡은 손이 간헐적으로 움찔거렸다. 몇 번의 시도 끝에 그가 간신히 한 단어를 토해 냈다.

"나는……."

그의 목소리는 형편없이 떨려 나왔다.

"나는 당신이 죽는 것을 바라지 않아."

아네트는 그의 말이 아주 멀리서 들린다고 느꼈다. 하이너가 읊조리듯 되뇌었다.

"그런 걸 바라지는 않아."

이틀 뒤 오후, 안스가 슈테터가 접견을 청해 왔다. 본래 그는 아네트가 깨어났다는 소식을 접하기 무섭게 당일 관저로 찾아왔었다. 하지만 그녀의 안정을 이유로 짧은 쪽지만 남겨 둔 채 돌아가야 했다. 하이너는 다음 날 찾아온 안스가를 다시 돌려보냈다. 심지어 방문 사실조차 아네트에게 전달하지 않았다. 아네트는 첫째 날 안스가가 남겼다는 쪽지를 이틀 뒤에서야 받아 볼 수 있었다.

「현재 네가 만날 수 없는 상태라고 들었어.
내일 오후에 다시 올게.
평소의 너와 인사할 수 있기를.
—안스가 슈테터」

아네트는 무미건조한 얼굴로 그 쪽지를 바라보았다. 안스가가 싫지는 않았다. 오히려 좋은 기억뿐인 옛 친구였다. 하지만 과거로 남겨 두는 것이 좋은 인연들이 있다. 아네트에게는 안스가가 그랬다. 그들이 좋은 관계를 유지할 수 있었던 이유는, 당시의 그들이

‘그러한’ 상황과 ‘그러한’ 배경에 있어서였다.

이제는 모든 것이 달라졌다. 아네트는 그와 예전과 같은 관계로 돌아갈 수 없음을 알고 있었다. 그럼에도 안스가의 접견 신청을 받아들인 이유는, 어쨌거나 아네트가 그를 인간으로서 좋아했기 때문이다. 안스가에게 어느 정도 미안한 마음도 있었다. 물론 아네트는 그에게 ‘친구로서’ 힘든 것들을 털어놓아야 할 의무는 없다고 생각했다. 그러니 이 일 때문에 미안한 것은 아니었다.

아네트는 손거울을 보며 흐트러진 머리를 간단히 정리했다. 응접실로 내려갈 몸 상태가 아니었기 때문에, 부득이하게 방 안에서 그를 맞이할 수밖에 없었다. 손바닥만 한 거울 속에 수척한 여자가 비추어졌다. 아네트는 이마에 달라붙은 머리카락을 떼어 냈다.

어쩐지 오랜만에 거울을 보는 듯한 느낌이었다. 멍하니 거울을 들여다보고 있는데, 문득 노크 소리가 들려왔다.

“아네트, 들어갈게.”

문밖에서 안스가의 목소리가 울렸다. 아네트는 거울을 협탁에 올려놓으며 대답했다.

“들어와.”

달칵 문이 열렸다. 추위로 귀 끝이 발갛게 된 안스가가 들어왔다. 그는 중절모를 벗고선 한 손을 들어 보였다.

“아네트.”

“어서 와, 안스가. 밖이 많이 춥니?”

안스가는 고개를 끄덕이며 그녀의 맞은편에 앉았다.

“꽤 추워졌어. 바람이 엄청 쌀쌀해.”

“따뜻한 차라도 줄까?”

“아냐, 괜찮아. ……몸은 좀 어때?”

"좋아. 고마워."

대화가 겉돌았다. 아네트는 아무렇지도 않은 듯 미소 지으며 그를 대했다. 안스가도 마찬가지였다. 안스가는 짐짓 아무것도 모르는 척 물었다.

"밖에 나간 지 오래됐어?"

"……음, 조금."

"밖은 이제 진짜 겨울이야. 가끔은 나가서 산책하며 바람 좀 쐬고 들어와. 기분이 나아질 거야."

"나도 걷는 거 좋아해. 예전에 기억나? 난 식사하고 나면 꼭 정원에서 회전목마처럼 돌았잖아."

"아, 맞아. 어쩐지 너 만나고 나면 늘 다리가 아프더라."

"너 그거 운동 부족이야."

"지금의 너한테 들을 말은 아닌데."

아네트가 손으로 입을 가리고 웃었다. 안스가가 그녀를 따라 피식거렸다. 이윽고 그녀의 웃음소리가 천천히 잦아들었다. 아네트는 입을 가렸던 손을 내리며, 웃음기가 남아 있는 얼굴 그대로 말했다.

"안스가, 미안해."

그녀의 사과에 안스가가 몸을 약간 굳혔다. 이내 그는 입가에 씁쓸한 미소를 띠며 대꾸했다.

"네가 나한테 미안할 게 뭐가 있어."

"……."

"그래도…… 힘들다는 말이라도 해 주지 그랬어."

아네트는 조용히 눈을 내리깔았다. 사실, 안스가를 다시 만난 이래— 그녀는 단 한 번도 그를 친구로서 믿은 적이 없었다. 애초에 안스가가 자신을 찾아온 이유도 왕정복고 세력에 힘을 싣기 위한 목적 때문에, 그 이상도 이하도 아니리라고 생각했다. 그 생각은 지금도 변함이 없었다.

"미안……."

그러니 이건 그에게 친구로서 하는 말이 아니었다.

"정말 미안해."

단지 그가 바라는 것을, 자신은 줄 수 없기 때문이었다. 안스가가 프란체로 그녀를 데려가려 하는 이유는 명백했다. 왕족의 혈통을 잇기 위해. 혹은 그 수를 늘리기 위해. 망명한 왕족 중 살아 있는 이가 몇 명이나 되는지 아네트는 정확히 알지 못했다. 그러나 적어도 여성 중에서는, 그녀가 가장 혈통과 가깝거나 그에 준할 것이었다.

"아네트. 정 미안하거든……."

안스가가 아네트의 손을 잡아 왔다. 그는 바깥에 있었고, 그녀는 내내 안에 머무르고 있었음에도 그의 손이 더 따뜻했다.

"나와 프란체로 가자."

"……."

"나한테 왜 말하지 않았는지, 어째서 그런 선택까지 했는지 아무것도 묻지 않을게. 아무것도 탓하지 않을게. 더 이상 나쁜 생각 하지 말고…… 나와 프란체로 가자. 더 나은 선택지가 있는데 왜 그런 선택을 했던 거야."

다정하기 그지없는 음성이었다. 아네트는 얌전히 손을 잡힌 채 안스가의 눈을 바라보았다. 금빛이 도는 연갈색 눈동자가 그녀를 온전히 담고 있었다. 아무리 안스가의 제안이 순수한 호의가 아니라 한들, 그의 말대로 프란체는 이곳보다 나을지도 몰랐다. 설령 자신이 프란체에서 환영받지 못하는 존재라 해도. 사실 어느 곳이든 파다니아보다 나을 것이다. 아네트에게 파다니아는 지옥이었다.

"안스가, 나는……."

아네트가 천천히 말을 꺼냈다. 안스가는 그녀의 말을 인내심 있게 기다렸다. 그녀는 느리지만 망설임 없이 말했다.

"나는 너를 따라갈 수 없어."

안스가의 눈이 커졌다. 아네트는 다시 못을 박았다.

"나는 너를 따라갈 수 없어, 안스가."

"……이유를 물어도 돼?"

"네가 나를 프란체로 데려가려는 이유를 알아. 내가 왕실의 피를 이었기 때문이지?"

안스가의 동공이 일순간 흔들렸다. 아네트는 흐릿하게 미소 지었다.

"내가 모를 거라고 생각했니?"

"아네트, 무슨 말인지 모르겠지만, 나는 정말로 너를 위해서……."

"알아."

아네트는 그의 말을 부드럽게 끊으며 잡힌 손을 빼냈다.

"알고 있어, 안스가. 사실 네가 다른 목적이 있다고 해도 상관없어. 뭐가 됐든 여기보단 낫겠지."

"그래. 너를 전심으로 돕겠다고 맹세할게, 아네트. 네가 더 행복하게 살 수 있도록 내가 도울게."

"나는 불임이야."

일상을 전달하듯 평이하기 그지없는 어조로, 아네트는 차분히 말했다. 안스가의 얼굴이 뚝 굳어졌다.

"나는 왕실의 피를 이을 수 없어."

"……무슨……."

"원한다면 주치의를 데려와서 확인시켜 줄 수 있어. 나는 불임이고, 내 평판은 바닥이니 왕실의 상징으로서도 별 가치가 없어. 여기까지 찾아와 준 건 고맙지만…….”

“잠, 잠깐. 잠깐만, 아네트.”

안스가가 무척 당황한 얼굴로 손을 내저었다. 아네트는 입을 닫고 물끄러미 그를 올려다보았다.

“네 말은 알았어. 그러니까 너는, 아니 나는…….”

안스가가 횡설수설했다. 그는 곤혹스럽다는 듯 뒷머리를 긁적이더니, 아네트를 잠시 응시하다가, 짧은 한숨을 내쉬었다. 아네트는 스스로 한 제안을 물리기 곤란할 그를 배려해서 말을 덧붙였다.

“네가 날 프란체로 데려가지 않아도 나는 신경 안 써. 어차피 나는 왕정복고 세력에 가담할 생각이 전혀 없었어.”

“……하아. 아네트, 이렇게 된 거 솔직히 말할게.”

자세를 고쳐 앉은 안스가가 그녀와 얼굴을 가까이했다. 아네트는 무표정하게 고개를 끄덕였다. 그가 무슨 말을 한다 해도 정말로 상관없었다.

“일단 네가 생각했던 게 틀리지는 않아. 왕정복고 세력에 네가 필요했던 것도 맞고, 윗분들이 나를 파다니아로 보낸 것도 맞아. 왕실의 핏줄을 잇는 일…… 정말 내 입으로 말하고 싶지는 않지만, 그래, 맞아.”

안스가는 몹시 미안하다는 듯 조심스럽게 설명했다. 하지만 다 예상했던 것들이라 그녀는 전혀 감흥이 없었다. 딱히 그가 원망스러운 것도 아니었다.

“하지만 내가 널 찾아온 게 정말로 그것뿐만은 아니야. 그러니 네가 불임이라고 해서…… 널 프란체로 데려가겠다는 말을 취소하지는 않아.”

"……왜?"

이해가 되지 않았다. 자신은 그에게 쓸모없는 사람이었다. 아네트는 고개를 저었다.

"날 데려갈 이유가 없잖아."

"없기는 왜 없어?"

안스가는 약간 화가 난 것처럼 인상을 찡그리며 입을 열었다 닫았다 했다. 이윽고 그는 한숨 같은 말을 토해 냈다.

"내가 너 좋아했던 거 몰라?"

알고 있었다. 모를 리가 없었다. 과거 안스가는 아네트에게 꽤 오랫동안 구애했다. 하이너와 연애를 시작하고서도 그의 구애는 한동안 계속되었었다. 아네트는 그의 고백에도 딱히 반응하지 않았다. 단지 덤덤하게, 그리고 조금은 의아하게 반문할 뿐이었다.

"하지만 안스가. ……네가 온전히 '나'를 사랑했던 건 아니었잖아."

그는 아네트 자체를 사랑하는 동시에, 그만큼 아네트를 이루고 있던 것들 또한 사랑했었다. 신분, 권력, 부귀, 영화, 명성, 품위, 입지……. 과거 아네트가 가지고 있었던 것들. 그리고 이제는 사라지고 없는 것들.

"나는 이제 네게 줄 게 아무것도 없어."

"아니야, 아네트. 그런 것들 없이도…… 여전히 너를 원하고 있어."

'나를 원한다고.'

그 말이 왜인지 이상하게 들렸다. 아네트는 눈을 내리깐 채 잠시 침묵하다, 몇 박자 늦게 물었다.

"나와 결혼하고 싶은 거야?"

"그건."

끊어진 말 뒤에 잠깐의 간격이 있었다. 안스가는 그 특유의 선한 미소를 머금으며 말을 이었다.

"물론이지. 하지만 아직 네 이혼 문제도 남아 있고, 나도 이혼한지 얼마 되지 않았으니 천천히 생각해 보자."

"……그래?"

아네트는 이해한다는 듯, 그러나 미묘하게 냉담한 얼굴로 고개를 끄덕였다.

"아무래도 당장 확정하기는 그렇지. 우선 네 뜻은 알았어, 안스가. 끝까지 날 생각해 줘서 고마워."

"그래서, 대답은? 네 답을 듣고 가고 싶어."

안스가가 초조한 듯 재차 말했다.

"나와 함께 가자. 프란체로."

아네트는 조용히 그를 응시했다. 색이 연한 눈동자는 여전히 청년 시절의 그것이었다.

안스가에게는 상대를 편하게 만드는 재주가 있었다. 그와 있으면 아무 생각 없이 그저 웃고 떠들고 놀 수 있었다. 그래서 아네트는 안스가를 친구로서 참 좋아했었다. 다시는 돌아갈 수 없는 옛날이었다.

그녀가 천천히 입을 열었다.

"나는……."

"이제 접견 신청은 그만두었으면 좋겠군."

관저를 나서던 안스가의 걸음을 낮은 목소리가 붙들어 세웠다. 1층 복도 코너에서, 하이너가 팔짱을 낀 채 서늘하게 그를 주시하고 있었다.

"어차피 앞으로는 전부 거절될 테니 쓸데없이 힘 빼지 말라는 소리야."

안스가가 하, 하고 코웃음을 쳤다.

"아네트의 접견을 네가 무슨 권리로 거절한다는 거지?"

"남편 된 권리로."

"아내를 자살로 몰아넣은 남편도 남편이라고 할 수 있는 건가?"

"현재 아네트는 정신이 불안정한 상태다. 의사도 최대한 외부 자극을 줄여야 한다고 말했으니 이건 환자를 위한 조치이기도 하지."

"내가 말했지? 아네트의 재판 이혼을 도울 거라고. 어디 이혼한 뒤에도 그딴 소릴 할 수 있나 보자고."

"글쎄."

싸늘한 미소를 띤 하이너가 고개를 기울였다.

"이길 수 있다면."

"아네트는 네놈 자식과 이혼하고 프란체로 떠날 거야."

"……그녀가 동의했나?"

"그걸 말이라고 해? 이곳에서 썩는 것보단 백번 나은 길 아닌가?"

안스가는 그닥지 않게 이죽거렸다. 벽에 반쯤 기대 있던 하이너가 상체를 똑바로 세웠다.

"그 여잘 왕정복고 세력에 이용할 생각이라면 버려."

안스가가 외부에 발설할 가능성이 있다는 사실을 알면서도, 하이너는 성마르게 말했다.

"아이를 가질 수 없는 몸이니까."

"알아."

"……뭐?"

"안다고, 개자식아. 뭐, 내가 그걸 들으면 아 그렇구나— 하고 혼자 프란체로 돌아갈 것 같았나?"

비록 자신도 방금 들은 사실이었지만, 안스가는 원래부터 알고 있었던 양 행세했다. 하이너의 회색 눈에 서느런 빛이 감돌았다.

"난 아네트에 대해 이미 잘 알고 있어. 적어도 남보다 못한 남편보단 잘 알지. 그러니 그딴 소리 지껄이며 우리 사이에 분란 놓을 생각이라면 집어치워."

"우리."

싸늘하게 중얼거린 하이너가 느리게 걸음을 옮겼다. 세 걸음 만에 둘 사이의 거리가 완전히 좁혀졌다. 안스가도 결코 작은 덩치가 아니었으나, 거대한 하이너와 붙어서자 마치 사자 옆의 하이에나처럼 보였다.

"3년 만에 몇 번 만났다고 네가 뭐라도 된 것 같나?"

하이너는 비스듬히 고개를 숙인 채 나직이 말했다.

"아네트가 동의했다 한들, 그래서 뭐?"

완전히 가라앉은 음성에는 희미한 살기가 묻어나 있었다. 안스가의 뒷덜미에 소름이 돋아났다.

"너는 절대 날 못 이겨, 안스가 슈테터."

안스가는 저도 모르게 뒤로 물러나려 했지만, 발이 떼어지지 않았다. 거대한 바위가 몸을 짓누르는 듯한 압박감이 느껴졌다. 하이너가 느리게 말을 이었다.

"그 여자는……."

음성의 끄트머리가 약간 떨려 나왔다. 순식간에 안스가를 짓누르고 있던 기세가 흩어졌다. 하이너는 중얼거리듯 말했다.

"그 여자는 나를 떠날 수 없어."

그 말은 마치 자기 세뇌처럼 들렸다. 안스가는 하이너의 기가 약간 꺾인 틈을 이용해 맞받아치려고 했다.

"너……."

너는 결국 아네트를 죽일 거야. 네가 아무리 대단하다 한들 죽음까지 어쩌지는 못하지. 어떤 식으로든 그녀는 너를 떠나게 될 거야. 그러나 안스가는 그중 어떤 말도 하지 못했다. 다만 망연한 목소리가 흘러나올 뿐이었다.

"너, 아네트를……."

"당장."

그 순간 하이너가 음산하게 뇌까렸다.

"당장 이곳에서 꺼져."

그 말을 끝으로 그는 안스가를 휙 지나쳐 갔다. 뚜벅뚜벅 발걸음 소리가 복도를 울렸다. 안스가는 멍한 얼굴로 뒤를 돌아보았다. 차갑고 거대한 석상 같은 하이너 발데마르의 뒷모습이 서서히 멀어졌다.

안스가가 아무 말도 할 수 없었던 것은 하이너가 두렵기 때문이 아니었다. 분명 그의 분위기는 흉흉하기 그지없었지만, 거기엔 어딘지 나약한 구석이 있었다. 며칠 전 들었던, 하이너 발데마르의 메마른 음성이 귓가에 맴도는 듯했다.

"그녀가 너와 프란체로 가면……."

왜 몰랐을까.

"더 행복할까 싶어서."

그 패잔병 같은 얼굴이 뜻하는 바를.

아네트는 침대에 웅크린 채 잠이 들기를 기다렸다. 바깥은 아직 초저녁이었지만 암막 커튼 때문에 방 안은 완전히 깜깜했다. 눈을 감아도 여러 가지 생각이 머릿속을 산란하게 잠식했다.

"나와 프란체로 가자."
"아니야, 아네트. 그런 것들 없이도…… 여전히 너를 원하고 있어."

거짓말. 아네트는 입속말로 중얼거렸다. 안스가는 결혼을 하고 싶은 것이냐는 물음에 긍정하지 않았다. 그 짧은 순간에 아네트는 그의 의중을 읽어 낼 수 있었다.

프란체는 성 풍조가 비교적 자유로운 나라였다. 기혼자들이 정부를 두는 것도 서로 눈감아 주는 마당에, 미혼 남성에게 숨겨 둔 애인이 있었다는 것쯤은 흠조차 되지 않았다. 그러니까 안스가는 — 단지 그녀를 애인으로 두고 싶어 하는 것이었다. 어쩌면 그가 다시 결혼한 이후에도. 이해가 되지 않는 것은 아니었다. 가진 게 아무것도 없는 여자와 법적으로 묶여 봐야 하등 그에게 득 될 것이 없었다. 가진 거라곤 젊음뿐인, 기댈 곳 없는 여자.

'갖고 놀기 걸맞지.'

아네트는 무미건조하게 생각했다. 딱히 원망도 슬픔도 없었다. 안스가의 애인 자리라 해도 지금의 그녀에겐 과분했으니까.

그녀는 몸을 조금 더 바짝 웅크렸다. 분명 따뜻한 방 안에서 이불을 덮고 있는데도 손발이 추웠다. 오지 않는 잠을 기다리는데, 문득 조용히 방문이 열렸다. 아네트는 여전히 눈을 감고 있었다. 자리에서 일어난 간병인이 상대와 무어라 이야기를 나누었다. 이윽고 그가 저벅저벅 침대 가까이 걸어왔다.

"아네트."

"……."

"잠깐 정원을 걷죠. 방 안에만 있는 건 좋지 않습니다."

"……."

"어서."

아네트는 별다른 말 없이 순순히 몸을 일으켰다. 그가 주는 외투를 입고 양말을 신었다. 하이너는 그녀의 목에 커다란 스카프를 둘러 주었다. 매듭을 짓는 하이너와 지척에서 눈이 마주쳤다. 일순간 그의 손이 멈칫했다. 그가 변명처럼 말했다.

"밖이 춥습니다."

아네트는 대답 없이 눈만 깜빡였다. 목 근처에서 주섬거리던 손이 멀어졌다. 하이너는 몹시 어색한 몸짓으로 그녀의 허리에 손을 얹고 밖으로 이끌었다. 오랜만에 맡는 바깥 공기는 몹시 차가웠다. 하이너나 안스가가 묻히고 들어오던 겨울 냄새였다. 입술 사이에서 옅은 입김이 새어 나왔다. 그들은 말없이 정원을 걸었다. 꾸준히 관리인의 손길이 닿은 본관 앞 정원은 겨울임에도 삭막하지 않았다. 오히려 차분하게 아름다운 느낌이었다. 바람이 건조한 소리를 내며 바닥을 쓸고 지나갔다. 아네트의 어깨가 약간 움츠러들었다. 연신 그녀의 기색을 살피던 하이너가 곧장 물어 왔다.

"춥습니까?"

"괜찮아요."

"손이 빨간데."

하이너는 잠시 망설이더니 주머니에서 가죽 장갑을 꺼냈다.

"이거라도……."

아네트는 딱히 필요하지 않았지만, 그냥 받아 들었다. 더 이상 그 어떤 일로도 그와 실랑이하고 싶지 않았다. 한눈에 봐도 그녀의 손보다 훨씬 커 보이는 장갑은 예상대로 헐렁했다. 손을 아래로 내리면 쑥 빠질 것 같아서 애매하게 들고 있어야 했다.

"불편하면 안 껴도 됩니다."

"아니에요."

다시 대화가 끊어졌다. 눈을 내리깐 그녀의 옆모습을 수차례 흘긋댄 하이너가 어렵사리 말을 꺼냈다.

"어디 가고 싶은 곳은 없습니까?"

"……네?"

"가고 싶은 곳이요."

아네트는 깊게 생각하지 않고 고개를 저었다.

"없어요."

"바다에 가고 싶어 하지 않았습니까?"

예전 일이었다. 지금은 별로 가고 싶지 않았다. 하지만 하이너는 마치 생각해 둔 사람처럼 계획을 늘어놓았다.

"날이 조금 풀리면, 내년 봄엔 바다에 가죠. 글랜포드보다 더 괜찮은 곳도 많습니다. 조금 내려가면 일몰이 아름답기로 유명한 선셋 클리프(Sunset Cliff)도 있고."

"……."

"예전에 갔던 산티아구 비치 기억납니까? 벨몬 카운티의. 거기 물개들을 보러 다시 가고 싶어 했잖아요."

"……네."

약간의 틈을 두고 아네트가 짤막하게 대답했다. 조금 늦은 대답이었다. 고민해서가 아니라, 그냥 그의 말이 계속 이어질 거라고 생각했기 때문이다.

"그럼 조만간 벨몬 카운티로 휴가를 가는 게 어떻습니까? 봄이 오면 선셋 클리프나, 다른 서부 지역으로 가고."

"……."

"아네트?"

하이너가 걸음을 멈추며 그녀를 불렀다. 아네트는 함께 멈추어 선 채 그를 올려다보았다. 차가운 겨울바람처럼 예리하고 섬세한 그의 낯에는 약간의 초조함이 어려 있었다.

"그래요."

아네트는 고개를 끄덕이며 대답했다. 하이너의 표정이 희미하게 밝아졌다. 그녀는 그 얼굴을 잠시 응시하다가 다시 발을 뗐다. 하이너가 그녀의 옆에서 걸음을 맞추어 왔다. 얼굴을 감싸는 한기를 느끼며 아네트는 느린 숨을 내뱉었다. 희끄무레한 입김이 공기 중으로 흩어졌다.

다음 날 아침, 간병인이 아네트의 침대와 벽 사이에서 끝이 날카롭게 갈린 빗을 발견했다. 조금만 더 갈리면 흉기가 될 만한 물건이었다. 보고와 함께 빗을 받아 드는 하이너의 얼굴은 무섭게 굳어 있었다. 그는 당장 아네트의 방으로 찾아가 따져 묻는 대신, 전문 상담사를 붙여 주었다. 아네트는 상담을 받는 일을 거부하지 않았다. 협조적인 것은 아니었지만, 비협조적인 것도 아니었다. 그저 찾아오는 모든 이를 데면데면 맞았다.

하이너는 하루에 서너 번씩 그녀의 방을 찾아가 대화를 시도했다. 대개 일상적이고 표면적인 대화들이었다. 그는 빗을 발견한 일에 대해서는 언급조차 하지 않았다. 그 일을 입 밖으로 꺼내는 것 자체가 두려운 사람처럼.

시간은 느리게 흘러갔다. 아네트는 말수가 현저히 적어진 것을 빼면, 겉으로는 상당히 괜찮아 보였다. 더 이상 이혼 이야기를 꺼내지도 않았고 두통이나 소화불량을 호소하지도 않았다. 하이너가 어떤 말을 할 때 항변을 하거나 실랑이를 벌이는 일도 없었다. 그러나 하이너는 매 순간 얇게 언 호수 위에 선 것처럼 위태로운 기분이었다. 그는 자다가도 종종 식은땀에 젖어 깨어났다. 그리고 아네트의 방을 찾아가 그녀의 호흡을 확인한 후에야 안도했다.

시간은 느리게 흘러갔다. 론체스터는 연말 분위기로 한껏 들떠 있었다. 모두가 집집이 나무를 장식하고 연말 선물을 주고받았다. 하이너는 고급 양장점에서 여성용 장갑과 보라색 마퀴즈 컷 보석 브로치를 샀다. 3년 만에 구매하는 아네트의 연말 선물이었다. 돌아오는 길에는 첫눈이 내렸다. 하이너는 하얀 가루들이 떨어지는 하늘을 올려다보았다. 아네트는 눈을 좋아했다. 눈뿐만 아니라 세상의 모든 낭만적인 것을 좋아하는 여자였다.

'조금 걷자고 해야겠군.'

차에서 내리자마자, 하이너는 종이 가방을 들고 그녀의 방으로 향했다.

아네트는 선물을 좋아했다. 깜짝 선물은 더 좋아했다. 근래 감정 표현이 부쩍 없어지긴 했지만, 왜인지 그녀가 좋아할 것 같았다. 그냥 그런 확신이 들었다.

하이너는 그녀의 방문을 두드렸지만, 안에서는 응답이 없었다. 원래라면 늘 간병인이 문을 열어 주어야 했다. 의아해진 하이너가 그녀의 이름을 불러 보았다.

"아네트?"

"아, 사령관님."

하이너는 소리가 난 쪽으로 고개를 돌렸다. 복도에서 간병인이 따뜻한 물이 든 그릇을 든 채 걸어오고 있었다. 간병인은 조금 머쓱한 듯 웃으며 그에게 말을 건넸다.

"최근 연말 휴가 때문에 인력이 없어서, 그냥 제가 직접……."

간병인의 말이 끝나기도 전에 하이너가 문고리를 잡아 돌렸다. 철컥. 문고리는 돌아가지 않고 제자리에서 멈추었다. 가슴 깊은 곳이 베인 것처럼 서늘해졌다. 더 생각할 새도 없이, 하이너는 두어 걸음 물러났다가 어깨로 문을 들이받았다. 쾅! 하는 소리가 요란하게 났다. 그는 통증을 느끼지 못하는 사람처럼 몇 번이고 문을 들이받았다. 쾅! 쾅! 굉음이 복도 전체를 울렸다. 이내 우지끈, 하며 문이 방 안으로 기울어졌다. 무너지는 문과 문틀 사이로— 가느다란 인영이 시야에 희미하게 잡혔다.

일순간 시간이 아주 느리게 흘러갔다. 확장된 그의 동공에 방 안의 광경이 비쳤다. 천장에 매달린 붉은 끈, 핏기없이 창백한 낯, 허공에서 버둥거리는 몸, 흔들리는 두 발…….

머릿속에서 실이 뚝 끊어지는 소리가 들렸다. 하이너의 발이 땅을 박찼다. 바닥에 쓰러진 문을 뛰어넘은 그가 안주머니에서 나이프를 꺼냈다. 날이 허공을 그었다. 붉은 끈이 끊어지며 허공에 떠 있던 몸이 아래로 추락했다. 그녀를 받아 낸 하이너가 바닥을 굴렀다. 함께 떨어진 나이프가 쨍그랑 소리를 내며 바닥 위에서 몇 번 휘돌았다. 뒤엉킨 채 구르던 두 몸이 멈추었다.

품속에 안긴 여자는 시체처럼 차가웠다. 컥컥거리는 기침 소리가 아래에서 울렸다. 하이너는 완전히 넋이 나간 얼굴로 제 품을 내려다보았다. 그녀를 끌어안은 손이 덜덜 떨리고 있었다.

헉.

헉.

허억.

제 거친 숨소리가 귓가를 가득히 메웠다. 머리를 둔기로 얻어맞은 것처럼 뇌 속이 웅웅거렸다. 아네트의 기침이 서서히 잦아들었다. 바닥에서 일어난 하이너가 그녀의 어깨를 잡아 세웠다. 아네트의 푸른 눈에는 눈물이 한가득 고여 있었다. 그의 얼굴이 일그러졌다.

"이게……."

입술이 파르르 떨렸다.

"이게, 대체……."

그녀의 어깨를 붙든 손에 힘이 들어갔다. 하이너는 갈라진 목소리로 외쳤다.

"대체 뭐 하는 거야……!"

아네트의 창백한 뺨 위로 눈물방울이 굴러떨어졌다. 눈물은 호를 새도 없이 후드득후드득 턱 끝으로 떨어져 내렸다. 하이너의 손에서 힘이 빠졌다. 가슴 한편이 아플 만큼 꽉 죄어들었다. 그는 이를 악물었다가, 피를 토하듯 말했다.

"도대체, 무슨…… 이게…… 대체 당신은……!"

아네트는 대답 없이 눈물만 뚝뚝 떨어뜨릴 뿐이었다. 바닥에 힘없이 주저앉아 있는 그녀는 마치 길을 잃은 어린아이 같았다. 하이너는 한참 거친 숨을 내뱉다가, 반쯤 정신을 놓은 채 더듬더듬 그녀를 끌어안았다. 마른 몸은 아무 저항 없이 그에게 기대어졌다. 어깨 위로 희미한 숨결이 느껴졌다. 이성은 날아간 지 오래였다. 그는 구역질처럼 울컥울컥 올라오는 감정을 가까스로 삼키며, 힘겹게 뇌까렸다.

"아네트."

"……."

"아네트, 제발……. 내가 대체, 어떻게……."

어떻게 해야 좋을지 알 수가 없었다.

하이너는 제가 뭐라는지도 모르는 채 되는대로 지껄였다. 그만해. 어떻게 해 줄까. 뭘 해 줄까. 제발, 아네트. 제발 그만둬.

"나는……."

숨죽인 흐느낌 사이로, 가느다란 목소리가 흘러나왔다.

"나는 이제 그만 살고 싶어……."

작은 속삭임에 하이너의 몸이 석상처럼 굳어졌다. 그는 숨도 쉬지 못하고 정면을 바라보았다. 눈앞이 어지럽게 흔들렸다. 문득 붉고 가느다란 것이 시야에 들어왔다. 아네트가 서류철이나 뜨개질 도구를 묶어 보관해 놓을 때 쓰던 노끈이었다. 그녀가 제 목을 조르기 위해 선택한.

불현듯 하이너는 깨달았다. 그녀는 언제든 스스로의 생과 사를 결정할 수 있었다. 그리고 원한다면 언제든 영원히 그를 떠날 수 있었다. 정말이지…… 처음부터 단순한 이야기였다. 어째서 그동안 깨닫지 못했는지 스스로가 저주스러워질 정도로, 아주 단순한 차원의 이야기였다.

'그럼…… 대체 어떻게 해야…….'

그들은 결혼이라는 이름 아래 법적으로 묶여 있었다. 그리고 하이너는 그가 가진 권력을 이용해, 얼마든 그녀를 관저나 정신병원에 가둬 둘 수 있었다. 도의적이지 못한 일이라 한들 변명거리는 많았다. 왕정복고 세력에 가담해서, 기밀을 가지고 프란체로 달아나려 해서, 혹은 아내가 아파서, 미쳐서. 그렇게 말한다면— 세상의 그 누구도 그를 탓하지 않을 것이다. 완벽한 감시 아래 감금한다면 어쩌면 죽음마저 막을 수도 있겠지. 그녀는 죽음을 생각하고, 생각하고, 생각하겠지만, 그렇게라도 살아 있을 수 있다면. 육체만이라도 붙들어 놓을 수 있다면. 우리는 망가지고 부서진 채로 함께할 수 있겠지…….

'미친 새끼.'

참았던 숨이 터져 나왔다. 하이너는 실소와 함께 눈을 감았다. 정신병원에 감금되어야 하는 사람은 그녀가 아니라 저였다. 들뜨던 호흡이 천천히 가라앉았다. 그는 다시 눈을 떴다.

"아네트."

하이너는 나직이 그녀의 이름을 불렀다.

"어떻게 해 줄까."

"……."

"이혼을 해 줄까."

"……."

"그러면 되나? 당신이 그렇게 바라던 거잖아. 그렇게나…… 나랑 헤어지고 싶어 했잖아."

"……."

"프란체로 가고 싶으면 가. 안스가 슈테터를 따라가고 싶다면 그렇게 해. 바라던 대로 해 줄게. 바라던 대로 해 줄 테니까……."

아네트는 망가진 인형처럼 조용히 그의 품에 안겨 있었다. 하이너는 다시는 놓지 않을 것처럼 그녀를 끌어안은 채, 무너지듯 말했다.

"……이제 그만둬, 제발……."

로젠베르크의 영애, 후작의 핏줄, 군부 대장의 딸, 오랜 증오의 대상……. 이제는 아무것도 중요하지 않았다.

"이혼해 주면, 살겠다고 대답해."

"……."

"당신도 빨리 나와 갈라서고 싶잖아. 그러니까 어서."

"……."

"제발 대답해, 아네트……."

하이너는 자존심이라곤 없는 사람처럼 절박하게 말했다. 이제는, 정말로 아무것도 중요하지 않았다. 가만가만 숨을 몰아쉬던 아네트가 천천히 고개를 끄덕였다.

〈2권에서 계속〉

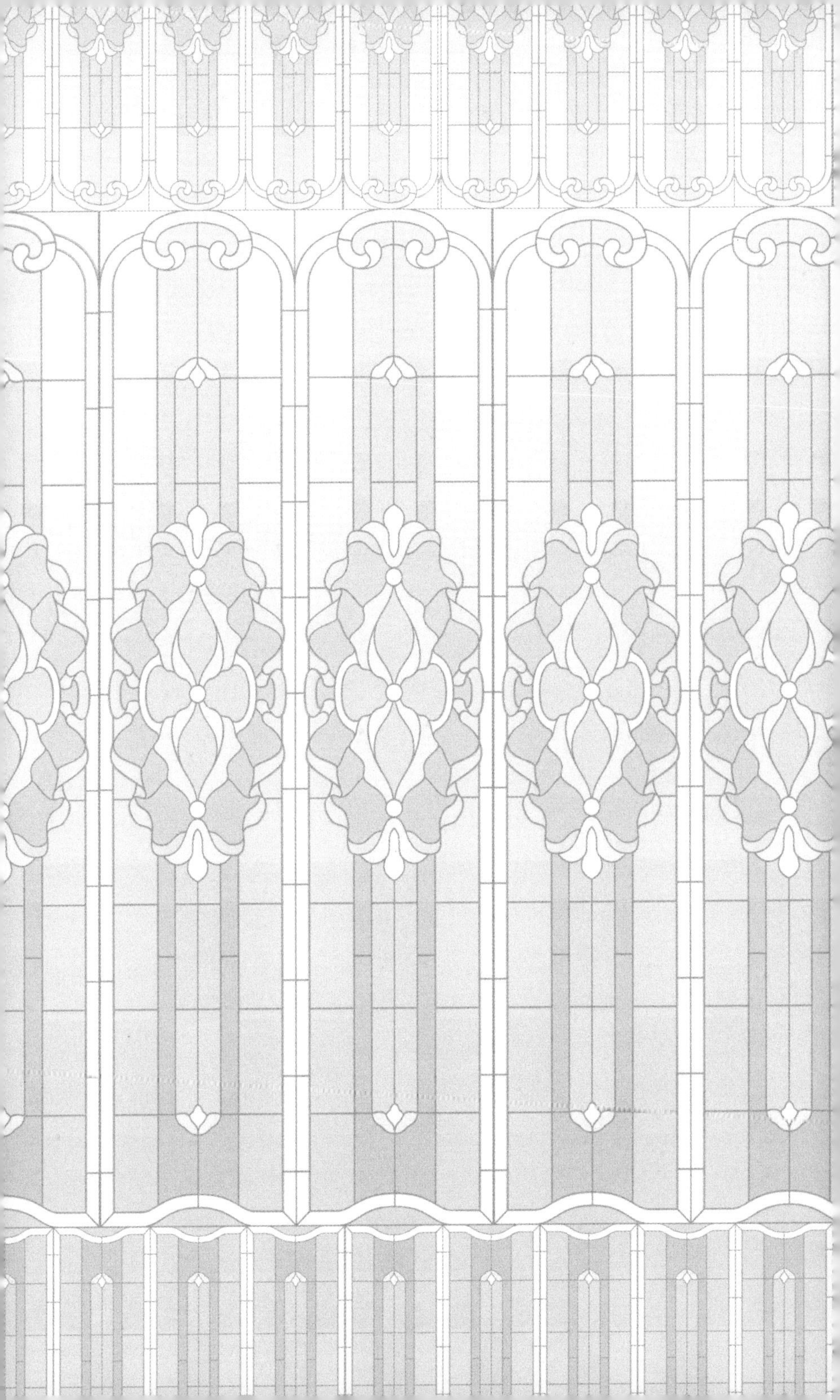

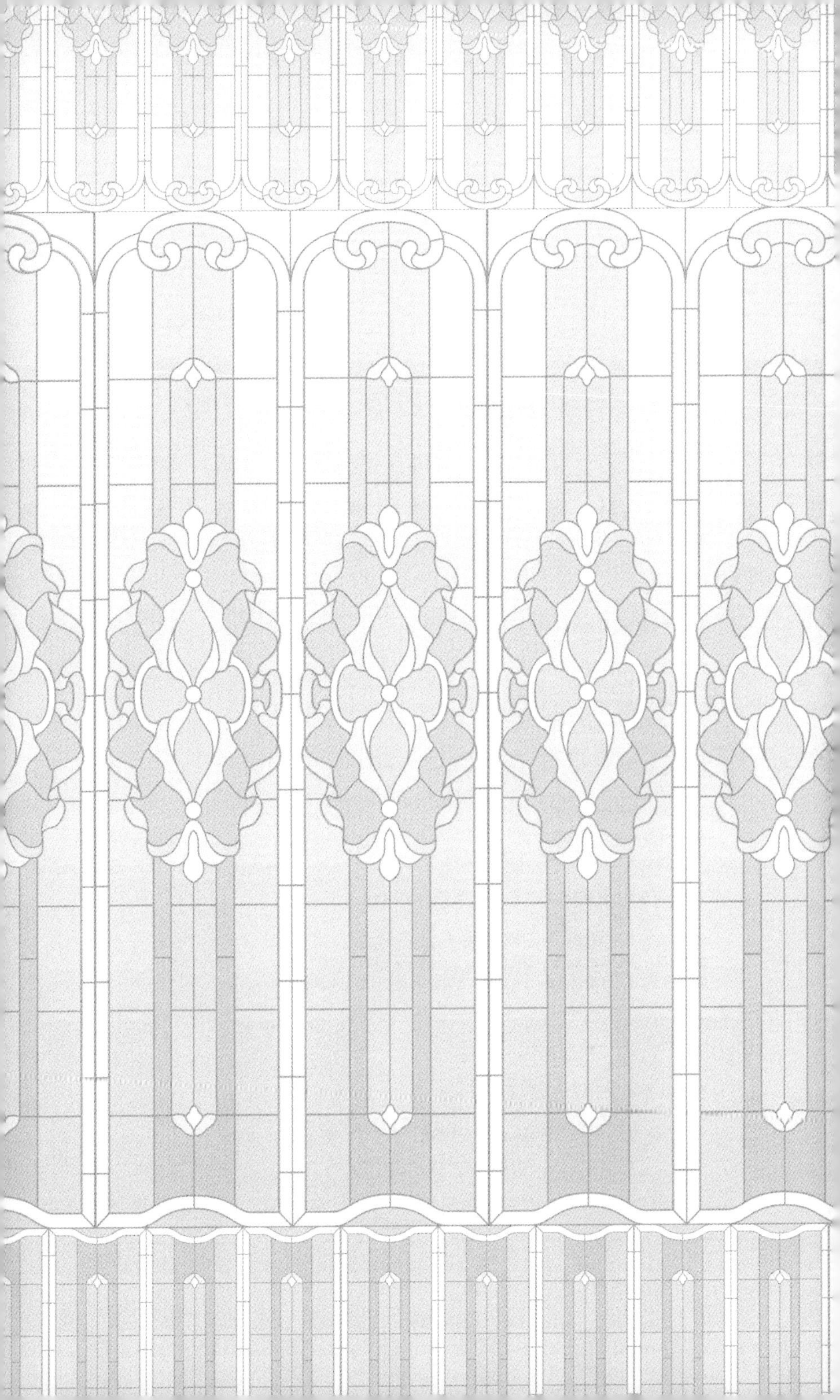

사랑하는 나의 억압자 1

초판 1쇄 인쇄 2024년 4월 25일
초판 1쇄 발행 2024년 5월 1일

지은이 서사희
펴낸이 김선식

부사장 김은영
제품개발 윤세미, 설민기
웹툰/웹소설사업본부장 김국현
웹소설팀 최수아, 김현미, 심미리, 여인우, 이연수, 장기호, 주소영, 주은영
웹툰팀 이주연, 김호애, 변지호, 안은주, 임지은, 채수아, 최하은, 조효진
IP제품팀 윤세미, 설민기, 신효정, 정예현, 정지혜
디지털마케팅팀 김국현, 김희정, 신혜인, 이소영
디자인팀 김선민, 김그린
저작권팀 한승빈, 윤제희, 이슬
재무관리팀 하미선, 김재경, 윤이경, 이보람, 임혜정
제작관리팀 이소현, 김소영, 김진경, 박예찬, 이지우, 최완규
인사총무팀 강미숙, 김혜진, 지석배
물류관리팀 김형기, 김선민, 김선진, 전태연, 주정훈, 양문현, 이민운, 한유현
외부스태프 크리에이티브그룹 디헌(디자인) 영수(일러스트)

펴낸곳 다산북스 **출판등록** 2005년 12월 23일 제313-2005-00277호
주소 경기도 파주시 회동길 490
전화 02-702-1724 **팩스** 02-703-2219 **이메일** dasanbooks@dasanbooks.com
홈페이지 www.dasan.group **블로그** blog.naver.com/dasan_books
종이 스마일몬스터 **출력·인쇄** 민언프린텍 **코팅·후가공** 제이오엘앤피 **제본** 다온바인텍

ISBN 979-11-306-5191-0 (04810)
ISBN 979-11-306-5165-1 (SET)

- 책값은 뒤표지에 있습니다.
- 파본은 구입하신 서점에서 교환해드립니다.
- 이 책은 저작권법에 의하여 보호를 받는 저작물이므로 무단 전재와 복제를 금합니다.

다산북스(DASANBOOKS)는 독자 여러분의 책에 관한 아이디어와 원고 투고를 기쁜 마음으로 기다리고 있습니다.
책 출간을 원하는 아이디어가 있으신 분은 다산북스 홈페이지 '원고투고'란으로 간단한 개요와 취지, 연락처 등을 보내주세요. 머뭇거리지 말고 문을 두드리세요.